로드 엘멜로이 II세의 사건부

7

「case.아틀라스의 계약(하)」

산다 마코토

일러스트 사카모토 미네지

제피아 엘트남 아틀라시아 … 아틀라스원의 원장. 사도(死徒).

플랫 에스카르도스 … 시계탑 현대마술과의 학생

스빈 글라슈에이트 … 시계탑 현대마술과의 학생

일루미아 … 마을 교회의 수녀

Characters　Lord El-Melloi II Case files

로드 엘멜로이 2세 ··· 시계탑 현대마술과 군주

그레이 ··· 엘멜로이 2세의 입실제자

벨사크 ··· 「블랙모아의 묘지」를 지키는 묘지기

"도망칠 수 있다면⋯⋯ 도망쳐 보아라."

그렇게 속삭였다.

돌을 맞비비는 것처럼 갈라진 목소리였다. 벌써 몇 년은 말한 적이 없는 이가 억지로 성대를 움직인 것만 같이.

"멀리, 더 멀리, 누구의 손도 닿지 않는 곳까지. 만약 그런 곳이 존재한다면 모든 것에서 먼 이상향^{아발론}까지."

말은 기도와 비슷했다.

──제1장에서

로 드 엘 멜 로 이 II 세 의 사 건 부

7

「case.아틀라스의 계약(하)」

Lord El-Melloi
II
Case Files

로 드 엘 멜 로 이 II 세 의 사 건 부

7 「case. 아틀라스의 계약(하)」

목차 Contents

✦ 서장 ✦

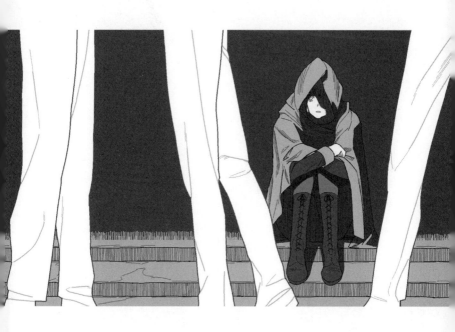

——철이 들었을 적에는 발소리로 전해지는 게 있다는 걸 알고 있었다.

예를 들면 쿵쾅쿵쾅 떠들썩한 발소리.
예를 들면 기도와 비슷하게 조용한 발소리.
예를 들면 소란스러우면서도 왠지 슬픈 발소리.
다들 발소리에 감정이 나타난다고 생각하지 않기에 도리어 솔직한 마음을 전해 주었다. 아아, 남과 대화하는 게 서투른 내가 보기엔 대화보다 발소리를 듣는 쪽이 훨씬 더 상대를 이해할 수 있었을지도 모르겠다.
나를 어여삐 여길 때의 발소리와, 나를 떠받들 때의 발소리.

비율은 서서히 후자로 기울다가 대충 10년 전에 결정적으로 변했었다. ……이럴 때는 치명적으로 변했다고 써야 할까.

매일 아침, 조금씩 발소리가 변하는 것이다.

하루의 시작을 알리는, 곧잘 뭔가에 발이 걸리면서도 기뻐하던 발소리가.

마치 하느님이라도 대하듯 경건하기 그지없는 발소리로.

향긋한 빵 냄새가 언제부터 그토록 싸늘하게 느껴졌을까. 따뜻한 수프와 싱싱한 샐러드에 위화감을 느끼게 된 건 언제부터? 식사 중인 내 표정을 놓치지 않고 어떤 사소한 변화에도 기이할 만치 반응해서, 그런 배려에 울부짖고 싶어진 건?

사실은, 알고 있다.

10년 전의 어느 시기부터라고.

내 몸이 어마어마한 속도로 변화해 주위로부터 성손(聖孫)이라고 불리게 된 날부터라고. 원래부터 또래 자체가 마을에 거의 없어서 마음 편하게 대화할 상대도 없었는데, 그 시기부터는 정말로 전무해졌다.

아버지가 돌아가신 뒤의 어머니는 더더욱 내 생활을 관리하는 데 열을 올려서 수면과 예배는 물론 내가 뭔가 먹는 순서와 의복을 입는 법까지 신경 쓰게 되었기에, 주위도 자연히 그 영향을 받기 시작했다.

……아아, 아니다.

딱 한 명.

그런 내게도 친구가 있었다.

그 녀석은 걸을 줄 모르니 발소리를 낼 수도 없지만, 내게서 도망치지도 않았고 성손이라며 숭배하지도 않았다.

"또 우냐, 굼벵이 그레이."

늘 그런 말만 하는, 새장에 들어간 상자.

내 변화와 맞바꾸어 깨어난 봉인예장.

그리고, 지금은——.

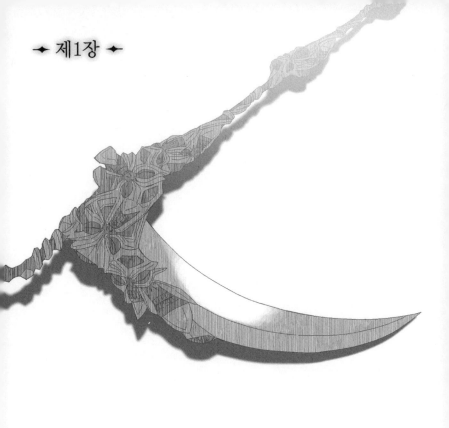

제1장

1

우리는 좁은 지하통로에 주저앉아 있었다.

맨땅을 드러낸 벽과 천장은 당장에라도 붕괴할 것 같아서 내부에 있는 사람을 지독하게 불안하게 만들었다. 가만히 생각하면 수백 년 이상은 멀쩡히 있었을 테니까 겁먹을 필요도 없지만, 시각효과란 정신을 해치기 마련이다.

"……결국, 퇴각을 했는데."

호흡을 가다듬으면서 스승님이 신음했다.

그 눈길은 새로 들어온 인물에게 쏠려 있었다.

애매한 얼굴을 가진 백은의 기사가 그곳에 서 있었던 것이다.

다만 애매하다는 말은 표정을 가리키는 게 아니었다. 실제로 얼굴만이 아니라 팔다리를 포함한 실루엣 전체가 뿌옇게 흐렸다. 그런데도 묘하게 감정이 풍부——하달까 표현이 풍부한 행동거지도 어우러져 무슨 심정인지는 대강 읽어낼 수 있었다.

"당연하지. 애초에 난 이렇게 치고 베고 하는 장기자랑에 안 맞아. 귀한 건 여자를 안을 손과 이 혀뿐이지. 저 기분 꿀꿀한 해골 병사들을 헤치고 안전지대까지 돌아온 것만으로도 얻기 어려운 행운인 줄 알아줘."

당당하게 선언하는 걸 보면 어지간하다.

실제로 도움을 받은 처지이니 대꾸할 말이 없지만.

그 해골 병사들로부터 도망쳐 영문도 모른 채로 달리다가 간신히 당도한 장소였다. 아무래도 이 지하 동굴은 처음 내려온 곳 말고도 많은 갈림길과 연결된 모양인데, 우리는 그중 한 곳에 몸을 숨기고 있었다.

그리고.

"…………."

나는 얼이 나가 있었다. 설마 애드로부터 이런 기사가 나타날 줄은 꿈에도 생각지 못했기 때문이다. 생각할 수 있을 리가 없었다.

내 손은 지금도 커다란 낫을 잡고 있다.

자칫하면 당장에라도 무너질 것만 같은 공포를 참고 있었다.

스승님은 그런 나를 힐끔 쳐다봤다가 나직이 말했다.

"서 케이라고 하셨지요."

"호오. 서(Sir)를 붙이나."

"물론입니다. 케이 경. 그 아서 왕의 의붓형이라면."

알고 있던 말인데, 소리를 지를 뻔했다.

아서 왕의 전설. 브리튼에 이름 높은 성검과 원탁의 이야기. 여러 모험과 로망스로 장식된 기사 이야기의 원형.

그 말에 기사는 혀를 쯧 찼다.

"그거 나온 게 나라서 아쉬웠겠어. 근데 전설 따위 실제로 만나보면 실망하는 게 당연하지. 하늘에 빛나는 별도 실제로 만져보면 결국 돌덩이잖아. 개중에는 진실 같은 건 아무래도 좋을 만큼 찬란한 빛도 있겠지만 그런 시답잖은 건 내 취미가 아니거든."

참으로 불쾌한 듯 눈썹을 찌푸렸다.

그 몸짓 하나하나가 가슴을 들쑤신다.

나는 그 몸짓을 알고 있다. 알고 있는데 기억과는 일치하지 않는다. 일치하지 않는데, 그 근원은 똑같다고 내 안 어딘가가 확신하고 있다. 모순된 감정과 인상이 내내 나를 뒤흔들고 있었다.

"……성배에 불린 서번트는 성배가 현대 지식을 주지만 그렇지 않은 건 세계가 지식을 주는 거였던가요."

"핫. 마술사란 언제 어디서나 쓸데없는 이야기만 쌓아두는군그래. 고서적처럼 머리에 좀이라도 슬었나 보지?"

"그럴지도 모르지요."

고지식한 표정으로 스승님이 끄덕이자 기사는 더더욱 맥 빠진 듯 어깨를 으쓱였다.

"하지만 대답으로는 30점이다. 애초에 난 서번트도 아니거니와 영령도 아니야. 좌(座)에서 찾아온 게 아니니까 세계가 심어줄 까닭도 없지. 지금 그건 저기 좁아터진 봉인예장에 새겨졌던 지식이야."

그리고 정정했다.

그러나 내게는 마지막 말이 가장 큰 충격이었다.

계속 굳어 있던 목이 그 말에 터지듯 소리쳤다.

"애드는, 어떻게 된 거죠!"

무심코 무릎걸음으로 엉금엉금 다가갔다.

"왜 불러도 대답해 주지 않는 거예요! 망가진 건가요!"

초면인 상대에게 이만큼 따지고 든 건 내 인생에서 처음이었을지도 모른다. 지금의 나는 겁이고 공포고 죄다 잊고 백은의 기사를 다그치고 있었다.

기사의 손이 뻗어 나왔다.

주먹이 낫의 표면을 땅 두드렸다.

"망가진 게 아냐."

기사—— 케이는 고개를 내저었다.

그 말에 얼마나 구원받았을까.

"하지만 한동안은 기능 정지 상태다. 날 이렇게 실체화시킨 것도 줄곧 쟁여둔 마력을 이용한 비기 같은 거겠지. 물론 여기가 그러기 쉬운 환경이었던 이유도 있겠지만."

"기능 정지……."

내가 낫을 움켜쥐고 꿀꺽 침을 삼켰다. 도대체 그건 기간이 얼마나 될까.

하루일까 한 달일까 일 년일까. 아니면 훨씬 더 긴 것일까?

다만 그 답은 기사도 모르는 모양이었다. 가장 알고 싶은 사항이었지만 꾹 참고 의미가 있을 물음을 찾았다. 꼭 물어볼 질문은 산더미같이 많았고 그중에서 다소나마 나은 것을 골라냈다.

"그럼 왜 당신이 애드로부터……."

"거기 마술사는 대충 아는 거 아냐?"

말을 돌렸다.

스승님은 대꾸하기까지 잠시 뜸들였다.

신중하게 가설을 검토할 만한 시간 뒤.

"애초에 애드의 인격 모델이 당신인 거겠지요. 이 경우, 인격 모델에는 자잘한 육체 및 장비 조건도 들어갑니다. 인격을 결정짓는 건 결코 정신만이 아니기 때문이죠. ……물론 이렇게 실체화된 이유까지는 알지 못하겠습니다만."

스승님이 말했다.

"얼추 저 말이 맞아."

"인격…… 모델……?"

"그『창』말이야."

기사가 내가 든 낫을 손가락으로 가리키며 말했다. 애드가 불러낸 것이니까 당연하겠지만, 요컨대 이 낫의 정체도 안다는 뜻이다.

성창 론고미니아드.

과거 아서 왕이 휘둘렀다고 하며 성검 엑스칼리버와 나란히 칭송되는 보구.

"엄밀히 말하면 그『창』을 봉인하는 예장의 인격 모델. 애초에 이 마을은 그 녀석 주검과『창』을 처음으로 옮긴 장소거든."

기사가 참으로 징글맞다는 투로 말을 이었다.

"그리고 그『창』을 봉인하기에 이르러 친인척 가운데 가장 편리한 인격으로 내가 뽑혔단 거지. 항, 다른 기사들과 다르게 무훈이나 신비에는 관심 없으니 말이지. 봉인하려는 판인데 적극적으로 해제하려고 하는 어처구니없는 사태는 안 생길 거 아냐. 그렇게 두고 볼 수 없는 녀석은 신나게 잠이나 자게 놔두면 그만이야."

기사가 하는 말은, 나로서는 절반 정도밖에 이해할 수 없었다.

과거 그가 섬겼던 왕을 말하는 것일까.

아서 왕.

그에게는 의붓남동생── 내 고향의 전설이 옳다면 의붓

여동생에 해당할 테지만, 그 관계는 꽤 복잡했던 모양이다.

"최종적으로 그 녀석 주검이 어떻게 됐는지는 몰라. 상징으로선 글래스턴베리 같은 곳을 주장하고 있고, 아마 그것도 의미가 있겠지. 의미는 곧 인간이 신앙하는 곳에 깃들기 마련이니. 애초에 그 녀석이 지키던 곳은 이 섬 자체야. 꼭 특정 어느 곳이어야만 무덤이랄 수도 없을걸."

기사가 가볍게, 음울한 어조로 말했다.

그러나 내 가슴은 무척 무거웠다. 그의 말 한 마디 한 마디가 머나먼 옛 시대에서 울려 퍼지는 추모의 종소리 같았다. 필시 접촉을 했기 때문일 것이다. 그 『십삼구속』 중, 다섯 개를 해제했을 적에 들린, 서 케이를 포함한 기사들의 맹세 중 한 조각.

『그것은, 살기 위한 싸움이다.』   ──승인, 케이.

"…………."

심호흡했다.

내 감정은 나만의 것이다.

아무리 그때 그들의 목소리가 들렸다고 해서 그 감정을 강요해서는 안 된다. 그들의 목소리에 격려받았다고 해서 그런 것을 전해봤자 아무 도움이 안 된다. 나는 지금 이곳에 있는 이 사람하고 마주 봐야만 하니까.

말을 신중하게 골랐다.

기사를 향해 고개를 들었다.

그 타이밍에 나를 들여다보는 기사와 눈이 마주치고 말았다.

"그런데 참, 많이 닮았네, 너."

"어."

"아니 취소. 닮았지만 안 닮았군. 응, 전혀 안 닮았다."

멋대로 수긍하며 살짝 끄덕인다.

어느 쪽이 맞는 걸까.

물론 기사가 말하는 상대가 누구인지는 알겠다. 줄곧 말로 듣던 상대이기 때문이다.

"소제(小弟)는, 저, 아서 왕과———."

"인간의 인상을 만드는 건 얼굴만이 아니란 거야. 네가 그 녀석을 닮기란 백 년 이르고 천 년으론 어림도 없지. 설령 네 유래가 뭐든지 간에."

말하던 기사가 어깨를 빙글 돌렸다.

"아무튼, 너희는 이 복잡한 상황에서 빠져나가고 싶은 거 아냐. 거기까지는 따라가 주마. 여하튼 이 녀석이 그 때문에 날 불러냈으니. 노동환경은 다소 문제가 있지만, 뭐 단기간이라면야."

"장소라 안 하고 상황이라 한 건 저희에게 일어난 사태를 이해했기 때문입니까?"

스승님이 묻는 말에 기사가 귀찮은 내색으로 대답했다.

"알다마다. 2주차라며."

2주차.

우리는 제피아의 술수로 반년이나 뒤의 시간축에서 이곳으로 이동되었다. 이곳이 실제로 과거인지 아닌지는 모르겠지만 그런 것처럼 느껴지는 건 확실하다.

예전, 스승님과 내가 처음 만난 직후의 시간.

"그것도, 애드로부터?"

"그래. 죽어라 복잡하지만 이 아이가 보고 듣던 건 대체로 상자 쪽에서도 파악하고 있더군. 그 정보는 나한테도 공유되고 있어."

"한 가지 더 여쭙고 싶군요."

스승님이 덧붙였다.

"이 지하 동굴은 대체 뭡니까?"

"아쉽지만 애드가 모르는 건 나도 몰라. 생전의 내가 직접 끌려온 것도 아니라서."

기사가 엄살 부리듯 어깨를 으쓱였다.

"하지만, 여기는 분명 블랙모아의 묘지에서 본체라고 할 수 있는 장소겠지."

그 음울한 목소리는 싸늘한 지하의 어둠 속에 가라앉았다.

2

【……도망쳤다?】

그 사념은 경쾌하게 동굴로 퍼졌다.

중심에 앉아있는 것은 가면을 쓴 소녀였다.

기괴한 뼈 병사들이 그녀를 지키듯 주위에 서 있다. 호러 영화처럼 섬뜩한 광경이건만 기묘하게도 장엄하고 진지한 분위기 또한 띠고 있었다.

잃어버린 먼 옛날의, 기사 이야기처럼 보이기까지 했다.

【무슨 수로?】

질문받자 몇 명의 해골 병사가 이를 따각따각 맞부딪쳤다. 정상적인 말은 되지 못했으나 그 움직임은 소녀에게 모종의 정보를 전한 듯했다.

【백은의 기사가 나타났다?】

몇 초 가량 간격을 두다가 사념이 이어졌다.

가면 소녀는 턱 주변을 만지며 잠시 생각에 잠겼다.

【쫓아라.】

해골 병사들이 움직였다.

동굴의 여러 갈림길로 삼삼오오 흩어진다. 어떤 구조인지는 모르겠으나 뼈와 마력만으로 구성된 것 같은 그들은 독자적인 판단 능력도 지닌 모양이었다.

가면 소녀는 변함없이 바위에 눌러앉아 있었다.

그 바위와 걸치고 있는 갑옷은 철로 된 꽃과 닮았다. 그렇다면 앉아있는 바위는 옥좌와 닮았을지도 모른다. 떠난 해골 병사들이 근위기사라면 그녀야말로 한 나라의 여왕이라고 할 풍격이 있었다.

지하세계의 여왕.

고대라면 저승의 여왕이라고 불렸을까.

잠시 뒤.

"도망칠 수 있다면…… 도망쳐 보아라."

그렇게 속삭였다.

돌을 맞비비는 것처럼 갈라진 목소리였다. 벌써 몇 년은 말한 적이 없는 이가 억지로 성대를 움직인 것만 같이.

"멀리, 더 멀리, 누구의 손도 닿지 않는 곳까지. 만약 그런 곳이 존재한다면 모든 것에서 먼 이상향^{아발론}까지."

말은 기도와 비슷했다.

"……하지만 그런 곳은 어디에도 없겠지. 나와 네게는 더
더욱."

나지막이 목소리가 울렸다. 그 자취마저 어둠 속에 사그
라진 순간, '툭' 하고 다른 소리가 났다.

가면이 뒤돌아보았다.

마침 해골 병사들이 사라진 쪽과 반대 방향이었다.

【무엇이냐.】

재차 사념으로 물음을 던지자 기척이 생겨났다.

기척은 뭔가를 가면에게 고하고 가면 또한 살짝 몇 번 끄
덕였다.

【……그래. 전부터 감시받고 있다는 말은 들었지만 교회
쪽도 움직였나.】

가면의 사념은 훨씬 예전부터 알던 것을 새삼 더듬어가는
것만 같았다.

그렇기에 그 뒷말도 몇 년이나 전부터 연산한 결과를 다
시 제출하는 것처럼 신속했으며, 숫제 따분하단 인상까지
띠고 있었다.

【알았다. 그럼 나는 오랜 계약에 따라 그들을 배제하겠다
고 맹세하마.】

미지근한 바람이 지하에 불었다.

사념은 대화 마지막을 이렇게 매듭지었다.

【내가 그녀가 될 때다.】

＊

석양이 지평선에 걸려 있었다.

붉은색으로 더럽혀진 산기슭 아래 마을에선 여러 그림자가 바삐 움직이고 있었다.

그 중심이 성당이었다. 역사는 있어도 극히 평온하고 무난하게 운영되던 장소는 전혀 딴판인 기척에 침식되어 있었다.

우선 그 문이 부서져 있었다.

손이 닿는 곳에 있는 스테인드글라스는 깨졌고 성수반도 둔기 같은 것으로 박살 났다. 성찬기와 향로 같은 제구도 남김없이 바닥에 내동댕이친 상태였다.

바깥세상에서 들여온 종교적 요소를 모조리 훼손한 그 시설의 모습은 마치 마을이 본색을 드러낸 것처럼 보이기까지 했고…… 가까스로 무사한 설교단에는 사제가 아닌 인물이 서 있었다.

"……그럼, 그리하도록."

쉰 목소리가 흘러나왔다.

잠시 후 노파가 시선을 들었다.

마을에선 큰할머님이라고 존경받는 인물이었다. 사실상의 우두머리라고도 할 수 있을 것이다.

그 앞에는 많은 마을 사람이 모여 있었다. 인원으로 치면 예배 때에 늘 모이는 수의 곱절 정도. 단, 지금 성당을 뒤흔드는 분위기는 평소와는 결정적으로 달라졌다. 아니, 이럴 때는 그들도 본색을 드러냈다고 해야 할까.

"들어라. 우리 왕의 조각께선 마침내 선택을 내려주셨다!"

마을 사람들로부터 '오오' 하는 환성이 터졌다.

그들은 노파의 말을 신탁의 예언처럼 받아들였다.

본래 그들은 이 때문에 모인 것이다.

평범한 마을 사람 같은 건 거짓된 모습. 그들은 몇 세대, 몇십 세대나 전부터 이때만을 위해 살아왔다. 특히 그레이가 그 모습으로 변했을 때부터는 전원이 이 시대에 태어난 것을 환희하며 그저 애타게 기다렸었다.

고물상에 매몰되어 있던 중년의 가게주인은 날카로운 가래를 들고, 늘 처마 앞에서 졸던 마을에 하나뿐인 식당의 늙은 셰프는 몰래 감추고 있던 나이프의 날을 갈았다.

누구나 그 소녀를 떠올리고는 싱글벙글했다.

누구나 그 소녀의 성장을 자기 일처럼 기뻐하고 있었다.

"알고 있으렷다."

지금, 노파가 지시한다.

음성은 몇십 년이나 회춘한 것만 같았다.

"우리 왕을 맞이한다. 미래의 왕을 맞이한다. 드디어 그 때가 왔다."

아무도 기침 소리 하나 내지 않았다.

그러나 누구나 온몸에서 고양감이 치솟았다. 이미 광신이 라고 해도 좋을 영역의 강렬한 의지였다. 대략 100여 명의 사람은 더없이 단결해 한 마리의 거대한 생물로 변신한 것처럼 보일 지경이었다.

"결코 이 마을 밖으로 내보내선 안 된다."

노파가 다시 말했다.

"막달레나."

부르는 말에 한 여인이 사뿐사뿐 걸어 나왔다.

그레이의 어머니였다.

어머니는 자기가 그런 이름이었음을 비로소 떠올린 것처럼 후련하게 고개를 들었다.

"그레이의 위치는 알겠느냐?"

"네, 짐작은 갑니다."

밝게 웃으며 끄덕이는 뒤편에서는 뭔가가 뚝뚝 흐르고 있었다.

여름 공기 속에 꺼림칙한 냄새를 물씬 풍기는 붉은색의 물웅덩이였다.

고개를 푹 꺾은 교회의 연락원이었다. 묶여 있는 남자의 상처에서 아직껏 피가 흘러나오고 있었다. 훈련된 인간이라도 견디지 못할 솜씨 좋은 고문은 방금 막달레나라고 불린── 그레이의 어머니가 수행한 것이다.

그녀는 피투성이 손을 살며시 들어 뺨을 문질렀다.

"지금 교회는 우리의 적이다."

노파는 드높이 선언했다.

"없애 버려라. 옛날 이 산에서 독립을 지켰듯이. 포효해라. 이 땅이야말로 결단코 침략당하지 않는 우리의 성지라고. ──그렇다! 머나먼 전설의 시대부터 우리는 왕을 애타게 기다려왔다고. 이번에야말로 누구에게 거리낄 것 없이 외쳐라!"

거기서 노파의 표정이 스륵 부드러워졌다.

주름투성이 손을 들었다. 깨진 스테인드글라스의 틈새로 비쳐드는 석양이 그 손을 잠시 핏빛으로 물들였다.

"우리의, 검은 성모께 맹세코!"

검게 칠해진 성모가 그들을 여느 때와 같은 표정으로 지켜보고 있었다.

3

"······이참에 한 가지 확인해야겠군."

기사가 제동을 걸었다.

신중하게 주위 지형을 조사하면서다. 이 기사 왈, 싸우는 건 몰라도 도망치는 거라면 일가견이 있다고 해서, 무턱대고 지하도를 나아가지 않고 가까운 갈림길을 하나씩 확인하는 것부터 시작했다.

"1주차의 3일째 후반부터 4일째에 걸쳐, 너희는 뭘 하고 있었지?"

그 말에 목구멍이 나지막한 신음을 흘렸다.

기사가 애매하게 흐릿한 얼굴로 스승님을 똑바로 응시하였다.

"당신은, 기억이 없는 겁니까? 애드의 기억은 승계했다고 하지 않았습니까."

"아쉽지만 3일째 밤 즈음해선 애드의 기억에도 없는 것 같아서. 교회와 마을 놈들과 만나고, 집에 돌아가 저녁 식사를 했을 즈음에서 끝났어. 아마 그레이의 식사에라도 무슨 약을 탄 거겠지. 원래 애드의 의식은 그레이와 동조하고 있으니 이 녀석이 깊이 잠들거나 의식이 혼탁해지면 애드도 비슷해져. 그쪽 이치는 마을 놈들도 알고 있을 테고."

"잠깐."

스승님이 손을 들어 이야기를 멈추었다.

"약을 탔다고요?"

"이봐, 새삼스럽게 왜 이래. 다른 뜻 없어. 내가 노릴 만한 머리 맹한 여자도 아닐 테고, 저 마을이 그레이를 소중히 하며 손가락 하나 안 댈 거라 여기진 않았을 거잖아."

스승님의 어깨가 살짝 떨렸다.

물론 알기는 했다.

이 2주차에서 스승님과 재회하고 1주차 사건에 대해 정리했을 때, 4일째에 관해 자세히 언급하지 않은 건 내 트라우마를 헤집는 걸 피해 주었기 때문이다. 고향을 나간 직후의 나는 극단적으로 마을의 화제를 언급하기 싫어했었다.

또 하나의 내가 시체로 나왔다고 들어도 이미 아무 흥미도 느끼지 못할 만큼—— 나는 그 마을로부터 철저하게 눈을 돌리고 있었다. 마을을 나간 마지막 날 사건에 대해서도 생각하려 들지 않았다. 이미 갈 곳이라곤 없다고, 과거 전부를 내버리고 런던과 시계탑에 정을 붙이려 했다.

아마 스승님이나 라이네스를 포함한 엘멜로이 교실과의 교류가 없었으면 이 마을에 오려는 생각도 안 했을 것이다.

"그 마을은 처음부터 그런 장소였어."

기사가 속삭였다.

빈정대는 말투는 남이 아니라 자기 자신에게 타이르는 것처럼 느껴지기도 했다.

"그레이를 아서 왕과 같은 신체로 길러내기 위한 마을이지. 아아, 그런 하잘것없는 짓을 일족 전원이 얼마나 이어온 건지. 집념이 깊단 수준이 아냐. 선조 대대로 해 왔다면 듣기는 좋지만, 도저히 그럴 가치가 없을 텐데."

매도와 함께 기사가 뻔히 아는 진실을 고했다.

내가 줄곧 각오하던 것. 스승님이 한순간 굳은 건 아마 기뻐해야 할 모습이리라. 신비와 접촉한 자 대다수는 세속적인 양식과 사상 따위 몽땅 무시한다. 아니, 애초부터 그런 건 염두에도 두질 않는다. 지금까지 만나온 여러 마술사들과 똑같이.

"그런데 그레이. 너는 정말로 기억이 하나도 안 나나? 약으로 의식이 혼탁해졌어도 정보가 일절 차단된 건 아니잖아. 멍청하든 소홀하든 간에 사실은 뭔가, 머리 한구석에라도 숨기고 있는 거 아니야?"

마치 날카로운 창끝을 들이대는 것만 같은 말.

"그 마을을 나간 뒤로 네가 고향에 대해 줄곧 언급하려 들지 않던 건, 다시 말해 그런 것 아닌가?"

매서운 말에 머릿속에서 불똥이 튀었다.

"——아악!"

"그레이!"

나는 달려오려던 스승님을 제지하고 한 손으로 머리를 잡았다.

그렇다.

그때, 나는 비몽사몽이긴 했어도 희미하게 의식이 남아있었다.

그건, 아아, 맞다. 오감 대부분이 몽롱해졌지만 그래도 솟구치는 냄새만은 아직 콧속에 들러붙어 있다. 뒤엉킨 썩은 풀과 물 냄새, 들이켠 목까지도 헐어버릴 것만 같은 독기. 이 마을에 그런 장소의 기억은 없다. 하지만 그럴 만한 지점에는 짚이는 곳이 있었다.

"그건…… 늪의…… ."

"늪?"

되묻는 스승님의 목소리가 아득했다. 플래시백하는 감각이 내 뇌를 뒤흔들고 있다. 확실히 경험한 것. 이 감각기가 받아냈을, 그러나 내 안에서 사라져 버린 조각. 물레를 돌리듯 필사적으로 그 기억을 더듬어 되살린다. 그러나 되살리자마자 족족 거품처럼 사라진다.

"소제는…… 맞아……. 만났어요……."

무엇과?

더는, 기억이 안 난다.

봉인된 기억은 아직껏 문을 굳게 닫고 있다. 아주 약간 열린 그 틈새로 희미한 빛이 새어 나오는 수준이다. 깨진 파편을 그러모은 끝에 딱 한순간 뭔가의 상(像)이 떠올랐다.

아니, 목소리다.

몇십이나 몇백으로까지 느껴지는, 요란한 까마귀 울음소리.

바로 그 가까이에서 나를 향한 외침.

──『너는…… 내게……』

피투성이로 쓰러진…… 아아…… 그 가면이야말로.

"까마귀들…… 속에…… 또 한 명의…… 소제가…… 피로……."

"그레이!"

이번에야말로 쓰러질 뻔한 내 등을 스승님이 받쳐주었다.

"이것이, 마을에 대해 생각하길 싫어하던 이유인가."

기사가 가볍게 어깨를 으쓱였다.

"애드나 너나, 너무 자상한 건 좀 생각해볼 문제 아닐까. 마술사답게 현몽(現夢) 하나라도 걸어줬으면 의외로 해결됐을지 모른다고."

"생각을 안 했던 건 아닙니다."

내 등에 손을 두른 채로 스승님이 대꾸했다.

"하지만 트라우마와 싸우는 상대의 의식에 개입하는 건 대상의 인격에 큰 영향을 주지. ……그리고 마술사다운 거라면 제자를 소중히 하는 것도 당연히 짊어질 의무 중 하나입니다."

"하. 그게 너무 자상하다는 거야. 이 멍청이."

흐릿한 입술을 삐죽이며 기사가 혀를 찼다.

"그래서, 방금 그레이 얘기 다음에 네게 맡겨졌단 뜻인가?"

"……내게는, 4일째 아침에 벨사크가 의식을 잃은 그레이를 안고 찾아왔지요. 이 애를 맡았으면 한다. 검은 성모 아래에 그레이의 시체가 나왔으니 쫓길 일은 없다. 자세한 사정은 묻지 마라. 그러면 이 애는 구원받고 너는 블랙모아의 묘지기를 얻을 수 있을 거라며."

"그렇군. 즉, 1주차에는 속사정에 깜깜했단 뜻이군."

한숨과 함께 기사가 머리를 긁었다.

"내버려 두면 같은 결과가 됐을지 모르지만 공교롭게도 이미 건드린 판국이지. 애초에 같은 결과가 되어도 별수 없고. ……하지만 그러면 벨사크와 마을 사이에 뭐가 있었던 거야? 무슨 의식에 그레이가 이용되었단 건, 벨사크가 마을로부터 그레이를 탈환한 건가? 아니면 또 다른 트러블이 있었다?"

"……모르겠군요. 당시의 전 그 사실에 관해 묻지 않았습니다."

거기까지 말했을 때였다.

갑자기 기사가 막연한 얼굴을 지하도 벽에 대었다.

"……이거 위험한데."

기사가 중얼거렸다.

"뭔가, 문제가 있습니까."

"누가 쫓아오고 있어."

그리고 암흑을 응시했다.

긴장과 함께 나도 천천히 몸을 일으켰다.

낫 형상의 애드를 움켜쥐었다. 이 모습으로 정지해준 것은 그가 남겨준 은총 같기도 했다. 적어도 나는 싸울 수 있다. 스승님을 지키는 것도 가능하다.

그러나 그 결의는 인영이 드러남과 동시에 무너졌다.

"……여기였나."

무거운 목소리가 울렸다.

스승님이 켠 마술의 빛에 다부진 인영이 드러났다. 이미 초로에 이르렀는데도 거대한 도끼를 한 손으로 거뜬하게 쥐고 있었다.

Speak of the devil

"야, 야, 야, 타이밍 너무 좋잖아. 악마도 제 말 하면……나타난단 거냐."

"벨사크…… 씨."

목에 맵싸한 것이 엉켰다.

지금 이 사람하고 무슨 표정으로 마주 봐야 할까.

내가 고향에서 지내던 무렵, 이 사람은 유일하게 나를 『인간』으로 봐 주었다. 방금 케이가 말했던 것처럼, 아서 왕과 같은 몸으로만^{우상} 여기던 나를, 적어도 이 사람은 '차기 묘지기'로 키워 주었다. 본래는 아직 그의 소유물일 애드를 아낌없이 내게 건네주었다.

벨사크 블랙모아.

블랙모아를 계승하는, 정당한 묘지기.

"……상상치 못한 덤이 붙은 모양이군."

벨사크는 애매한 모습의 기사를 보며 눈을 가늘게 떴다.

"실례지만 당신은 어느 분이신가."

"나 원 참, 또 이야기가 번거로워지는군. 이 녀석들에게도 말했지만 케이면 돼. 아, 네 소개는 필요 없다. 지겹도록 알고 남자의 경력 따위 격식 차린 낯짝으로 듣고 싶지도 않아."

참으로 귀찮은 티를 내며 기사가 어깨를 으쓱였다.

"케이? 서 케이?"

"이것 봐. 너도 서를 붙이냐."

지긋지긋하다는 듯 기사가 한숨을 쉬었다.

그러면서도 방심 없이 손은 칼자루를 만지고 있었다. 만약 벨사크를 적이라 판단하면 칼날은 주저 없이 묘지기를 벨 것이다. 아니, 이 기사의 말을 신용한다면 칼날보다 세치 혀 쪽이 먼저일까?

벨사크의 눈길이 뒤룩거리며 내 낯 쪽으로 쏠렸다.

"애드로부터, 나왔소?"

"어이구, 역시 오래 알고 지낸 만큼 그 정도 눈치는 있나. 뭐 대강 맞췄어. 이 녀석이 기능을 정지하기 전에 억지로 방위기구를 통해 영기(靈基)를 주었거든. 덕분에 애들 보호자를 떠맡았단 거지."

"…………."

나는 그저 혼란에 빠져 있었다.

해골 병사라면 올 거라고 짐작했었고, 마을의 다른 사람이라면 각오도 마치고 있었다. 그런데 처음에 만나는 게 이 상대일 줄이야.

굳어 있는 나를 감싸듯 스승님이 앞으로 나섰다.

"벨사크 씨. 당신은 저희의 적입니까? 아군입니까?"

신중하게 묻는다.

극도의 긴장에 동굴의 공기가 삐걱거렸다.

그것이 정점에 이르기보다 먼저 벨사크가 뒤돌아섰다.

"……따라와."

바위를 두드리는 부츠 바닥이 딱딱한 소리를 냈다. 늘 내가 뒤를 따라가던 소리.

내가 반사적으로 따라가려 하자 스승님이 손을 옆으로 슥 내밀어 막았다.

"질문에 대답해 주시지 않았습니다. 만약 적과 아군이라는 단순한 분류가 부적절한 것이어도 당신이 파악한 수준의 사정을 들려주실 수 없겠습니까?"

"대강은 상상했지 않나."

"상상하고 확인된 정보는 완전히 다릅니다. 당신 역시 서 케이는 상정 밖일 텐데요."

"음…………."

자그맣게 신음하다가 벨사크가 입을 열었다.

"……그렇군. 최소한의 확인은 필요한가. 지금, 교회와 마을 양쪽에서 그레이를 노리고 있네."

"양쪽? 즉, 교회와 마을 사람들의 목적은 다르단 겁니까?"

"당연히 그리되지."

벨사크가 끄덕였다.

"블랙모아의 묘지기인, 당신도 목적이 다르고?"

"도중까지는 마을과 일치했지."

뒷목에 쭈뼛쭈뼛 소름이 돋았다.

이 사람은 내 적인가, 아군인가.

내가 살아온 세월 중에서 아마 가장 오래 함께 지내 온 묘지기. 이 사람도 나를 아서 왕과 같은 존재로 길러내기 위해서 그 인생을 소비해 온 것일까.

너무나 뒤엉킨 사태에 내 머리는 돌아 버릴 것만 같았다.

"왜, 마을 사람은 그레이를 바라는 겁니까?"

"이제 와서 그걸 묻나? 시계탑의 군주가."

스승님의 말에 감질났는지 벨사크의 어조는 딱딱했다.

그 말에 스승님은 천천히 뒷말을 이었다.

"방금 서 케이로부터도 들었습니다. 그 마을은 그레이를, 아서 왕과 같은 몸으로 길러내기 위한 마을이라고. 하지만 그것 차체가 목적은 아닐 겁니다. 같은 몸으로 길러내야 할 의미가 없으면 몇십 세대나 되는 집념은 관철 못하죠."

더욱 깊숙이.

체스의 말을 진행하듯이 켜켜이 쌓인 수수께끼에 한 가지 형태를 부여한다.

"몇 가지 추측은 있습니다. 아서 왕의 전설에는 몇 가지 이설, 이문이 섞여 있고 시계탑과 성당교회의 의도도 뒤섞여 그 진실은 파악할 수도 없어졌습니다만…… 어느 유명한 한 구절이 있지요."

스승님은 기사의 눈치를 힐끔 살피며 이렇게 말을 이었다.

"그 왕의 묘비에는 이리 새겨져 있다. 바로 과거의 왕이자 미래의 왕이라고."

"…………."

"그 말 자체에 무슨 의미가 있었는지는 모릅니다. 쉽게 생각하면 사랑받던 왕이었다는 것뿐이겠죠. 세계 각지에서 찾아볼 수 있듯이 그만한 현왕이라면 언젠가 반드시 다시 나타날 것이다, 반드시 구원해줄 것이라는 구세주 희망. 그런 소박한 기도라고 여기는 게 가장 자연스러울 겁니다."

침묵하고 있는 벨사크에게 말을 거듭한다.

기사의 얼굴 또한 스승님을 특유의 기척과 함께 돌아보고 있다. 표정은 흐릿해서 알 수 없지만, 도대체 무슨 기분일까. 옛날 자신이 주인이라고 인정한 상대를 천 년이나 훗날의 상대가 이런 식으로 논하는 건. 아서 왕이 전설과 똑같은 영웅이더라도, 그렇지 않더라도 못 배길 심정이 되지 않을까.

그도 그럴 게, 그건 이미 다시는 만날 수 없는 사람과의 언약과 같다.

무슨 수를 써도 돌이킬 수는 없지만, 새겨진 결과만은 애처롭게 자신들의 가슴에 꽂힌다. 그때 어떡하면 좋았을지, 무엇을 이야기해야 마땅했을지, 새삼 어떤 정답을 떠올리더라도 헛수고이며 그저 멀거니 서 있을 수밖에 없다.

그 페이커가 분노했던 것도 결국 그런 뜻이 아닐까.

"그렇기에 마을 사람들은 왕이 귀환하기를 애타게 기다리는 거겠죠."

스승님이 말했다.

"약속받은, 미래의 왕이 귀환하기를."

그 속삭임에 숨이 막혔다.

미래의 왕. 너무나 찬란해서 오히려 덧없기까지 한 기도로 가득 차 있는데, 지금 자신을 궁지로 몰아붙이려는 말.

그리고 이렇게까지 재료가 갖추어지면 어리석은 나라도

이어질 재료쯤은 상상이 간다.

가슴께를 꼭 잡고.

"……벨사크 씨."

말을 건넸다.

"소제는…… 이 해골 병사들과 함께 있던, 가면을 쓴 사람을 봤어요."

"만난 거냐."

벨사크가 표정을 굳혔다. 그와 함께 오랜 시간을 보내며 바람 부는 날도 비 오는 날도 함께 묘지를 걸어왔음에도 본 적이 없던 표정이었다.

"그건, 누구인가요? 이 지하에는 누가 살고 있나요? …… 아니, 그 또한 소제와 같이, 아서 왕을 본뜬 사람인가요?"

답변은 바로 돌아오지 않았다.

그럼에도 지금만은 물러서지 않았다.

"가르쳐 주세요, 벨사크 씨."

"…………."

침묵에 이 가는 소리가 섞였다.

다음 순간, 벨사크가 사납게 뒤돌아보았다.

"──그래, 맞다!"

도끼가 횡 휘둘러졌다.

내 머리카락을 몇 가닥 잘라내면서 허공을 날던 강철의 질량은 우리 배후로 접근하던 해골 병사의 두개골을 쪼겠다.

두개골에 박힌 도끼를 회수한 묘지기는 어깨를 으쓱였다.

"이로써 나도 쫓기는 신세군."

"그건 딱하게 되셨군."

케이가 작게 휘파람을 불었다.

벨사크의 눈길이 희번덕거리며 기사를 꿰뚫었다.

"당신이 눈치채지 못할 양반도 아니지. 시험해 봤구려?"

"물론. 이런 걸 시험할 거면 일찍 하는 편이 이득이잖아. 나중에 인간관계가 복잡해진 뒤에 이래저래 마음 졸이기보다 훨씬 편하지. 이놈이고 저놈이고 적인지 아군인지 모르겠단 상황을 즐기는 건 명실상부한 피학성애자나 불감증뿐이라고."

즉, 케이는 벨사크가 해골 병사를 어떻게 대처할지 관찰하고 있었다는 말이다.

벽에 귀를 대고 있던 기사는 애매하게 흐릿한 얼굴을 들고 이렇게 말을 이었다.

"그렇긴 한데 하던 얘기는 나중에 하지. 방금 소리로 발견된 모양이야. 이건 계속 오겠군."

이미 내 귀에도 그 소리가 닿았다.

갑옷 부품끼리 스치며 금속이 지면을 두드리는 소리는 틀림없이 새 해골 병사들일 것이다.

스승님이 몸을 굳히고 벨사크는 다시 도끼를 들어 올렸다. 그리고 묘지기가 기사에게 물었다.

"당신은 그 검을 안 쓰는 거요?"

"하하하, 보호자로 불렸지만 육체노동은 극구 사절하겠어. 하지만 눈썰미는 좀 있다고 자부하지. 아까부터 저리로 공기가 흐르고 있더군."

기사가 빙글 돌아섰다.

그쪽 너머는 구불구불 꺾이며 갈림길이 있었다.

"서 케이——?"

"가능하다면 잊어버리고 싶지만, 존재감이 좀 센 바람에 잊을 수 없는 최악의 궁정마술사가 그러던데 말이지. 만약 허용된다면 제일 좋은 전술은 냉큼 줄행랑치는 거라더군."

기사가 경쾌하게 몸을 돌리고 달려나갔다.

너무나도 주저 없는 도주에 우리가 얼떨떨해 있으려니, 도망친 쪽 반대편에서 바로 해골 병사들이 우르르 몰려들었다.

"큭——! 떨어져 있어!"

벨사크의 도끼가 강렬하게 벽을 때렸다.

어마어마한 위력은 불안정해진 지반을 자극해 직격한 주위의 흙을 크게 무너뜨렸다.

처음 세 구 정도가 토사에 말려든 가운데, 우리는 케이 뒤를 곧장 쫓았다.

*

붕괴에 머뭇거리던 해골 병사들은 금세 혼란에서 회복했다.

말려든 자들의 구조는 포기하고 무너진 통로를 재개통하고 자 몇 구가 커다란 망치를 휘두르기 시작했다. 주인에게 명령 받은 이상, 그들에게 철수라는 선택은 없다. 원래부터 피로와 권태도 없는 이상, 그들에게는 그저 동작만이 있을 뿐이다.

　　동료의 몸이 말려드는 사태마저 무릅쓰며 여러 철퇴를 휘 둘러댔다.

　　일사불란하게 통일된 움직임은 처음부터 그런 의도로 제조 된 자동기계로 보였다.

　　그러나 몇 초 만에 그 움직임이 멈추었다.

　　"……쳇."

　　혀 차는 소리가 울렸다.

　　"기껏 쫓아왔는데 지하도째로 붕괴시키다니 막 나가는 걸. 조금만 더 있으면 잡겠다 싶었는데."

　　아무 말 없이 해골 병사들은 뒤돌아섰다.

　　그들이 어떠한 형태로 판단 능력을 지녔는지는 모르지만 그럼에도 신비로 형성된 기구^{시스템}에는 곤혹의 불티가 뛰었을지 도 모른다.

　　어두운 지하도에 마찬가지로 칠흑의 수녀복을 입은 여자 가 서 있었다.

　　코 주변의 옅은 주근깨.

　　다갈색 눈. 금욕적이어야 할 수녀로서는 다소 과격한 몸매.

　　지상에서 시스터 일루미아라고 불리던 그녀의 이름을 해

골 병사들이 알 턱이 없다.

"하이♪"

고혹적인 윙크도 그들은 당연히 무시했다.

한 구가 대뜸 서슴없이 검을 내리쳤다. 두꺼운 칼날은 인간의 머리 정도는 슬쩍 스치기만 해도 자를 만한 무게와 날카로움을 겸비하고 있었다.

그러나 그 칼날을 종이 한 장 차이로 회피한 수녀의 몸이 공중을 날았다.

어둠 속에 초승달이 생긴 것처럼 보였다.

뼈만 있는 뒷목을 새처럼 사뿐하게 뛰어서 날린 발차기가 찍은 것이다. 타격지점을 기점으로 수녀의 몸이 더 회전했다. 거의 중력을 무시하며 월면 공중제비. 체중 전부를 실어 발꿈치를 다른 해골 병사에게로 내리꽂았다. 더해서 착지한 즉시 힘껏 수그리고 날씬한 다리가 호를 그리며 넘어뜨린 해골 병사의 가슴뼈를 밟아 뭉갰다.

놀랍도록 강했다.

탄력적인 민첩성은 육식동물, 탁월한 균형 감각과 기술은 인간의 극치.

어느새 손발은 회색의 철갑을 차고 있었다.

그 표면에서 몇 줄기씩 번갯불이 튀고 있다. 아마도 철갑에 들어간 모종의 주체(呪體)—— 틈새로 엿보이는 해묵은 종잇조각의 효과겠지만, 웬만한 타격이라면 예사로 여길 해골 병사들이 그 철갑에 타격 당하면 끝, 부활의 조짐조차 보이지 않았다.

성당교회의 대행자들이 쓰는 표준 장비.

이름하여 회정(灰錠). 평소에는 단순한 장갑이나 부츠로 의태하다가 설정된 종잇조각을 집어넣기만 하면 본래 모습을 되찾는 개념무장. 흑건(黑鍵)과 비교하면 훨씬 다루기 쉽다고 하여 많은 대행자가 선택하는 장비였다. 물론 다루기 쉽다고 해서 그 위력과 성능을 무시할 수 없다는 건 방금 한 장면이 증명했다.

"컴 온."

수녀가 까닥까닥 검지를 흔들었다.

등골을 쭉 펴고 잡은 자세는 복싱의 업라이트 스타일.

남은 다섯 구의 해골 병사들이 이번에는 한꺼번에 덤벼들었다. 오른쪽과 왼쪽으로 두 구씩, 그리고 머리 위로 날아오른 해골이 한 구. 상대가 대처에 헤매도록 작은 시간 차와 페인트를 곁들인 것은 숙련된 전사의 기술이었다.

콧노래와 함께 수녀는 스텝을 밟았다.

번개와 충돌음은 딱 다섯 번 울렸다.

"아, 미안해. 지나쳤어."

사과를 입에 담은 직후, 네 구의 해골 병사가 가슴뼈와 두개골이 뚫려서 허물어지고, 마지막에 어퍼컷으로 쳐올린 해골 병사가 천장에 격돌해 산산조각 나며 지면에 쏟아졌다.

시스터 일루미아는 자기 머리에도 살짝 떨어진 파편을 거추장스럽다는 듯 털면서 작게 콧방귀 뀌고 뒤돌아보았다.

조금 늦게 등 뒤에서 랜턴의 빛이 떠올랐다.

"늦었잖아요."

"……히익, 헉, 그런, 말을, 해도."

거의 공처럼 생긴 사제가 숨을 가쁘게 쉬며 벽에 손을 짚고 주위를 둘러보았다.

이미 그곳에 있는 것은 해골의 파편뿐이었다.

"……자네가 한 건가."

"물론이죠. 이런 이단의 망자들, 존재 자체가 주님을 모욕하는 무리인걸. 재는 재로, 먼지는 먼지로. 주님의 마음에 들지 못한 자가 저승에서 돌아오는 게 인정받을 리가 없는데."

아무렇지도 않게 수녀가 말했다.

물론, 그것은 한 가지 논리다. 부지런히 쌓인 인간의 지침이 언어화된 결과. 그녀는 당연히 올바르며, 그 보편적인 가르침에 따르면 부정할 여지가 적다.

페르난도 사제는 아주 살짝 눈을 가늘게 떴다.

아주 살짝만.

"자. 얼른 쫓죠, 페르난도 사제님."

시스터 일루미아는 주먹과 손바닥을 짜악 맞부딪치고 턱짓했다.

4

가면 갈수록 지하도는 협소해지며 짐승의 아가리 속 같은 인상이 강해졌다.

습기가 몸에 들러붙어 땀이 흠뻑 솟았다. 산소 결핍 증상은 없으니 일단 공기가 흐르긴 흐르는 모양인데, 후덥지근한 더위는 어떻게 손쓰기가 어려웠다.

'자연스럽게 생긴 지하도인 걸까……'

모르겠다.

원래 교회의 지하실로 들어온 곳이지만 현대라면 또 몰라도 고대의 인간이 만들 만한 규모는 전혀 아니다. 하지만 인간의 손길이 하나도 닿지 않았느냐면 역시 의문이 남는다.

이 지하도에는 어딘가 인위적인 것이 느껴진다. 창조자의 의도랄까, 악의 같은 게 배어 있다. 그렇기에 걸어나갈 때마

다 누군가의 내장에라도 삼켜지는 듯한 오한이 엄습해서 견
딜 수 없었다.

이런 지하도를 잰걸음으로 나아가는 중에 벨사크가 입을
열었다.

"……마을 사람들이 너를 떠받드는 게 목적이라면, 교회
는 너를 죽이는 게 목적이다."

"……소제를."

어렴풋이 느끼긴 했어도 이렇게 단언하니 말문이 막혔다.

나를 중심에 두고 멋대로 구축된 조직과 세계. 거미줄과
도 비슷하게 다수의 의도와 이익관계를 집어삼키며 한없이
번져 나간다. 아무것도 모르는 새에 이렇게나 복잡하게 뒤
엉킨 끝에, 이미 아무도 전체상을 알지 못할 지경이다.

하지만 지금이라면 아주 약간 이해할 수 있을 듯했다.

"애초에 교회와 마을은 서로 감시하고 있었어. 꽤 옛날부
터 말이지."

벨사크가 말했다.

"아서 왕 등의 종교 관계에 관해선 문헌상으로도 의견이
다양하게 갈린다만, 성당교회의 중심 세력이 보자면 이단
그 자체야. 그 부활 같은 게 인정될 턱이 없지. 하나 그렇다
고 아직 성공하지도 않은, 무슨 영향을 미치는지도 모를 의
식 때문에 마을째로 없앨 만큼 교회가 비인도적인 조직이란
것도 아니야.

동시에 마을 사람 측도 자신들의 목적은 버릴 수 없지만 그렇다고 언제 달성할 수 있을지 짐작도 안 가는 목적 때문에 교회와 전면전쟁을 벌일 만한 동기는 없어. 결과적으로 서로 감시하는 상태가 생겨났고 그건 몇백 년 이상이나 이어졌다. 대가 바뀌어도 너무 바뀌는 바람에 양쪽 경계심도 흐려져 언뜻 보면 평범한 마을로 보일 만큼."

"참으로, 성당교회다운 사고방식이긴 하군."

스승님이 짧게 정리했다.

배배꼬인 어두운 지하도를 걸으면서 나는 멍하니 생각했다.

그럼 본래의 4일째—— 1주차에서 나를 죽인 건 교회 사람인 걸까?

같은 의문을 품었는지 스승님의 옆얼굴은 어두웠다.

"그럼 그 가면 쓴 소녀는?"

그 물음에 벨사크가 입술을 깨물었지만 이번엔 몇 초 정도 만에 다시금 입을 열었다.

"……로드라면 인간의 세 요소를 알고 있겠지."

"물론."

벨사크의 물음에 스승님이 끄덕였다.

"육체와 정신과, 혼. 어느 것이나 인간을 구성하는 빠트릴 수 없는 요소지요. 단백질이나 지방을 갖추면 인간이 되는 게 아닙니다. 이 요소들이 밀접하게 어우러져야 비로소 사람은 사람일 수 있지요."

스승님이 말했다.

같은 내용이 이전에 수업에서도 나왔던 기억이 있다. 아마, 학생의 리포트에 대한 강평이었던가. 마술의 시점에서 인간이라는 존재를 해석한 결과.

"그렇다면 설명할 수고를 덜겠군. 이미 이해하고 있겠지만 그레이는 아서 왕의 육체를 본뜬 것. 천 년 이상이 흘러 간신히 저 마을이 다다른 둘도 없는 결정체야."

벨사크가 당연한 이야기를 했다.

그건 그럴 것이다. 지금의 나는 아서 왕의 근사치다. 10년 전부터 영웅과 같은 숫자로 전락한, 단순한 제물이다.

그렇다면, 그녀는——.

"가면 쓴 소녀는 아서 왕의 정신을 모방한 것이네."

"정신……?!"

무심코 괴상한 목소리가 나왔다. 그런 일이 있을 수 있나.

나는 확실히 몸이 맞을 것이다. 예를 들어 일란성 쌍둥이 같은 걸 생각하면 그 의미는 명확하다. 같은 얼굴, 같은 입술, 같은 손, 같은 발끝. 형이하적 표현을 하면 그쯤 된다. 물론 이건 유전자나 자칫하면 장내세균 같은 항목도 포함될 것이다.

그런데 정신이라니.

"그런 걸, 모방할 수 있는 건가요?"

"왜 이래. 여기 실제 사례가 있잖아."

나른한 목소리가 울렸다.

앞서가던 백은의 기사가 "오오, 탐색자들이여. 잊어버리다니 야속하오." 하고 호들갑스럽게 어깨를 으쓱였다.

"서 케이의 정신 모델."

스승님도 중얼거렸다.

애드의 인격 기초가 되었다는 백은의 기사.

생각해보면 그 기술은 가면 소녀와 동일한 것이 아닐까.

"옛 시절에는 그런 기술이 있었지. 육체와 정신을 모방해 분신이라고 할 수 있는 누군가를 만들어내기 위한 기술이. 신화 시대 마술의 잔재—— 아니면 인간이 닿지 못할 정령의 영역일까."

"역시 잘 아시는군. 현대라면 저작권이니 뭐니 하는 모양이지만 당시엔 그런 건 있지도 않았어. 내키면 멋대로 베끼고 그랬지. 나도 적절하다 싶어 뽑혔을 뿐이지 원래의 내 허가는 안 받았으니까."

기사가 음울하게 크크 웃었다.

그 말에 가슴이 술렁인다.

지금 내 손에서 낫이 되어있는 애드의 인격 기초가 그였^{서 케이}다. 거기까지는 알겠다. 발언 내용 및 사고는 다르지만 어딘가 인상이 겹치는 구석은 있다. 같은 꽃이 비슷하게 생겼듯이 이 기사와 애드는 같은 종일 것이다.

그런데 어디까지 동일한 것인가.

서 케이의 의붓여동생이 바로 아서 왕이었다면, 그는 나를 어떻게 여기는 것일까. ……아니, 애당초 애드는 실제로 나를 어떻게 여겼을까. 그 생각만 해도 가슴이 아프고 두려워서 견딜 수 없었다.

"설명 감사합니다. 서 케이."

벨사크가 고개를 숙였습니다.

그리고 말을 이었다.

"이상으로 육체, 정신, 혼의 삼박자가 갖추어진 순간, 아서 왕이 미래의 왕이 되어 부활한다. 적어도 마을 사람들은 그리 믿고 있지."

"그건 이상한데요."

스승님이 꼬투리를 잡았다.

"만약 육체와 정신이 모였다고 해도 혼은 재현할 수 있는 게 아닙니다. 만약 가능하다면 그건 대마술조차 불가능해요. 제3마법 그 자체입니다."

마법.

전에 시계탑의 강의에서 스승님이 한 이야기가 있다.

마술은 신비이긴 해도 결국 인간의 손이 미치는 범위라고. 과학이 진보하며 이 범위는 크게 확대되었다. 현재 인간은 스스로의 지혜로 심해에 잠수하고 머나먼 땅에 있어도 지연 없이 대화가 성사되며, 필요하다면 다른 천체로도 여행할 수 있다.

하지만 그런데도 여전히 불가능은 있다.

현대에 남은 수는 다섯 가지.

그 다섯 가지를 가리켜 신비의 학도는 마술이 아닌 『마법』이라고 부른다고 한다.

"아아, 그래서 그런 조건은 갖추지 못해야 했어. 교회는 믿지 않았고 마을 사람도 완전히 믿던 이는 사실 거의 없었겠지."

벨사크도 스승님의 말을 인정했다.

그만큼 혼이라는 존재의 모방은 어려운 것이리라. 이 땅에선 육체와 정신을 모방해 왔다지만 그래도 혼만은 일단 건드리지 못했다.

다시금 벨사크는 뒤돌아보았다.

"혼의 모방. 그 답은 자네라면 아는 게 아닌가."

몇 초, 간격이 있었다.

그런 것을 알 리가 없다는 공백. 그러나 불과 몇 초 만에 그것은 변전했다.

"설마……."

스승님이 신음한 것이다.

"서번트……!"

"내가 직접 보고 들은 건 아니지만 성배전쟁의 서번트란 좌에 기록된 본체로부터 혼까지도 모방해서 현계시킨 존재

아닌가."

담담히 벨사크가 말했다.

"그렇다면 제5차 성배전쟁이 시작되고 아서 왕이 서번트로서 현계한다면 삼박자가 다 모일 가능성이 있네."

성배전쟁.

과거 스승님이 참가했던 싸움. 한 번 더 참가하고 싶었던 싸움.

영웅의 혼마저도 채현한다는, 마술사에게도 특이한 투쟁. 하지만 머나먼 극동에서 거행되어야 할 마술 의식이 설마 이런 곳에 연결될 줄이야.

"물론 그 가능성은 크지 않아. 수많은 영령 중에 구태여 아서 왕이 뽑힐 확률이야 오히려 극히 희박하다 해도 되겠지. 하지만 그 가능성을 성당교회가 깨닫고 말았어. 여하튼 감독관을 파견했을 정도니 성배전쟁에 관한 정보는 시계탑이상으로 파악하고 있겠지. ……그래서 꽤 전부터 본부의 인원을 파견해 마을 상황을 속속들이 조사했던 걸세."

"……시스터 일루미아 말이군요."

몇 년 전부터 교회에 파견된 수녀.

설마 그녀가 성당교회의 공작원이었다는 말일까?

그 의문에 벨사크는 선뜻 끄덕였다.

"그래, 시스터 일루미아는 어느 추기경의 사생아다."

생각도 못한 단어에 숨이 막혔다.

"추기경…… 표면 측에서도 거의 톱 아닙니까?!"

"안타깝지만 그런 출신을 밝힐 수도 없어 고아원 태생으로 되었네만. 하지만 대행자로서도 특출 난 소질이 있지. 본래라면 이런 시골에 파견될 리 없었지만…… 그만큼 이 마을에 흥미를 느꼈다는 뜻일 게야. 소문으론 스스로 지원해서 이 마을에 왔다는 정보도 있더군."

뒤집혀 있던 카드가 착착 앞면으로 뒤집힌다.

뒤집히는 속도에 내 머리가 따라잡지 못할 지경이다. 눈앞에 어마어마한 정보가 오가고 있지만 도저히 그 양을 받아들일 수 없다.

대체, 무슨 일이 일어나는가.

대체, 무슨 일이 일어났는가.

이 2주차에 이르기 전, 1주차에서도 마찬가지로 사건이 전개되고 있었던가.

"맞아. 덧붙이자면 이번 행상에도 교회의 연락원이 끼어 있었지. 아무래도 마을 사람들의 손에 잡힌 모양이다만."

침착한 벨사크의 말이 충격에서 벗어나지 못한 뇌를 더욱 후려쳤다.

"……그럴, 수가."

나만 모를 뿐이지 그 마을에는 도대체 어느 정도의 음모가 휘몰아쳤단 말인가.

물론 평범한 마을이라고 생각하진 않았다. 언뜻 보아 그리 보이더라도 내부에 있던 나는 이 장소가 어떤 종류의 이단인지 대강 안다고 여겼다.

그런데 이건 너무하다.

이 마을은 얼마나 내게 숨겨왔던 것일까.

인생에서 가장 오래 지내온 장소는 지금 가장 먼 장소였다.

어느새 발도 멈추었고, 그 바람에 비로소 깨달았다.

"스승님?"

돌아보니 스승님도 마찬가지로 발을 멈추고 있었다.

"그 때문인가."

그렇게 말한 스승님이 고개 숙였다.

"그 때문인가……."

한 번 더 중얼거리고 얼굴을 쓰다듬었다.

"서 케이. 그런 거로군."

"뭐, 뻔한 전개지."

스승님은 어깨를 으쓱인 백은의 기사를 향해 한 번 끄덕이고 재차 앞에 가는 묘지기에게 물었다.

"벨사크 블랙모아. 당신 뒤에 있는 건 누구입니까? 아니, 뭡니까?"

*

"잠깐, 잠깐, 잠깐, 잠깐, 이게 웬 소리야!"

요란법석 떠는 목소리가 공간에 울렸다.

여러 개의 수정구가 떠오른 공간이었다. 처음에는 하나였던 수정구가 마치 거품이 분열하듯이 잇달아 늘어나서 그들을 둘러싸고 있었다.

금발 소년이었다. 그는 정상적인 불안 위로 호기심과 천진함을 버터처럼 듬뿍 바른 눈으로 수정구를 들여다보고 있었다.

"이게 어떻게 되어 먹은 거야! 벨사크 씨는 그레이 편이잖아! 아니 아니 애초에, 아서 왕의 정신은 대체 뭔데! 아아, 진짜. 이 수정구, 화면이 안 좋잖아! 『강화』한 수도를 대각선 30도 정도로 때리면 고쳐지지 않을까!"

플랫 에스카르도스.

말할 필요 없이 엘멜로이 교실에서 현역 최악의 이름을 내건 소년이다.

그리고 옆에는 한 명 더.

"어떻게 된 거야……!"

신음이 터졌다.

플랫과 나란하게 엘멜로이 교실의 쌍벽—— 스빈 글라슈에이트의 몸에서는 희미하게 번개가 튀고 있었다.

마력의 인광이 소년의 분노에 따라 공격적 성질을 띠는 것이다. 수성(獸性) 마술의 필연이라고는 해도 이만한 출력과 공격성을 드러내는 경우는 좀처럼 없다. 그만큼 소년의 감정이 본인도 제어하기 어려운 범위에 이르렀다는 표현이기도 했다.

"……흠. 여기까지 온 솜씨는 괄목할 만해. 배우의 노력은 되도록 보답 받아야 한다고 수정을 늘려봤네만 그걸로는 마음에 안 차나 보지?"

시치미 떼는 듯한 말이 마주한 청년의 대답이었다.

청년이라고 형용했지만 그 나이는 확실치 않다. 때때로 빛의 광량에 따라 스물 중반의 화사한 생김새로도, 쉰을 넘은 현자로도 비쳤다. 그 또한 상급 사도(死徒)의 특징인 것일까. 단지 아름답다는 것과 속을 모르겠다는 것만이 확실했다.

아틀라스 원(院)의 원장.

제피아 엘트남 아틀라시아.

시계탑에서는 열두 명의 로드보다 윗길에 두는 환상의 지위에 있는 남자.

이런 두 명과 한 명── 혹은 하나와의 대치가 기괴한 공간에서 펼쳐지고 있었다.

"아까도 설명했지만 자네들은 재연에 간섭할 수 없어. 아쉽지만 그 자격이 없지. 여하튼 당시 마을에 자네들은 없었으니까. 오디션에서 보여준 연기는 대단한 것이었네만 애당초 조건을 만족하지 못해서야 백스테이지에서 지켜보는 정도가 타협점이네."

유창한 제피아의 말은 독특한 표현도 어우러져 정확한 의미를 파악하기 어려웠다.

다만 거짓말은 아닌 인상을 줬다.

지금 엘멜로이 2세와 그레이가 수정 속에서 충격에 얻어맞았다. 과거 세계에서 정신없이 변화하는—— 혹은 스스로 밝혀낸 인간관계가 두 사람을 몰아세우고 있다.

왜 저 자리에 자신이 없는가.

최소한 이 스빈 글라슈에이트만은 아군이라고, 왜 말해줄 수 없단 말인가.

스빈은 속이 상해 당장에라도 마력이 폭주할 것만 같은 기분을 필사적으로 참으면서 머릿속을 굴렸다.

'……그리고.'

머리 한구석에서 다른 생각도 했다.

제피아가 속한 아틀라스 원은 때로 『살아있는 나락』이라고까지 불린다. 한 번 그 문턱을 넘은 자는 밖으로 나오는 경우가 거의 없기 때문이다. 자신의 연구에 매몰되어 모든 시간과 생명을 한없이 바치는 사람들. 예를 들면 그것은 차갑게 식은 서버 룸에서 줄곧 가동하고 있는 컴퓨터와도 비슷해서, 이미 생명체라고 부르기도 저어되는 말로였다.

그 하나만을 들어도 이 원장이 외부를 방랑하고 있는 상황이 비정상임을 알 수 있다. 원장이 예외인지, 아니면 이 마을의 상황이 그만큼 긴급사태인지는 모르겠지만, 어느 쪽이더라도 최대한을 넘는 경계를 해야만 하리라.

'······우선, 이 장소는 대체 뭐지?'

눈만을 움직여 주위를 관찰했다.

스빈은 불과 몇 미터의 거리가 무한이나 다름없다고 느꼈다.

플랫이 마력에 비정상적인 감수성을 가졌듯이 스빈은 압도적으로 날카로운 오감을 가지고 있다. 그 감각이 이 공간에선 정상적인 물리법칙이 작용하지 않음을 거세게 호소했다. 그 구조를 해석하지 못하면 이 남자와 싸우는 것조차도 불가능하리라.

'······하나씩, 하나씩이야.'

분한 마음을 억누르며 스빈은 사고했다.

꼴사나운 패전은 그 봉인지정── 아오자키 토코 때로 충분하다. 이 세계에 수성 마술만으로 저항할 수 없는 상대가 있음은 지긋지긋하게 이해했다. 그렇다면 궁리를 해야만 한다. 자신의 목적을 감안하고 승리 조건을 설정해, 지켜야 할 것을 확보해야만 한다.

우선 이 기묘한 구조를 조금이라도 이해해야 할 터.

"하지만 당신은 그때 마을에 있었을 텐데."

스빈은 조용히 물었다.

"그렇다면 선생님이나 그레이 씨가 있는, 저 세계에 갈 수 있는 게 아닌가."

"흠. 그 지적은 지당하지만 패러독스는 삼가야 하네. 덧붙여서 세계를 계산 중인 내가 내부로 들어가면 운영자는 내가 계산한 세계까지 포함해서 재계산해야만 하고, 내 쪽도 거의 자동적으로 그 재계산을 연산하고 말지. 이건 거대한 모순이야. 정보량이 많은 각본을 좋아하는 이는 있겠지만 이런 액자식 구조로는 누구도 감당 못할 허용량이 될 테지. 아아, 나 자신부터 엘멜로이 2세와 저 묘지기 소녀의 분투에 기대하고 있다네."

하는 말의 의미를 절반도 모르겠다.

하지만 요약하면, 요컨대 이 상황에 깊이 관여했을 제피아 자신이라도 저 세계에서 벌어지는 사건은 자유롭게 할 수 없다는 뜻이리라. 지금 보이는 광경이 정말로 과거인지는 차치하고 제피아의 마음대로 안 될 만큼은 자율적인 모양이다.

"선생님과 그레이 씨를, 이곳으로 되돌리는 건?"

"안타깝네만 안 되네. 계약에 위반돼."

"계약?"

"과거, 아틀라스 원이 이 마을의 전신과 주고받은 것이라서. 나 자신이 주고받은 건 아니네만 효력은 절대적이야. 자네들 같은 불규칙 요소가 찾아온 것도 포함해 나는 수용해야 하겠지."

'……아틀라스 원의 계약.'

그런 게 있다는 말은 들었다. 아틀라스 원은 특별한 계약서를 옛날 일곱 장 발행한 적이 있다고. 이 계약서에 근거한 의뢰에는 반드시 전면적으로 협력해야 한다…… 그런 이야기였을 것이다.

그렇다면 탈출할 수 없다고 하는 아틀라스 원에서 원장이 밖으로 나와 방랑하는 것도, 같은 이유일까?

"…………."

하나씩 재료를 검토한다.

보석을 비교하듯이, 먹을 수 있는 것을 냄새로 분간하듯이, 스빈은 좌우지간 두뇌를 회전시켰다. 아무리 티가 안 나더라도 그런 곳부터 시작해야 한다는 걸 지금의 소년은 뼈저리게 잘 알고 있었다.

두 번 다시 지고 싶지 않다면, 본인이 가진 강점을 하나라도 더 늘려야 한다. 얼마나 꼴사납든 비참하든 간에, 땅바닥을 기어서라도 온갖 별의 파편을 긁어모아야 한다.

'……나와 플랫, 그리고 저 기사를, 불규칙 요소라고 그랬지.'

괜히 억측하지 않도록, 주의 깊게 시시콜콜 따진다.

'……즉, 우리가 여기에 있는 것이나, 선생님과 그레이땅이 어떻게 되는지는 이 상대도 전부 계산한 게 아니야.'

여기에 오기 전에 들은 이야기를 떠올렸다.

당시의 제피아는 엘멜로이 2세와 라이네스의 미래를 앞

지르는 언동을 했다는 모양이다. 시계탑과는 다른 마술의 전말. 무한이 아니어도 무수한 미래를 연산해 현실마저도 각본 중 하나라고 호언장담할 정도의, 계산의 화신.

그런 제피아에게도 지금 상황이 불규칙적이라고 한다면?

'……그럼.'

뒷짐 진 손에서 손가락을 움직였다.

마력 그 자체가 플랫에게만 읽을 수 있는 파장의 문자가 되어 지시를 내렸다. 늘 태그로 뭔가를 할 때의 수법이었다.

들키지 않도록 이 마술을 해석하라고 전한 것이다.

'OK!'

플랫 또한 재빠르게 대답했다.

플랫의 요령은 일정 간격으로 손가락을 문지를 뿐이었다. 손가락의 기름기가 마찰되는 냄새를 스빈은 뚜렷하게 느꼈다. 각각이 마력과 냄새라는 별개의 방법으로 발신과 수신을 하는 수법. 스승인 엘멜로이 2세에게도 아직 들킨 적이 없는 전달 수법이다.

눈앞의, 제피아조차도 알아챈 낌새는 없었다.

플랫이라면 필시 아틀라스 원의 연금술에도 대응할 수 있다. 그 숲의 결계를 뚫고 이 자리에 도달한 것을 봐도 증명되었다. 충분한 시간만 있으면 제피아에게 한 방 먹일 만한 수단을 강구해 줄 것이다.

'문제는 타이밍이야…….'

이 아틀라스 원의 연금술사를 어떤 타이밍이라면 앞지를 수 있을까.

아마 자신의 꿍꿍이쯤이야 이 연금술사는 당연히 간파했을 것이다. 이렇게 방치하는 것도 오만하거나 나태해서가 아니라 순수한 평가로써 플랫도 스빈도 장애물이 못 된다는 답이 나왔기 때문이다. 그의 두뇌 속에서는 틀림없이 이미 몇만 번이나 자신들이 패배했을 것이다.

그렇다면 필요한 것은 자신들만의 노력이 아니라 또 다른 요소였다.

'예를 들면, 그것은?'

무력함을 곱씹으면서 생각한다.

마치 달팽이가 된 기분. 자신이 손가락 하나만큼 기어가는 동안에 상대는 지구를 한 바퀴 돈다. 그만한 성능 차가 있는 걸 알아도 여전히 매달릴 수밖에 없었다.

'선생님이 수수께끼를 해결하신 순간? 저 기사가 뭔가를 해 준 순간? 아니면 또 다른 뭔가가 일어난 순간?'

이렇게 남만 믿어야 하는 상황이라니.

바이스로 꽉 조이기라도 하는 것처럼 가슴이 아프다.

그레이의, 슬픔을 숨긴 표정과 음성 하나하나에 폐가 에이는 것 같았다. 그저 보고만 있을 뿐인 행위가 이 정도까지 정신과 육체에 부담을 강요한다는 사실을 스빈은 처음으로 알았다. 마술회로를 각성했을 때조차 이런 고통은 느끼지 않았건만.

　‘……그렇더라도.’

　설령 영원한 시간이더라도 기다리겠다고 스빈은 생각했다.

　이런 자신이, 뭔가 하나라도 그녀의 도움이 될 수 있을지
모르니까.

제2장

1

"……자자, 어디. 우리 오라비는 어떻게 되었으려나."

라이네스는 턱을 괴고 문득 중얼거렸다.

현대마술과의 도시——라기에는 조촐한 길거리, 슬러가
내려다보이는 집무실이었다.

품격 있는 자단 책상에는 대량의 서류가 쌓여 있었다.

내용은 강사가 올린 새로운 촉매의 구매 요구이거나, 다
른 과에서 올린 교실 할양 신청이거나. 뭐 거의 다 시시한
잡무였다.

적 아군 어느 쪽이든 상관없이 로드가 없을 때 조금이라
도 유리한 청원을 통과시키려는, 어떻게 보아 착실한 노력
의 결정이기도 하다. 하기야 실제로는 의붓오빠를 거치기보
다 라이네스 혼자인 쪽이 처리하기 쉽기에 소녀로서 보자면

감지덕지하지만.

"흥, 시답잖은 위장공작도 섞여 있군. 그 오라비라면 속 았을지도 모르지만."

라이네스는 솜씨 좋게 서류를 정리하고 사인하면서 한 번 더 오빠와 그 입실제자를 생각했다.

그 마을은 역시 휴대전화도 연결되지 않아 오빠와 그레이 의 상황은 불명확한 상황이었기 때문이다. 제자 플랫과 스 빈을 데리고 가긴 했지만 상황으로 보건대 무사하다고 단정 할 수는 없으리라.

옛날, 그레이가 눈을 돌리고 뛰쳐나온 고향.

아마도 그 과거의 사건과 마주 보게 될 테니까.

'……하긴, 그 두 사람이 위험한 곳에 뛰어드는 것도 늘 있는 일이지만.'

홀로 납득하며 기지개를 켰다.

수중에서 살며시 김이 피어오르는 홍차를 한 모금. 마시 는 김에 아름답게 반들거리는 마카롱을 입술에 집어넣었다.

"응…… 음, 트림마우?"

"무엇이신지요, 아가씨."

시립해 있던 수은 메이드가 끄덕였다.

"이거, 평소 가던 가게가 맞지? 맛이 떨어진 것 같은데."

"죄송합니다, 아가씨. 평소처럼 독을 검사할 때 성분을 확인했습니다만, 완전히 동일합니다."

"음, 그러냐."

메이드는 입술을 시옷자로 만든 주인에게 한 번 더 덧붙였다.

"식사를 함께하지 못해 죄송합니다."

"흥. 그런 것 가지고 맛이 변할까 봐."

"맛은 변하지 않아도 인간이 느끼는 법은 바뀐다고, 영화에서 그랬습니다."

"플랫에게 배운 쓸데없는 지식은 바로 잊어."

"생각해 두겠습니다."

수은 메이드가 평소와 같이 얌전빼는 표정으로 말하자 라이네스가 살짝 콧방귀를 뀌었다.

창밖에는 부스러진 낙엽이 날리고 있었다.

1월도 중턱.

제5차 성배전쟁은 이제 곧 시작된다.

은밀히 성당교회와 연줄이 있는 정보상에게서 들은 얘기로는 이미 유력한 세력은 서번트 소환을 시작했다고 한다. 시계탑에서 임명되었다는 봉인지정 집행자도 발자취를 파악할 수 없어졌다는 점으로 보건대 일찌감치 출발했어도 이상하지 않다. 시기가 다가오면 성배는 저절로 마스터를 선택한다고 하니, 늦지 않게 남은 자리도 메워질 것이다.

만약 오라비가 급히 그레이의 고향에서 돌아오더라도 이미 때를 맞추지 못할 것이다.

"흥, 맛없어……. 아니, 맛있어. 당연히 맛있지."

하나 더 마카롱을 입에 넣고 입술 끝을 찡그렸다.

한쪽 눈을 빈정대듯 감고서 왠지 모르게 중얼거렸다.

"아아, 아무리 우리 오라비가 기묘한 인연에 복이 있다고 해도 시간을 되감을 수는 없겠지. 무슨 마법도 아니고."

그 말이 멀리 떨어진 의붓오빠의 현실과 기묘하게 부합된다는 사실은 제아무리 소녀라도 알아챌 수는 없었다.

2

괸 공기가 응고된 것처럼 느껴졌다.

2주차의 여름으로 온 이후로 온갖 감각이 바짝 날이 서 있었다. 극도의 스트레스 속에 놓인 까닭에 반쯤 억지로 육체 기능이 끌려 나온 것이다. 아아, 이런 때라도 내 몸은 천박하게 살아남으려 하고 있다. 그 사실이 약간 분하기도, 듬직하기도 했다.

눈앞에서 스승님과 벨사크가 마주 보고 있다.

양쪽 다 그때의 나를 도와준 사람.

"적은 아니라고, 확인했던 게 아니었나."

벨사크의 말에 흔들림은 없었다.

묘지기가 흔들려서는 망자가 잠들지 못한다. 그렇게 말했던 기억이 떠올랐다. 설령 시간이 지나고 입장이 바뀌어도 이 사람의 말은 가슴속에 새겨져 있다. 주고받은 말은 많지 않았지만, 그 하나하나가 숨 쉬고 있다.

"적은 아니다. 그건 서 케이가 확인한 바지요."

스승님이 살며시 눈을 가늘게 뜨며 입을 열었다.

"하지만 순수하게 아군이라고 한 건 아닙니다. 서 케이가 확인한 건 그런 거겠죠. 아니면 성당교회의 내밀한 사정까지 알 리가 없습니다."

"하하. 남의 말을 시시콜콜하게 기억하긴. 그런 점은 어디 음습한 보좌관이랑 똑 닮았군."

"칭찬하는 말씀이라고 받아두죠."

"물론 칭찬이 아닌데. 뭐 적재적소겠지."

기사는 흥 콧방귀를 뀌고 벨사크를 쳐다보았다.

애매하게 흐릿한 검지를 까닥까닥 흔들고 말을 이었다.

"요컨대 말이야, 넌 너대로 외부 조직의 이해관계에 속해 있는 거겠지. 아마 이 나라의 왕——이 아니지, 아마 이 시대라면 정부라고 하던가."

생뚱맞기 그지없는 단어에 나도 눈을 부릅뜨고 말았다.

"내가 생전에 있던 나라는 영 복잡해서 말이야. 배신자나 배신자의 배신자, 거기에 반농담조인 궁정마술사, 바람둥이 기사에 우등생인 왕까지 죄다 한자리에 모였지 뭐야. 여기에 로마니 뭐니 외부 세력도 여럿 얽혀드는 바람에 마냥 복잡했지만, 덕분에 살짝 눈치도 빨라졌어. ……네 움직임은 차치하고 정보의 시점은 개인의 것이 아니야. 타인의 평가라고 해도 약간 위화감이 있지. 특정한 누군가가 아니라 어느 정도 넓은 범위에서 전체를 망라하는, 마치 보고서 같은 평가더군. 아아, 뭐, 그런 연락을 볼 기회는 유쾌하게도 많았거든."

거침없이 혀를 놀리다가 한숨 돌리고서 기사가 말했다.

"요컨대, 나라의 시점이란 말이지."

"…………."

침묵이 지하도에 내려앉았다.

불쾌하고 축축한 공기에 소리 없는 소리가 스며드는 것 같았다.

"벨사크, 씨?"

이름을 부르자 늙은 묘지기는 어깨를 으쓱였다.

"당신 같은 상대가 같이 있을 줄은 몰랐군. 로드 엘멜로이 2세는 현명하지만 정치적인 교섭에도 능한 것은 아니지. 라이네스라는 여식이 없다면 그걸로 충분하다 여겼는데."

한숨과 함께 벨사크가 말했다.

"그럼, 인정하는 겁니까?"

"일족의 먼 친척이 영국 정부와 연이 있네. 이 마을이 성당교회와 대립 중이라는 이유로 때때로 편의를 봐줘서 말이야."

조용히 벨사크는 술회했다.

"딱히 정부의 의도로 움직이는 건 아닐세. 하지만 상대도 거저 정보를 주는 건 아니지. 양쪽의 이익이 일치하는 건 확실할 거야."

"그럼, 한 번 더 묻고 싶습니다. 당신의 목적은?"

"…………."

잠시 침묵하다가 벨사크가 입을 열었다.

"아서 왕의 부활을, 미루고 싶네."

"막는다, 가 아니군요."

"나는 블랙모아의 묘지기야. 이 땅에 뿌리박은 마술사이기도 하고."

벨사크가 말했다.

"따라서 예로부터 이어온 관리자로서 이 땅이 조용해지는 쪽을 우선하고 싶군. 아서 왕이 언젠가 잠에서 깬다고 해도, 그건 축복 속에서 깨어나야 하는 법이고말고."

엄숙한 어조에 나는 옛 기억이 떠올랐다.

묘지기 훈련을 할 때, 이 남성이 얘기한 적이 있었다. 죽음은 외경해야 할 것이다. 그러나 두려워할 것은 아니다. 저승의 어둠은 모든 것을 청산해 무(無)로 되돌린다. 그러므로 새로이 태어나는 생명은 반드시 축복받아야 한다. 어떠한 죄로 점철된 탄생이라도 그것만은 진실이어야 한다고.

진실이라고 말하지 않고, 진실이어야 한다고 말한 것에서 왠지 호감이 갔다.

블랙모아의 묘지기 훈련은 엄격하여 의식을 잃은 적도 한두 번이 아니었지만 싫어지지 않았던 건 그 때문일지도 모른다.

"지금은 때가 아니야. 적어도 나는 그리 생각하네. 그러니 그레이, 너를 피신시키는 걸로 나는 목적을 달성하고 싶었다."

벨사크는 결론을 내렸다.

그리고 아주 살짝 수염을 움직이고.

"화내지 않는구나?"

나를 쳐다보았다.

"저…… 화나기보다, 이래저래 놀라는 바람에……."

나는 우물쭈물 대답했다.

그럴 만하다.

가뜩이나 도저히 받아들이지 못할 만한 마을의 비밀이 밝혀진 직후다. 급기야 사실 너를 지켜보던 묘지기는 정부와 연결되어 있다고 해도 반응할 도리가 없다.

다만 한 가지만은 생각했다.

"벨사크 씨는…… 소제가 죽어야 한다고는…… 생각지 않았던 거군요……."

"당연한 소릴."

묘지기는 나를 보지 않았다.

왠지 그게 이 사람의 성의일 거라고 느꼈다. 그래서 나도 감사의 말은 하지 않았다.

"받아들이지요."

스승님이 끄덕였다.

"그럼 옆길을 쓰지. 마을 사람도 모르는 루트다. 탈출하기만 할 뿐이라면 그다지 수고는 안 들 거야."

"……아니요."

이번엔 스승님이 고개를 가로저었다.

"당신의 목적은 받아들이겠습니다만, 수단을 받아들일 수는 없습니다. 예전에 우리는 그것을 받아들였으니까."

"?"

말뜻을 알 턱이 없다.

우리가 미래에서 왔다는 사실을 이해할 턱이 없다. 스승님은 잠깐 생각하다가 다시 입을 열었다.

"일단, 제가 미래시라도 가능하다고 여겨줬으면 합니다."

"자네가 말인가? 로드 엘멜로이 2세의 능력에 대해선 들었어. 물론, 마안(魔眼) 말고도 미래를 헤아릴 방법은 여러 가지 있겠지만……."

"죄송하지만 저 개인의 능력은 이 상황에 도외시하고 생각해 줬으면 합니다. 우연히 그런 결과를 알게 됐을 뿐이죠."

평온하게 받은 것 같지만, 음성에 살짝 험악한 기색이 남은 건 신경 쓰는 점을 찔렸기 때문일 것이다. 정부와 연결되었다는 벨사크의 정보망은 스승님의 능력에 관해서도 조사했던 모양이다.

스승님과 벨사크 사이에 몇 초간 침묵이 내려앉았다.

그 정적에 끼어들 듯이 기사가 내게로 말을 걸었다.

"넌 말이야, 어쩌고 싶어?"

"어……."

한순간 말을 머뭇거렸다.

"소제, 말인가요?"

"그래, 너 말이다."

무뚝뚝하게 기사가 말했다.

방금 벨사크를 다그칠 때도 왠지 장난치는 기색은 변함없었는데 지금의 기사는 몹시 진지하게 바라보는 느낌이 들었다. 멀쩡히 표정도 알 수 없을 정도로 애매한 영기(形態)인데 그런 마음만은 전해졌다.

어째선지 누군가와 닮은 느낌이 들었다.

늘 상자 속에 들어 있던—— 옛날에는 단 하나뿐이던, 내 친구.

그가 물었다.

너는 어쩌고 싶으냐고.

"……소제는."

목이 메었다.

말을 꺼내면 더는 무를 수 없는 걸 알았다. 여느 때와는 다르다. 평소라면 내가 맘대로 스승님의 위험에 함께할 뿐이다. 그런 건 당연하고 생각할 여지도 없다. 하지만 이건 반대다. 한 번 입 밖으로 내면 내 위험에 스승님이 함께하게 한다. 스승님의 사고방식이라면 아마 나를 말리진 않을 것이다.

그런데도, 말했다.

"……소제는, 또 한 명의 소제와, 정신의 아서 왕과 만나고 싶어요."

계속.

필시 계속 그렇게 말하고 싶었다.

얼마 전 처음으로 그녀와 만나고 헤어지기 전부터 계속.

"그 사람이 실제로 무슨 생각을 하는지, 소제를 어떻게 여기는지, 그것을 제대로 알고 싶어요. 아서 왕의 정신이라느니 예로부터 이어진 인연이라느니 그런 『사실』이 아니라, 소제와 마찬가지로 그녀가 떠안아 왔을 『진실』을 알고 싶어요."

말로 잘 표현 못하겠지만 더듬더듬 나의 내면을 털어놓았다.

"그 사람이 바로 소제가 끝내 마주하지 못한, 이 마을의 비밀 그 자체라고 생각해요. 그 사람과 마주하지 못했기 때문에 소제의 1주차는 괴로웠던 거라고 생각해요. 만나야 할 상대와 마주하지 못하고 그저 도망쳐서 살아남았으니까."

"1주차?"

"저희 얘기입니다."

미심쩍게 눈썹을 모은 벨사크의 의문에 스승님이 헛기침했다.

그리고 서 케이가 다시금 입을 열었다.

"흥. 핑계는 제법인데 살해당할지도 모른다. 일단 말해 두겠는데 날 믿지 말라고. 전장을 혼자서 뒤집을 만한, 골통까지 근육으로 된 어디 기사 놈들하고는 사정이 달라. 저기 묘지기가 말했듯이 얼른 이 마을에서 내빼는 게 가장 안전한 방책일걸."

"……네. 아마 그럴 테죠. 그래도 소제는 만나고 싶어요."

"상대는 거절할지도 몰라. 애초에 한 번 만났는데 상대 쪽에서 가버렸잖아. 그 해골 병사들에게 붙들려서 마을 사람들과 같이 글러 먹은 의식에 쓰이는 게 소원이라면 그야 안 말리겠는데."

"……네. 그리될지도 모르죠. 그래도 소제는 만나고 싶어요."

"하, 고집도 세셔."

기사가 어깨를 으쓱이고 빙글 뒤돌아보았다.

"그러시다는데, 너는 괜찮겠어? 벨사크 블랙모아."

"……어쩔 수 없지."

늙은 묘지기도 한숨을 쉬었다.

주름이 도드라진 손을 들어 올려 나를 가리켰다.

"그레이, 애드를 눈앞에 들어라."

"어, 하지만 애드는 잠든 채라……."

"문제없다. 필요한 건 애드의 인격이 아니라 예장으로써 가진 기능이야. 네게 이식된 마술각인은 그것과 동기하기 위해 조정되었다. 평소처럼 낮에 자신을 맡기면 된다."

"……네, 넷."

옛날 훈련처럼 벨사크의 말대로 나는 낫을 들어 올렸다.

몸 중심에 낫의 중심을 가까이 대며 의식을 그곳으로 가져갔다. 자신과 낫의 경계를 제거하고 가능한 한 '공(空)'을 채워간다.

"집중해라. 극한까지 자기 자신을 작게 하는 것은 극한까지 자기 자신을 넓히는 것과 동일하다. 단 한 점까지 자기 자신을 압축해. 동시에 영역을 확장해 모든 세계를 의식으로 채워라."

무심코 미소 짓고 말았다.

스승님이 강의에서 하던 말과 아주 비슷했기 때문이다. 나는 시계탑의 강의에 참가하면서도 내용을 대부분 놓치고 있다. 그것은 황금을 앞에 두었음에도 가치를 모르며 가져가지도 못하는 어리석은 자와 같은 꼴이라고 여겼지만…… 그래도 이렇게 얻은 것도 있었다.

내게는 아깝기 그지없는, 선물.

"…………."

의식을 집중한다.

아직껏 잠들어있는 애드의, 더욱 깊숙한 곳에.

낫자루에 이마를 툭 대었다. 차가운 감각에 이마가 저리고 그 옅은 감각은 곧장 온몸의 피부로 전파되어 나의 내면으로 두루 스며들었다.

뇌리에 빛이 깜빡였다.

즉시 한데 묶여 수차례 연쇄한 빛은 내 머리 위와 발밑에 은하처럼 펼쳐졌다.

"……길이, 보여요."

의식하지 못한 말로 나는 중얼거렸다.

"놀랍군."

벨사크의 목소리가 들렸다.

"못하면 돌아가라고 할 셈이었는데…… 설마 한 번에 성공할 줄이야. 고작 반나절에 무슨 일이 있었지?"

벨사크에게는 반나절. 내게는 반년. 그 차이.

하지만 아마 그것만이 아닌 차이.

"여기서부터 어떡하면 되나요?"

"빛의 길에 가고 싶은 장소를 물어라. 이 지하의 전모는 나도 모른다. 마을 사람도 교회도 아마도 정신의 아서 왕조차도 속속들이 알지는 못할 것이야. 하지만 그건 별개다. 살아있지 않은 봉인예장이기 때문에 이 묘지의 모든 것을 알

자격이 있었지."

스승님이 말했었다.

묘지란 극소의 사후세계라고.

아마도 이 지하도 마찬가지일 것이다. 블랙모아의 묘지로서 이곳은 산 자가 들어서선 안 될 성지다. 애드는—— 애드를 형성하는 봉인예장은 그 성지와 동조하게끔 만들어졌다.

블랙모아의 묘지기란 나와 벨사크를 가리키며, 동시에 이 예장 자체이기도 하다고 의식하면서 내 의식은 빛무리로 집중했다. 빛의 의미를 전부 파악하기엔 양이 너무 많다. 그렇기에 이쪽에서 먼저 움직여 필요한 정보만을 꺼냈다.

곧바로 많은 빛이 몇 군데 길을 가리켰다.

"괜찮나."

"네, 네. 스승님."

스승님이라는 단어에 벨사크가 한순간 눈썹을 찌푸렸다. 안 돼. 우리가 미래에서 왔다고 설명하기 시작하면 역시 시간이 부족하고 곤혹스러울 뿐이겠지.

"아무것도, 아녜요. 길을 알았으니 가죠."

엉키는 다리를 얼버무리면서 서둘러 앞장섰다.

동조한 탓인지 아직 청각은 날카로워져 있었다.

"……고맙습니다. 서 케이."

그리고 그 청각이 스승님의 속삭임을 포착했다.

"엉? 뭔 소리야?"

"제가 해야 할 말을 해 줬기 때문입니다."

"착각이지. 시답잖은 대화로 시간을 허투루 소비할 바에는 얼른 결정해 주는 편이 나을 거라 생각했을 뿐이야."

스승님과 기사의 말에 약간 애틋해졌다.

나는 얼마나 도움을 받고 있는 건지, 한심함과 든든함이 길게 꼬리를 끌었다.

그런 감상을 떨쳐내듯이 우리는 지하의 새로운 어둠으로 들어섰다.

3

시스터 일루미아는 잔달음질로 지하를 나아갔다.

그 마을의 땅속에 깔린 길은 복잡하게 엉켜 있다. 그 전부
는 그녀들도 파악하지 못했지만 그레이가 갔을 길을 앞질러
가고자 아는 루트를 활용하는 중이었다.

그 도중에 헥헥 신음하면서 랜턴을 든 페르난도 사제가
입을 열었다.

"헉…… 씩…… 헉…… 그럼, 역시 그레이는 그 마술사
와 함께 이 지하도로 들어갔다고?"

"그래요. 사제님."

익살 부리듯 일루미아는 한쪽 눈을 감았다.

"도통…… 나로선…… 판단이 안 서네. 그 애는 충분히
마을 사람에게 협력적이지 않았던가? 그야 제대로 사정 설

명을 못 받았겠지만, 받아봤자 자기 생명쯤은 태연히 바칠 만한 애였을 텐데? 아니, 그렇게 키워지지 않았었나?"

"뭔가, 변심할 계기가 있었을지도요."

일루미아는 아주 약간 보조를 늦추었다.

페르난도 사제는 미심쩍다는 표정으로 굵은 목을 갸웃했다.

"예를 들어, 그 시계탑의 로드 말인가?"

"더러운 마술사!"

혐오스럽다는 듯 일루미아의 표정이 구겨졌다.

"그나마 그 엘멜로이의 공주를 돌려보냈기 망정이죠. 기껏 오래 머물지 말라고 권했는걸요."

"자네의, 묘한 편애는 문제라는 생각도 있네만."

"어차피 이단자니까 최소한 이쪽 마음을 윤택하게 할 외모는 중요하잖아요? 어차피 주님의 바른 가르침을 따르지 않는 분들을 신용할 수 있을 리가 없죠."

땀을 닦으면서 사제가 눈썹을 찌푸리자 일루미아는 뚱하니 새침한 표정으로 떠들었다.

"……자네는 그런 사람이었지."

"사제님은 이단자에게 다소 쓸데없는 정이 과하다 싶은데요. 저까짓 것들을 헤아려줄 필요가 어디 있다고."

"글쎄. 나 같은 지방의 사제는 자네 같은 중심부의 생각이 이해가 안 되네."

"사생아지만 말이죠."

히죽 입술 끝을 말아 올린 수녀를 사제가 손수건으로 뺨을 닦으며 따라갔다.

글래머러스한 수녀와 거의 구체 같은 사제의 미스매치한 모습도 어우러져 지하도를 가는 두 사람의 모습은 해묵은 호러 영화라도 되는 것 같았다.

금세 공간이 휜히 트였다.

저택 하나가 통째로 들어갈 법한 어둠에 새로운 인영이 비친 것이다.

"따라잡았다——!"

그러나 인영의 형태에 일루미아는 눈을 깜빡였다.

한순간의 분위기만은 그레이와 흡사했음에도 그것은 전혀 다른 상대였다.

천천히 마주 보는 모습은 기괴한 가면과 갑옷으로 몸을 감싸고 있었다. 그 등 뒤에는 해골 병사가 몇 명 서 있고 이 기괴한 땅속임에도 놀라지 않을 수 없는 처절한 기척을 발산하고 있었다.

"……이건 또."

시스터는 다갈색 눈으로 투지와 긴장을 뿜었다.

"오랫동안 같은 마을에 있었는데, 처음 만났네."

"…………"

가면은 말하지 않았다.

그저 정면으로 수녀와 사제를 응시했다.

"줄곧 말로는 들었지 뭐야. 정신의 아서 왕. 블랙모아의 묘지, 그림자 주인으로서. 성당교회의 대행자와는 대화도 하기 싫은가 봐."

이 수녀도 가면 소녀의 정체를 알고 있었나.

어떡할지, 가면은 불과 몇 초 생각에 잠겼다가 한 손을 들었다.

【제거해라.】

날카로운 사념이 지령을 내렸다.

동시에 가면 소녀를 수호하던 해골 병사들이 행동하기 시작했다.

두 병사가 내지른 창을 허리 높이로 든 돌격을 시스터 일루미아의 팔꿈치까지 가린 철갑이 이보다 나을 수 없는 타이밍과 각도로 튕겨냈다. 그대로 남은 기세를 타고 품속에 들어가 맹렬한 훅을 갈겼다.

곧바로 한쪽의 가슴뼈가 파이고 뒤이은 스트레이트가 남은 해골 병사의 턱을 부수었다.

"말귀가 빠른데! 그런 거 좋아해!"

수녀의 회정이 번갯불을 내뿜었다.

신비의 존재에게도 타격을 줄 수 있는 개념무장이 날뛰는 일루미아의 웃음을 선명하게 꾸몄다. 이단을 격파하는 찰나야말로 그녀의 존재의의가 충족되는 순간이었다.

"응, 그레이를 밟아도 좋았지만 딱히 너라도 상관없어. 이 마을이 정말로 아서 왕을 다시 부르겠다는 가당찮은 의식을 저지른다고 해도, 너나 그레이 어느 한쪽을 밟으면 끝나잖아?"

선언과 함께 남은 해골 병사들을 싹 쓸어 버리겠다고 붉은 입술을 핥은 순간이었다.

그 발이 멈추었다.

급브레이크와 함께 반회전하면서 등 뒤로 덮쳐든 해골 병사의 위팔뼈를 손등치기로 타격했으나, 정작 눈을 부릅뜬 건 일루미아 쪽이었다.

"……잠깐, 그게 뭐야."

중얼거림이 지하공동에 낮게 깔렸다.

방금 일루미아가 깨트린 부위를 순식간에 재생해 일어난 해골 병사들이 등 뒤에서 다시 달려든 것이다. 그뿐만 아니라 방금 막 손등치기로 파괴한 부위마저도 순식간에 복원되었다. 마치 되감기는 필름이라도 감상하는 기분이었다.

일루미아는 한 번 더 턱뼈를 어퍼컷으로 때려 부수면서 구석에 몰리지 않게끔 간격을 벌렸다.

"어째선지 유난히 대원(大源)이 희박한 지하인 판국에 피라미까지 무슨 마력량이 이래?! 끝까지 해치워야 한다는 거야?"

"시스터 일루미아…… 이건…… 지상의……."

당황한 페르난도 사제가 시선을 아래위로 움직여 그 원인을 시사했다.

'……역시 마을 사람들에게 공급받는 건가?'

그녀도 같은 이유를 예상하고 있었다.

이 순간, 지상의 검은 성모 앞에 많은 마을 사람이 기도를 바치고 있다는 것을.

그것이 현대의 일반인과 비교하면 정기(精氣)에서 훨씬 앞서는 마을 사람들이 자신의 마력을 바치는 행위와 동일하다는 것을.

그렇기에 이 지하에서 해골 병사들은 끝없이 태어난다. 죽은 자는 산 자의 의지와 기도를 받기에 이 대지에 새로운 발자취를 새긴다. 칼을 휘두른다.

아슬아슬하게 그 칼을 피하면서 시스터 일루미아는 처음으로 혀를 찼다.

"끝이 없는데!"

【아니, 있고말고.】

그 사념이 공허하게 울렸다.

전투를 관찰하던 가면 소녀가 움직인 것이다.

"큭…………!"

일루미아가 무릎을 꿇었다.

온몸의 힘을 느닷없이 상실한 것만 같았다.

수녀의 오드마저도 남김없이 앗아갈 기세로 뭔가가 태어나려고 했다. 영체로부터 현현한 그 형상은 마을 사람들이 보낸 오드고 희박한 마나고 모조리 탐식하며 대신에 주위의 공기를 밀어내어 지하에 생길 수 없는 폭풍을 만들어내고 있었다.

아까부터 묘하게 마나가 희박한 땅속이라고 생각은 했지만, 혹시 그 이유는……

"그, 게 있어서……?"

억측의 진위도 알지 못한 채 일루미아는 온몸의 마력을 활발히 켜고 신음했다.

왜냐하면 가면 소녀의 손에는——

＊

별의 인도를 받는 것 같았다.

한 번 뇌리에 떠오른 빛은 우리 발을 직접 잡아당기듯 특정 루트로 이끌어주었다. 갈림길에서는 자연히 몸이 움직이고 암흑 속에서도 길을 잃지는 않았다. 스승님과 기사와 묘지기를 뒤에 두며 나는 꿈꾸는 것처럼 걸어간다. 놀랍도록 긴 길은 이 지하 동굴의 규모를 떠올리게 했다.

한참 있다가 넓은 공간으로 나왔다.

안에는 모종의 건물도 세워져 있고…… 스승님이 들어 올린 마술의 빛이 그 건축물을 밝혔다.

낡긴 했어도 장엄한 석조건물은 확실히 종교적인 신전이 었다.

"지하에, 신전이……?"

"혹시, 이것이 바로 묘인가."

스승님이 중얼거렸다.

이것이 마을의 비밀인 것일까. 블랙모아의 묘지기——적어도 내게는 아직 전해지지 않았던 지식의 일부.

"어떻습니까, 벨사크 블랙모아. 뭔가 아는 바가?"

"없네. 이러한 건축물이 지하에 있더라는 말은 들었지만 나도 직접 보는 건 처음이야."

벨사크가 고개를 내저었다.

스승님도 그 이상은 추궁하지 않고 그대로 신전 내부에 들어갔다.

입구를 넘자마자 새로운 인영이 눈에 들어왔다.

"읍————!"

사람이 아니었다.

그와 흡사한, 하나의 상이 놓여 있었다.

지상의 마을에서 수도 없이 본 모습에 나는 작게 숨을 멈추었다.

"……여기에도, 검은 성모가."

신전 한구석에 새까맣게 칠한 성모상이 자리 잡고 있었다.

신전과 마찬가지, 혹은 그 이상으로 오래된 물건일 거라고 직감적으로 판단이 섰다. 혹시 지상의 성모는 이 상을 모방해서 만든 것일까.

"전에 마을을 방문했을 때부터 이 성모에 대해 가설이 있었지."

성모를 쳐다보며 스승님이 입을 열었다.

"검은 성모는 유럽 이곳저곳에 볼 수 있지만 몇 가지 패턴이 있어. 그 대다수는 지방의 대지모신과 융합한 것이야."

"대지모신, 말인가요?"

"많은 수호성인도 그렇다마는. 그 일대종교 역시 웬만큼 유연성이 있어. 새로운 지역에 전도할 때에는 단순히 교리만 강요하는 게 아니라 그 지방의 신화 및 전설을 내부로 흡수할 만한 여유도 보유하고 있었지. 검은 성모는 그런 사례중 하나고."

스승님의 침착한 말은 평소의 강의처럼 신전에 울렸다.

그녀를 칭송하듯이.

혹은 그녀를 품평하듯이.

"그런 대지모신의 파생 중에 한 마녀가 있네. 여러 갈래의 시대도 장소도 다른 전승으로 구전되는, 필시 여러 명의 인물이 융합했을 마녀지. 아아, 모르간 르 페이는 당신이 등장하는 아서 왕 전설에서도 친숙한 이름이겠지요. 서 케이."

"……난처한 선생이군."

기사는 어깨를 으쓱였다.

물론 실제로 난처하다기보다는 좀 비꼬아 본 정도의 느낌이었다.

모르간 르 페이.

아마 아서 왕 전설에서는 아서 왕의 누나에 해당하는 인물이라고 하던가. 즉, 아서 왕의 의붓오빠인 이 기사와도 인연이 적지 않은 상대다.

개의치 않으며 스승님이 말했다.

"아서 왕 전설을 조금 벗어나면 켈트 신화 이곳저곳에 나오는 마녀 모르간은 때로 몽마(夢魔)의 여왕이며 때로 전쟁의 여신이고 때로 운명의 세 여신이기도 했습니다. 그리고 까마귀를 대동하거나 기꺼이 까마귀로 변했다고도 하죠."

까마귀.

영영 없으리.
^{네 버 모 어}

무시무시한 수의 까마귀를 거느린 블랙모아의 묘지기들.

"핫, 안타깝지만 모르간에 대해 나도 잘 아는 게 아냐. 여하튼 복잡한 여자였었거든. 아니 여자란 대체로 그렇지만."

기사는 먼 옛날의 이야기처럼 대답했다.

기실 지금의 그에게는 얼마나 옛날 사건일까. 불과 며칠 전일까. 우리와 비슷하게 천 수백 년 전이라고 여기고 있을까. 아니면 더 별개의 무엇일까.

"다만 이 마을과 모르간과는 정말로 연결고리가 있었을 테지. 이 검은 성모는 왠지 모르게 인상에 남아 있어. 홍, 그래서 이 마을을 택한 거겠지."

한숨이 쓴웃음을 포함했다.

"뭔가를 해달라고 바란 건, 아마 아닐걸. 그 녀석은 왕을 미워했었고 끝내는 모드레드를 꼬드겨서 여러 가지 나쁜 짓도 했던 것 같은데, 왕이 죽은 뒤까지 질질 끌 필요는 없으니까. ……하긴 나야 훨씬 먼저 죽었으니 명확한 말은 못하겠지만."

신화의 끝.

아서 왕 전설의 마지막은 나도 안다.

가로되, 캄란 언덕의 전투. 반역의 기사 모드레드를 무찌른 아서 왕이었으나 거기서 치명상을 입어서 신뢰하는 기사 베디비어에게 성검을 의탁했다고 한다. 영국에서도 가장 유명한 전승인 만큼 다양한 이야기가 존재하지만, 개중에는 그때 나타난 세 요정 중에 모르간이 있었다거나, 그런 패턴도 있었을 것이다.

스승님이 살짝 고개를 저었다.

"당시의 모르간이 무엇을 바랐는지는 모릅니다. 당신이

알 수 없다면 제가 알 리가 없지요. 하지만 당시 그녀가 바랐건 안 바랐건 관계없이 불씨는 남고 말았습니다. 그것은 대대로 계승되다가 천 년 이상이나 지난 뒤에 어느 결과를 낳았죠."

거기서 스승님은 잠시 쉬었다.

"바로, 그레이가 아닙니까."

"…………."

당연하게 이야기는 내게로 귀결했다.

하지만 이번엔 놀라지 않고 받아냈다.

스승님의 눈길이, 천천히 늙은 묘지기에게로 이동했다.

"벨사크 블랙모아. 당신은 어떻게 생각합니까."

"내가 선대로부터 들은 건 어디까지나 규칙에 대해서 뿐이다. 검은 성모에도 관계된 규칙에 대해서는 블랙모아의 묘지기에게 전해졌지."

"네 가지 규칙이었죠."

마을에 규정된, 네 가지 규칙.

· 하나, 처음에 성모상에 예배할 것.
· 둘, 심야에는 밖에 나오지 말 것.
· 셋, 묘지에 혼자서는 다가가지 말 것.
· 넷, 설령 여럿이더라도 늪에는 절대 다가가지 말 것.

당연하지만 내게도 부과된 규칙인 만큼 기억한다.

노파심에 스승님이 확인하자 벨사크는 엄격한 표정으로 고개를 주억였다.

"맞네. 몇 가지 규칙이 깨졌는지 만큼은 묘지기에 전해지는 마술각인으로 알 수 있게 되어 있어. 그레이에게는 아직 이식하지 않은 부분이지만."

"……아."

나도 오른손을 잡았다.

똑같이 마술각인이라고 불리며 같은 계통의 기술이 쓰였다고는 들었지만 블랙모아의 묘지기가 가진 각인은 마술사의 각인과는 꽤 다르다. 대대로 새로운 마술을 덧쓰지도 않고, 대신에 피가 이어지지 않은 나라도 거절반응은 거의 없다. 기능으로 따지면 아까처럼 애드의 제어에 이용하는 정도다.

그 일부에 마을 규칙의 감시 기능도 있었다고 알아도 그랬었나 정도밖에 생각지 않았다.

그런데.

"……스승님?"

"규칙이…… 넷……."

스승님이 그렇게 중얼거리다가 미간 쪽을 누른 것이다.

"반드시 처음에 검은 성모에 기도하게 하는 것. 그렇다면……."

이번에는 그 손가락이 원을 그렸다.

왠지 모르긴 해도 마을의 형태 같았다. 자그마한 홈이 지도상의 마을과 일치해서 그런 것까지 기억하는 내게도 약간 놀랐다.

"묘지에 혼자서 못 간다는 선, 요컨대 묘지기와 함께 가라는 말과 다름없군요?"

"······그래, 그렇겠지."

벨사크도 인정했다.

"······그건, 언제부터······ 아니, 이 경우엔 누구에게······."

스승님이 침묵하고 고개 숙였다.

이런 식으로 생각에 골몰할 때, 스승님은 거의 바깥 정황에 반응하지 않는다. 소위 기억의 궁전에라도 틀어박혀 복잡하게 뒤엉킨 수수께끼를 해명하고자 온갖 지혜를 쏟는다. 마술 능력은 남보다 못할지언정 그 지식과 사고량으로는 결코 밀리지 않는다── 사람에 따라서는 허무한 발버둥질이라고 비웃을, 스승님의 본분.

그렇기에 나는 아무런 말도 걸지 않았고 벨사크와 기사도 입을 다물고 있었다.

잠시 뒤.

"······그레이."

스승님이 불렀다.

"네, 넷."

"자네가 정신의 아서 왕과 만날 요량이라면…… 한 가지, 부탁하고 싶은 게 있네."

이어서 나온 내용에 나는 몇 번 눈을 깜빡였다.

"그건, 할 수 있는데요. 소제로 괜찮은가요?"

"꼭 부탁하고 싶네. 내가 말하는 것보다 자네가 말하는 편이 효과가 있을 거야. 아마도 상당히 위험한 도박이 되겠지만 현 상황을 돌파하려면 피해갈 수 없어."

위험하다고 스승님이 덧붙였다는 점에 마른침을 삼켰다.

늘 다양한 위험 상황에 들어서는 스승님이지만 그렇기에 그 고하를 감지하는 능력이 발달했다. 그런 스승님이 구태여 양해를 구한다면 그건 얼마나 두려운 가능성을 품고 있단 말일까.

그래도.

"……알겠습니다."

끄덕였다.

어쨌든 간에 스승님의 소망을 거절할 이유라곤 내게 있을 리가 없다. 의도와 위험도를 몰라도 상관할 바가 아니다. 내가 허용할 수 없는 건 이 몸이 스승님에게 이바지하지 못하는 것 정도다. 그렇게 말하면 스승님은 난처한 표정을 지을지도 모르겠지만.

몰래 마음을 굳게 먹었을 때였다.

순간, 신전 밖에서 섬광이 내달렸다.

아니, 정말로 그것은 빛이었을까. 눈을 가리는 빛은 틀림없는데 그것은 인간의 개념에는 없는, 검은 빛이었다.

그런데, 나만은 알고 있는 빛이었다.

"──저, 건!"

충격에 빨려 들어가듯 당황하며 신선을 나갔다.

달려간 우리는 믿을 수 없는 것을 보았다.

4

신전의 바로 근처였다.

그곳에선 두 세력이 대치하고 있었다.

한쪽은 이미 말할 필요도 없으리라.

수십 구에 이르는 해골 병사와 가면을 쓴 소녀.

견고한 갑옷을 두른 소녀는 흡사 고대의 전장을 지배하는 장군과 같았다. 음산한 금속 가면도 어우러져 세계를 업신여기는 마녀처럼 보이기까지 했다.

그러나.

문제는 가면 소녀가 든 『창』이었다.

칠흑의 장렬한 마력에 휘감기고 외장에서는 송곳니형의 가시가 여러 개 돋아 있어 완전히 다른 외견이 되었지만 그게 내가 가진 『창』과 흡사한 존재라는 확신이 절로 들었다.

즉, 그건……

"……검은, 론고미니아드."

목소리가 떨렸다.

설마 저런 것이 눈앞에 나타날 줄이야.

아니, 어떻게 보아 그것은 당연한 흐름이지 않았던가. 내가 육체의 아서 왕이며 그녀가 정신의 아서 왕이라면 양쪽 모두에게 『창』을 맡기는 편이 오히려 자연스러운 이치다.

스승님이 침을 삼키는 걸 알 수 있었다.

"……어떻게 된 거야."

"애초에 소제가 가진 『창』은 본체의 그림자라고 들었어요."

낯을 안으며 말했다.

거의 설명이 되지 못한 말이었지만 스승님에게는 전달된 모양이었다.

"그렇군. 그림자라면 여럿 있어도 문제없다는 뜻인가. 성가시군."

말한 스승님이 눈길을 돌렸다.

거머쥔 『창』은 당연히 적에게 겨눈 것이기 때문이다.

가면 소녀와 대치한 쪽도 역시 내가 아는 상대였다.

성당교회였다.

몇 년 전에 찾아온 수녀. 갑자기 추기경의 사생아라는 엉뚱한 사실을 들은 상대.

"……시스터 일루미아."

"뭐야. 놓친 줄 알았더니 이번엔 그쪽에서 와 줬어?"

요염한 입술을 뒤틀며 수녀가 웃었다.

그 두 손과 두 발에 기묘한 철갑을 차고 있었다. 그 손을 후웅 휘두르자 손등치기에 해골 병사의 두개골이 멋지게 파괴되었다.

그러나 그것도 한순간.

수녀가 쓸어버린 곳에서 잇달아 해골 병사들이 나타난다.

오히려 쓰러질수록 그 수가 늘어나는 것 같았다. 싸움이 시작된 뒤로 줄곧 그 상태인지, 슬슬 일루미아 쪽도 염증을 내는 기색으로 목덜미의 땀을 손으로 훔치면서 짐짓 한숨을 쉬었다.

"……흐, 응. 역시 마력의 근원은 지상의 마을 사람이지?"

"마을 사람이?"

"설령 이곳의 마나가 희박해도 경로를 맺은 지상의 마을 사람이 잇달아 자신의 오드를 보내온다는 소리야. 아아, 이러니 이단이란 죄가 깊어. 주님의 형상을 본뜨고서 완전히 다른 소행을 태연하게 하니까."

일루미아가 입술을 뒤틀고 두 손을 휘둘렀다.

복싱 교과서에 싣고 싶어지는, 깔끔한 원투.

그때마다 해골 병사의 팔이 부서지고 다리가 산산조각 나지만 그들은 결코 기죽지 않는다. 그뿐만 아니라 거의 몇 초 정도 만에 모든 부위를 복원해 무리를 지으며 일루미아에게 밀어닥쳤다.

"아아, 이 반복도 질렸어!"

질풍 같은 스텝 인, 더킹에서 나온 좌우 훅과 날카로운 스텝 아웃으로 해골 병사들을 휘두르면서 일루미아가 고개를 돌렸다.

"사제님!"

"그, 그래, 알겠네!"

등 뒤에 숨어 있던, 거의 구체인 사제가 스읍 숨을 들이쉬었다.

가슴의 십자가를 움켜쥐더니 큰 소리로 외쳤다.

"만민들아, 이 말을 들어라.

이 세상에 사는 만백성아, 모두 귀를 기울여라.

낮은 자도 높은 자도, 부자도 가난한 자도 모두 귀를 기울여라."

그것은 몇 번이나 설교로 들은 1절.

바로 이 사제의 입으로 들은 말에 지금은 예사롭지 않은 『힘』이 담겨 있었다.

"사람은 자기 생명을 갚을 수 없다.

그 생명의 값을 치를 자는 아무도 없다."

　도도하게 흐르는 목소리는 이윽고 한 가지 식(式)을 기동한다.
　신비를 형성하는 것은 이 땅과도 무관하지 않은, 힘찬 흐름.
　시계탑은 인류 최대의 마술기반이라고 이른다.

　"설혹 그들이 땅에다가 제 이름을 매겼더라도,
　무덤만이 그들의 영원한 집, 세세토록 그들이 머물 곳이다.
　사람은 오래도록 영화를 누리지 못한다."

　그 성구(聖句)와 함께 이변은 발생했다.
　덮쳐들려던 해골 병사들이 사제를 중심으로 움직임을 멈춘 것이다. 그뿐만 아니라 일부는 땅에 엎어지고 바로 모래로 화해 허물어졌다.

　"——죽고 마는 짐승이나 다름없이."

　사제가 십자를 긋고 마무리 지음과 동시에 근거리의 해골 병사 전부가 무너졌다.
　흡사 신의 위광에 무릎을 꿇는 것 같기도 했다.

"세례 영창인가……!"

스승님이 신음했다.

성당교회에서 공적으로 습득이 허용된 유일한 마술. 단 하나임에도, 혹은 그 때문에 만능이라고도 이전 강의에서 스승님이 평했었다.

"성당교회의 신앙에 기반한 인류 최대의 마술기반을 이용해 그저 힘으로 주위를 정화한 거야. 물리적인 효과는 낮으나 영혼 및 저주에 관해서는 절대적. 신앙이란 규칙을 강요하는 섭리의 열쇠 그 자체다."

"그럴 수가……!"

과연. 그건 유일하고도 만능이라고 불러도 무방할 것이다.

설령 패턴은 소수여도 그 하나로 모든 것을 제압할 수 있다면 문제없다. 당시의 스승님은 실제로 성당교회에서는 비적(秘蹟)이라는 형태로 또 다른 마술도 행사한다는 말도 했었고, 일루미아의 기이한 신체능력도 그런 것일지도 몰랐지만 지금은 그저 그 마술기반의 강대함에 눈길이 쏠렸다.

"저 가면이나 서 케이의 영기에까지는 못 미친 모양이지만 해골 병사 정도론 접근하지 못하겠지. 똑같이 마술기반을 이용하는 우리 쪽도 감쇠되고 말지만……."

시스터 일루미아가 예측할 수 없는 상대라고 들었다. 이단의 왕 부활을 위험시해서 성당교회가 보내온 대행자라고.

그러나 그 이전부터 줄곧 교회를 지켜온 저 사제도 비슷한 마술사일 줄이야.

"……하하, 그것만으로 어떻게 될 거라 생각은 안 해."

동굴 저편에서 새로운 해골 병사가 나타나는 것을 보면서 일루미아가 작게 끄덕였다.

이쪽으로 돌아선 것이다.

"하지만 딱히 정신의 아서 왕이 아니라 너를^{육체} 없애도 똑같 잖아?"

"으———!"

일루미아가 권갑을 맞부딪치며 사납게 웃었다.

하얀 이가 엿보였다고 여긴 순간, 그 몸이 지그재그로 뛰 었다. 동굴 벽을 박차고 다시 벽으로 뛰어가는 그 기동은 인 간은커녕 짐승이라도 불가능한 초월 속도.

"뭐야, 저건!"

스승님이 신음했다.

아아, 마안수집열차^{레일 체펠린}에서도 봤다.

대행자라고 불리는, 성당교회가 자랑하는 어둠의 전력. 성스러운 칼로서 연마된 그 능력은 결코 시계탑의 마술사보 다 못한 게 아니다——!

애드가 잠들어 지금의 내게는 정상적인 『강화』조차 따라 잡을 수 없다. 그녀의 기동을 눈으로 놓치지 않는 것조차 불 가능하다. 일루미아는 복잡한 궤적을 어둠에 새기며 자기 자신을 날카로운 화살로 바꾸고, 돌격했다.

몸이, 자연히 움직였다.

하다못해 스승님만이라도 지키자고.

아아, 다행히도 스승님은 반응할 만큼 반사신경이 좋지 않았고, 이번 상대의 표적은 스승님이 아니라 내 쪽이었다.

"이런 마을에 태어나지 않았으면 좋았을 텐데."

속삭임과 함께 마지막으로 눈에 비친 것은 그 수갑이 터트린 번갯불.

단단한 소리가 울렸다.

그 결과에 귀를 의심했다.

일루미아의 수갑이 벨사크의 도끼에 저지된 소리였기 때문이다.

"응? 철석같이 당신은 방관할 줄 알았는데."

"나도 블랙모아의 묘지기라서."

수갑과 도끼를 맞댄 채로 벨사크가 낮은 목소리로 속삭였다.

"후계자로 내다본 아이가 무슨 일을 하겠다더군. 그럼 지켜보는 게 역할이지."

"참 인간다운 말을 다 하네."

일루미아가 웃었다.

웃는 채로 그 다리가 흐릿해졌다.

맹렬한 속도의 내려찍기가 벨사크의 머리 위로 엄습하며 아슬아슬하게 뺨을 스쳐 지면에 박혔다. 그 속도와 위력은 마치 날붙이에 닿은 듯 노인의 뺨이 베인 것만으로도 이해되었다.

그런데도 벨사크는 흔들리지 않았다.

"가라!"

그 목소리에 떠밀리듯 나는 달렸다.

희박해진 마력 속에서 가까스로 가능한 최소한의 『강화』로 낫을 휘둘러 해골 병사들을 베어 넘겼다. 마치 물속을 달리는 것처럼 갑갑하다. 그런데도 그저 필사적으로 다리를 움직여 낫을 움켜쥐고 장애물을 쓸어냈다.

가면 소녀에게로 돌진했다.

【왜, 왔지?】

사념이 울렸다.

저번과 같은 사념이지만 내게는 뜻밖일 만큼 다른 울림을 띠고 있었다.

그때는 경악과 공포뿐이었다. 고향에 이런 지하가 있는 줄도 모른 채, 하물며 자신과 비슷하게 아서 왕과 인연 깊은 상대가 있다곤 몰랐다.

"당신을, 만나러 왔습니다."

쥐어 짜내듯이 말했다.

【무엇 때문에?】

"묻기, 위해서요."

토막토막, 고했다.

그동안에도 해골 병사들이 멈추지 않는다. 충분한 힘이 들어가지 않아 본래 자세로 낫을 휘두르지 못했다. 해골 병사들을 절단하지는 못하고 접근하지 못하게 하는 정도로 날려버려 견제하는 게 고작. 이렇게 꼴사나울 수가 없다고 생각했다.

그런데도, 물었다.

"당신은, 정말로 아서 왕의 정신인가요?"

【그렇다. 나는 과거 존재한 왕의 지향성이다. 잔해이며, 잔상이고, 미래를 향해 보존된 수열(數列)이다.】

사념이 정보를 쏟아냈다.

그것만으로도 무서워졌다. 방금 말처럼 지금의 사념에는 바로 그녀의 지향성 그 자체가 담겨 있었지만…… 그것이 너무나도 정연하기 그지없었기 때문이다.

지나치게 합리적이다.

말마따나 수식의 나열이라도 본 것만 같았다.

그녀가 아서 왕의 정신이라면, 도대체 생전의 아서 왕은 어떤 인격이었던 것일까. 황폐해진 브리튼을 한때나마 구원하고 많은 기사들과 무수한 개선을 이룩한 걸물. 백성의 존경을 받고 시인에게 칭송받으며 천 수백 년을 넘은 지금도 이 섬나라에서 으뜸가는 영웅.

그렇지만.

그 정신이 그녀라면, 그건 정녕 인간과 같이 생긴 마음이었을까. 그건 인간이라기보다 마치 또 다른, 일종의 신령 같은……

'……아니야.'

그런 생각에 잠기려고 여기 온 게 아니다.

그렇기에 시선을 들었다.

물어야 할 말을, 물었다.

"당신은, 줄곧 여기에 있었던 건가요?"

【…………】

울린 사념은 공백이었다.

경악과도 비슷한 감정.

하필이면 그걸 묻느냐는 말을 들은 기분이었다.

"……너다."

동굴이 삐걱거리는 것처럼 느껴졌다.

지금까지 줄곧 강대한 사념을 쏟아내던 가면이 이번에는

육성으로 말한 것이다.

"10년 전, 너와 함께 나는 여기서 깨어났다."

"……소제와, 함께."

순간, 말이 나오지 않았다.

물론 10년 전의 일은 기억한다. 갑자기 자신의 몸이 변하기 시작해 타인과 같은 모습으로 전락했을 때. 당시의 나는 자신의 변화를 받아들이지도 못한 채 그저 웅크렸지만, 비슷하게 이 자리에선 그녀가 깨어났을 줄이야.

그렇다면 10년 동안 그녀는 줄곧 땅속에서 지내던 것인가.

"그……건, 다른 마을 사람들은?"

"마을에선 촌장 노파만이 알고 있었다. 너희는 큰할머님이라고 부르던가. 물론 교회라는 치들도 어렴풋이 눈치는 챘던 모양이지만."

"…………"

은밀하게 그 마을에서 일어난 전쟁.

10년이나 되는 동안 내게는 알려주지 않았던 진실이 또 하나의 나라고도 해야 할 상대로부터 폭로되었다.

"네가 도망치면 된다고 생각했었다. 땅끝까지 도망치면 된다고."

중얼거림은 무겁고 발밑에 엉켜 드는 것 같았다.

그녀가 무슨 심경으로 하는 말이든 그건 아마 진실일 것이라고 느껴졌다. 그런 무게였다.

"하지만 돌아왔지. 돌아오고 말았다. 그렇다 하면 내가 할 일은 하나밖에 없다. ……이 자리에서 구속해야겠다."

천천히 소녀의 손이 위로 올라갔다.

오싹한 오한이 등에 치달았다.

검은 론고미니아드의 일격 앞에서 순간적으로 낫을 들었다.

어마어마한 충격이 낫을 때려 내 몸째로 날려 버렸다. 낙법 같은 건 할 겨를도 없이 믿기지 않을 만큼 날아간 끝에 등부터 지면에 격돌. 강대한 마력이 온몸을 휘저어 온갖 신경이 끊어지는 줄로만 알았다. 통증 이전에 그저 작열이 살점의 틈새에서 타올랐다.

이를 악물었다.

낫을 지팡이 삼아 일어났지만 무릎이 후들후들 떨리는 걸 알 수 있었다.

그뿐만 아니라 막아낸 낫부터 당장에라도 분해될 것처럼 너덜너덜했다.

'버틸 수, 없어──!'

아마도 나를 죽이지 않도록 충분히 힘을 조절한 일격이었을 텐데, 낫의 애드로는 이미 한계였다.

그러나 애드가 잠들어 있는 이상, 내부의 론고미니아드를 기동하기는커녕 기초적인 형태 변화조차 불가능하다. 가까스로 칠흑의 창이 흘리고 있는 마력을 먹어서 최소한의 『강화』만은 유지하고 있지만 그 또한 일반인보다는 나은 수준에 불과하다.

침과, 두려움을 삼켰다.

고개를 들어 그럼에도 가면을 마주 보고자 했다.

그러나 곧장 새로운 공격이 닥쳐들지 않은 채, 가면 소녀는 정지했다.

"그러니까 말이야, 그만두라고."

"……너는?"

나와 가면 사이에 막아선 기사가 기묘한 표정을 지었다.

아니, 얼굴은 변함없이 애매해서 보이지 않는다. 그러니까, 그런 식으로 느꼈을 뿐이다.

"하하, 아니나 다를까 기억에 없군그래. 하긴 그럴 만한가. 정신만으론 반듯하게 기억을 유지하진 못하지. 유지해봤자 읽어내기는 까다로워. 왜냐하면 그건 육체^{그릇}의 영역이기 때문이다. 뭐, 안 그럼 뇌는 뭘 하고 있는 거냐, 겉만 번드르르한 허수아비냐는 얘기지. 마찬가지로 정신을 모델로 삼은 나도 기억 유지는 저 조그만 상자에 달려 있으니까."

기사가 검을 든 손의 검지만을 세우고 빙글빙글 돌았다.

기사라기보다는 광대^{클라운}. 하지만 광대가 아니라 역시 기사. 까부는 몸짓 하나마다 어째선지 본 적도 없는 궁정을 떠올렸다. 소란스럽고, 어색하며, 왠지 덧없는…… 하지만 그곳은 아름다웠던 게 아닐까.

아서 왕과 원탁의 기사들이 다스렸다는 궁정.

천천히 케이가 입을 열었다.

"하지만 네 꼴은 두고 보지 못하겠어. 매몰찬 나로서도 불편하기 그지없어."

"……닥쳐라."

낮은 음성과 함께 세 번, 허공을 가르는 론고미니아드.

서 케이는 정면으로 막으려고 하진 않았다.

종이 한 장 차이가 아니라 칠흑의 론고미니아드가 두른 마력까지 포함해서 여유롭게 회피한다. 공격은 일격만이 아니라 이격, 삼격으로 이어졌다. 크게 피하는 만큼 반격으로는 이어지지 못하지만 기사 쪽은 제대로 반격할 맘은 없이 때때로 견제하느라 검을 휘두르는 정도로 뺀들뺀들 넘기고 있다.

언뜻 보면 압도적으로 가면이 유리한데 케이를 몰아세우지는 못한다.

해골 병사들을 상대했을 때에도 본, 탁월한 기량. 결코 초인적으로 빠른 재주가 아니다. 천부적인 재능에 힘입은 간파도 아니다. 그러나 이 기사는 수많은 전장을 거친 달인이라고 해야 할 수완을 확고하게 지니고 있었다.

세 걸음 물러나서 기사가 가볍게 검의 옆면을 두드렸다.

"아아, 검술이든 창술이든 간에 너무 깔끔한 건 역겨운데. 토하고 싶어져. 그러고도 막싸움은 꽝인 것도 아니고. 조금만 더 심술이라도 부려 줄까."

"쓸데없는 짓을."

가면의 목소리가 흐트러지거나 초조해지진 않는다.

다만 그럼에도 기사에게서 눈을 떼지 못하는 건 확실했다. 둘 사이에 눈에 안 보이는 인력이라도 작용하는 것 같았다. 이어지는 연격을 기사는 다시 피해내고 가면 소녀의 검은 『창』을 외줄 타듯 아슬아슬하게 회피하고 있었다. 검술이라기보다는 아크로바트에 가까운 소행.

나도 나서려 했다.

한 걸음이라도 발을 내디디려 했다.

"그레이."

부르는 목소리가 있었다.

그 가는 손이, 나를 부축해 주었다.

"……스승님."

삼파전의 투쟁 속에서 역시 스승님은 가장 약자다. 해골 병사들에 대처할 능력을 가진 페르난도 사제와 비교해도 그건 명백한 법. 늘 그렇듯이 스승님은 싸움을 결정지을 힘이라곤 없다.

그렇지만 결코 무력하지 않다.

"그녀와 만나러 온 거잖아."

"……네."

그 말이 내 힘을 얼마나 북돋아 주었던지.

막혀 있던 목에 공기가 흘러들었다. 이런 땅속의 탁한 공기여도 그것만 있으면 싸울 수 있을 것 같았다.

"소제는, 그레이예요!"

그렇게 외쳤다.

"당신의, 이름은?"

"이름 따위 없다. 나는 왕의 정신. 네가 왕의 육체인 것과 다를 바 없지."

숨 하나 허덕이지 않으며 가면 소녀는 『창』을 휘둘렀다.

싸움쯤이야 그녀에게는 일상 그 자체라는 듯이. 옛 왕은 수많은 전쟁을 이토록 쉬이 수행해 왔다고 주장하듯이.

실제로 그 싸움에 말머리를 나란히 했을 서 케이조차 그녀에게 제대로 땀을 흘리게 하지도 못하고 있다. 거의 속임수 같은 기술로 가면의 『창』을 피하고는 있지만, 그녀가 냉정함을 되찾아감과 함께 그 전황이 악화되는 기색도 보였다.

"네 고유명에도 의미라곤 없다. 나나 너나 결국 하나가 되기 위한 존재다."

역시나 싶었다.

분명히 그런 말을 들으리라고 나도 생각했었다.

"아아. 그걸로는 불편하다고 할 거라면 해골왕이라고나 불러라. 3분의 1에 불과한 나는 옛 왕과 비교할 여지도 없지만 적어도 그들의 왕임은 틀림없다."

주위 해골 병사를 쳐다보며 가면 소녀가 말했다.

아니, 망자의 왕—— 해골왕인가.

"그럼, 해골왕."

재차 나는 불렀다.

"소제는 당신에게 물으러 왔어요. 소제가 그 마을에 있고 당신이 이곳에 있었다면, 꼭 물어야 한다고 생각했어요."

한 번, 숨을 들이켰다.

힘을 담아, 물었다.

"당신은—— 당신 자신은, 정말로 아서 왕을 부활시키고 싶은가요?"

*

——한편.

벨사크와 일루미아 사이에는 수도 없이 불똥이 튀고 있었다.

묘지기와 수녀.

지상의 마을에서는 상부상조하던 두 사람이기도 했다.

단순히 죽은 사람이 나오거나 추도할 때만이 아니다. 작은 마을인 만큼 서로 관계되는 범위는 넓고 별것 아닌 육체

노동을 묘지기 벨사크에게 의뢰하는 일은 많았다. 그 답례로 벨사크는 일루미아가 구운 과자를 먹은 적도 있고, 일루미아가 벨사크가 가져온 장작으로 몸을 녹인 적도 있었다.

둘 다 언젠가는 이리되리라 생각했을까.

언젠가 서로 죽일 거라고 예감했음에도 평온한 마을 생활을 보내던 것인가.

간격을 벌리고 스텝을 밟으면서 일루미아가 입을 열었다.

"뜻밖인걸. 당신, 저 애는 그냥 자질로만 뽑았을 뿐이라 여겼어. 이런 타이밍에 도우러 올 정이 있었다니."

"……묘지기에겐 묘지기의 방식이 있어서."

짤막하게 벨사크가 대답했다.

여러 번 격돌한 결과로 그 웃옷 일부가 검게 타 있었다. 그녀의 회정이 번갯불을 뿌려 이 묘지기를 타격한 것이었다.

"흐응. 그거, 당신이 이 나라와 연결된 거 말이야? 아아, 이 경우 웨일스가 아니라 영국 쪽이지."

"……알고 있었나."

"당연하지. 성당교회를 뭐로 보는데?"

너스레 같은 대화를 주고받는 중에 일루미아의 몸은 한시도 멈추지 않았다.

또다시 번개 같은 스텝 인. 원투에서 간장을 노리는 훅을 섞어 빙글 돌린 몸에서 머리 측면으로 하이킥. 개념무장인 회정의 번갯불이 모든 행동에 실려 주위로부터 다가드는 해골 병사들까지도 덩달아 치우듯이 분쇄한다.

그렇다면 그 공세를 받아 흘리는 벨사크도 범상치 않다.

거대한 도끼자루 중간을 잡고 수녀의 공격이라도 급소를 쑤시는 것은 적확하게 방어. 자그마한 간격 변화에 주의를 기울여 일루미아가 유리한 위치에는 결코 오게 하지 않는다. 움직임의 양으로 따지면 수녀의 절반에도 못 미치지만 효율화된 활동은 그 차이를 메우고도 남았다.

따라서 둘의 싸움은 교착한다——.

——아니, 그렇지 않다.

필연적으로 다음 단계로 진행한다.

"이런 수단도 있다."

벨사크가 도끼를 든 손을 옆으로 들었다.

도끼가 빙글 회전했다.

<ruby>큰 까마귀는 속삭인다</ruby>
"Quoth the raven."

모종의 『힘』이 담긴 주문과 함께 도끼 상공에 뭔가가 발생했다.

까마귀였다.

실체는 아니다. 일루미아는 간파했다.

아마도 시계탑의 소환술과도 비슷한, 저급령의 환기(喚起). 그러나 이 자리에서 블랙모아의 묘지기가 부리는 소환술이라면 무슨 의미를 띠는가.

"■■■■■■■■——!"

까마귀가 울었다.

인간의 귀로는 그 울림을 다 듣지 못하지만 작렬한 마력의 파도는 옆에서 쇄도하려던 해골 병사를 때려눕혔다.

곧바로 덧없이 무너지는 해골 병사를 보면서.

"——치잇!"

일루미아는 이미 크게 뒤로 뛰고 있었다.

회정에서 뿜어진 번갯불이 잠시 지하 동굴의 어둠을 찢어 발겼다. 그쪽이 그녀의 히든카드였던 것일까. 까마귀가 지른 충격파가 번갯불의 방패 앞에 상쇄되었다.

그런데도 수녀의 한 손에 있는 회정은 크게 찢겨 있었다.

벨사크가 부른 까마귀의 울음소리가 그만한 위력을 자랑한 것이었다.

"구전 마술이란 말이지."

"자네들 방식으로 이해하면 그렇게 되겠군."

표정 하나 안 바꾸며 벨사크가 대답했다.

영체의 까마귀가 그의 어깨에 앉아 다음 전개를 대비하고 있었다.

묘지기는 후계자인 소녀를 한순간조차 쳐다보지 않았다.

*

"히익!"

당연하지만 한 번의 세례 영창으로 무력화할 수 있는 해골 병사는 극히 일부였다. 마술기반도 어우러져 사제의 세례 영창은 상당한 강도를 자랑했지만 그럼에도 여전히 _{원 카운트}1소절로 효과를 발하는 경지에 이르지 못했다. 아니 이런 셈법 자체가 혐오할 마술협회의 것이지만 좌우지간 그 때문에 사제는 도망쳐다니고 있었다.

몇 번씩 발이 걸리고 때로는 쳐든 칼날을 창졸간에 피하며, 오동통한 다리와 마력만을 마냥 회전시킨다. 시스터 일루미아도 묘지기 상대로 집중하는 판국이라 목숨을 건진 것은 요행이라고밖에 생각되지 않았다.

몇 번째의 세례 영창이 끝난 순간에 비로소 그 발이 멈추었다.

도망치던 사제는 어느새 지하공동의 벽면 부근까지 몰려 있었다.

다행히 쫓던 해골 병사는 거의 퇴치했지만, 그것과는 별개의 현상에 푸짐한 사제의 목이 갸우뚱했다.

"……저건?"

벽에서 나는 묘한 소리를 페르난도 사제가 알아챈 것이다.

5

"당신은—— 당신 자신은, 정말로 아서 왕을 부활시키고
싶은가요?"

몹시 무거운 것을 뱉어낸 기분이었다.

그 물음에 주저는 없었다.

"당연한 노릇."

가면 소녀—— 해골왕은 속삭였다.

"나는 그러기 위해서 재현되어 보존되었다. 옛 왕의 정신
을 바르게 수치화해 정확히 형상을 준 존재다."

서 케이와 같은, 정신 모델.

해골왕 또한 그와 같이 만들어진 존재인가.

몹시 차가운 것이 가슴에 파고드는 것을 느꼈다. 나와 비
슷하게 만들어져 내가 변하기 시작한 것과 동시에 깨어난

그녀. 그런 만큼 그녀의 말은 과거의 내가 하는 것처럼 느껴졌다.

"너는 자기 의지에 가치가 있다고 생각하는 모양이군. 하지만 그 가치관을 내게 끼워 맞추지 마라."

말 붙일 엄두도 못 내도록 해골왕은 단언했다.

단언하면서 대각선 옆에서 내지른 검을 가볍게 떨쳐냈다.

"──쯔, 빈틈도 없으셔."

혀를 찬 기사가 어깨를 들썩였다.

"동포의 의견쯤은 좀 더 들어주라고. 임금님의 정신이라면 민초의 말에 귀를 기울이는 것도 마땅한 도리잖아?"

"그것은 정보 수집과 민초의 위무가 시간 소비보다 의미가 있다고 판단할 때 이야기다."

"역시 안 닮았군, 해골왕."

기사의 애매한 얼굴이 일그러진 것처럼 느껴졌다.

그것이 분노인지 슬픔인지, 또 다른 감정인지는 모르겠지만.

"그렇다면 그나마 나았지. 정말 훨씬 나았어. 돈이니 힘이니 영향이니 저울에 올리고 이해와 타산으로 따지는 편이 인간다워. 어딘가의 보좌관은 그런 숫자만 떠들어댔고, 이러니저러니 해도 그 녀석 제안의 채택률이 제일 높았지. 아아, 그것만으로도 좋았고말고. 이상적인 왕 따위 으스스하기 짝이 없어서 웃을 얘기도 못 되지."

"허튼소리를!"

해골왕의 『창』이 한층 더 날카롭게 허공을 뚫었다.

이번에야말로 기사의 팔을 스쳤다.

피는 나오지 않았다. 확고한 혈육을 만들 만큼 서 케이의 영기가 안정적이지 않기 때문이다. 그러나 인간이라면 중상이랄 만한 대미지임은 느껴졌다.

"서 케이!"

"……안 돼, 그레이."

뛰쳐나가려던 나를 스승님의 말이 막았다.

그사이에도 해골 병사들은 몰려들려 하고 있었다. 대다수는 아까 페르난도 사제가 미끼가 되어준 모양이지만 남은 수라도 우리를 압도하기에는 족했다. 스승님도 허약한 마탄을 쏘는 등 대항은 하고 있지만 그 정도로는 전진을 막기도 어림없었다.

그래서 결의했다.

사전에 스승님은 내게 의뢰했었다. 위험할지도 모르지만 스승님의 말을 무시할 것 같다면 내 쪽에서 말해 줬으면 좋겠다고.

그렇기에 이다음은 스승님에게 들은 말.

위험할지도 모른다고, 들었던 말.

"들어, 주세요!"

운을 떼었다.

"당신에게 말해도 이해할 수 없을지도 모르겠습니다만……
소제는, 바깥세상을 보고 왔습니다. 몇 개월이나 이 몸으로 경
험해 왔습니다."

가슴을 눌렀다.

이 몇 개월, 내 안에 다 들어가지 않을 만큼 혜택받은 여러
가지를 쏟아내듯이.

"줄곧…… 그런 것에는 적응할 수 없을 줄 알았어요. 이야
기로는 즐길 수 있어도 아마 소제는 그런 것과 타협할 수 없
다고. 소제에 접근한 상대도 다들 기분만 나빠질 거라고. 하
지만…… 즐거웠어요."

"무슨 말이지?"

당연히 해골왕의 음성에는 곤혹스러운 기색이 있었다. 내
가 무슨 말을 하는지 알 수 없는 것이리라. 나도 갑자기 싸
우는 중에 그런 말을 들으면 당황할 거라고 생각한다. 그런
데도 지금은 계속할 필요가 있었다.

침을 삼켰다.

스승님이 새긴 말을, 일부러 천천히 꺼냈다.

"다음 날 아침에, 소제와 같은 얼굴의 상대가, 시체로 발
견됩니다."

"──시체?"

"사실이에요. 이번에 그렇게 될지는 모르겠습니다만 그
렇게 됐었어요."

그 말은 뜻밖의 반응을 초래했다.

"무슨, 말을? 아니, 너는…… 이미 몇 개월 밖을 경험했다면……."

지금까지 막힘없이 전투를 수행하던 가면이 한순간 경직되었다.

처음으로 그녀가 휘두르던 『창』의 궤적이 흔들리며 하마터면 궁지에 몰릴 뻔한 서 케이도 뛰어 물러났다.

이것이 스승님이 노리던 효과였을까.

해골왕은 자신의 가면을 한 손으로 누르고 『창』을 쥔 채 한동안 앓는 소리를 냈다. 가면도 한몫해서 짐승처럼 느껴지던 그 행동 직후.

"……제피아인가……!"

그렇게 신음했다.

그녀는 그 아틀라스의 연금술사와도 관계가 있었던가.

주인이 사고에 몰두해 있기 때문인지 주위의 해골 병사들도 잠시 움직임을 멈추었다. 동굴의 어둠을 찌그러뜨리듯이 신음은 연속되었다.

"그렇다면, 이건…… 아니…… 지금은……."

절망과 증오를 섞으며 울려 퍼졌다.

"지금 이건…… 채연인가……!"

"큭————!"

스승님이 숨을 삼키는 걸 알 수 있었다.

그것은 곧장 주위로 전파되었다. 가면이 꺼낸 말의 의미를 알아차린 것이 아니다. 그 온몸에서 뿜어져 나온 격노 때문이었다. 치열한 전투를 펼치던 벨사크와 일루미아조차도 돌아보지 않을 수 없는, 너무나 처절한 감정의 발로였다.

　"아아…… 그렇군. 그런 거냐. 너무나 우스꽝스럽군. 너무나도 꼴사나워. 나나 너나 이래서는 광대조차 못 돼. 오로지 가엾을 뿐인 모사품이 아닌가. 연극이 몇 번 같은 길을 따라가든 이런 현실에 무슨 의미가 있나."

　처음에는 사념뿐이고 말을 하려고도 하지 않던 해골왕이 그런 사실은 잊은 듯 유창하게 말했다.

　"당신은……."

　"그렇다면…… 이런 촌극은 의미가 없어."

　단언과 동시에 해골왕이 손을 들었다.

　『창』이 치켜 올라간 것이다.

　그 창끝을 중심으로 처절한 마력이 휘몰아치기 시작했다.

　아까, 아마도 칠흑의 『창』이 현현했을 때보다 몇 배나 되는 칠흑의 분류.

　"……성창, 발묘(拔錨)."

　단 두 단어가 이토록 두렵게 여겨지다니.

　'──안 돼──!'

　터무니없는 마력에 마음과 몸이 얼어붙었다.

　저건 버텨낼 수 없다.

나만이 아니다. 이 자리의 누구 하나 저것에 대항할 수 있는 이는 없다. 벨사크도 일루미아도 특필할 만한 전투 능력을 가졌고, 페르난도 사제와 서 케이도 나로선 상상하기 어려운 비장의 수를 가지고 있을지도 모른다. 그러나 저 『창』은 그런 잔재주에서 훨씬 벗어난 곳에 있다.

왜냐면, 저건 보구다.

영령이 영령인 까닭. 인류사에 새겨진 초월환상. 그중에서도 더 특별한 위치에서 빛나는, 세상 끝의——.

아아, 그 사실을 나는 알고 있다.

누구보다 알고 있는데, 나만이 그 세상 끝에 대항할 수 있을 텐데.

'——애드——.'

낫을 움켜쥐었다.

내부에 잠들어 있는 상자는 역시 반응하지 않는다. 희미한 마력이 전해질 뿐이다.

"역효과가 났나……!"

스승님의 신음도 들렸다.

위험한 도박이라고 그랬었다. 그 결과.

룰렛을 도는 구슬이 표적지 밖으로 떨어지는 모습을 환시했다. 우리가 건 코인은 말 그대로 생명 그 자체. 코인을 몽땅 가져감과 동시에 해골 얼굴의 딜러가 크게 웃었다. 그 정체는 저승사자인가 악마인가.

"먹어라, 열세 송곳니!"

검은 마력의 소용돌이가 이미 땅속의 폭풍으로 탈바꿈했다.

규모는 극소임에도 그 내부 깊숙이 저장된 위력은 진짜 폭풍과 아무런 차이가 없다. 땅속의 친장을 깎으면서 이번에는 천천히 그 마력을 반전시켜 『창』의 내부로 수렴시킨다.

이미 무슨 수단이든 때가 늦었다.

가면 속에서 진명해방의 영험한 어구를 속삭인다.

"세상 끝에서 빛——."

보구가 가진, 본래의 마력을 해방하려던, 그 순간이었다.

'쩍' 하고 작은 소리가 들렸다.

우리가 아니다. 등 뒤에서 싸우던 벨사크와 시스터 일루미아, 또는 수많은 해골 병사들조차 아니었다.

땅속 벽면의 어느 한 곳이었다.

당장에라도 해방되려던 보구와는 묘하게 어울리지 않는 그 소리에 나도 가면 소녀도 잠시 한순간 의식이 쏠렸다.

그곳에 페르난도 사제가 있었다.

멍하니 올려다본 벽면 한 곳에 금이 가 있었다.

곧바로 그것은 깊이와 면적을 늘리며 기괴하게 으르렁대는 소리와 함께 예상도 못한 현상을 끌고 왔다.

노도 같은 양의 물이 그곳으로 흘러들어온 것이다.

"침, 수——!"

"하하하, 하긴 바로 옆이 늪이니까! 『창』을 현현시켰을 때의 마력으로 삐걱대던데 방금 그게 결정타가 됐나!"

통쾌한 웃음과 함께 소음이 연이어졌다.

한 곳만이 아니다.

파괴가 내부에서 연쇄되었기 때문일까. 여러 곳에서 터진 물이 단숨에 지하공동으로 밀려들었다. 즉각 해골 병사도 사제도 휩쓸리고 그 물난리 앞에서 기사의 손이 옆에서 쓱 나를 잡아들었다.

"서 케이?!"

"잡아! 검은 몰라도 이건 다소 자신이 있어서 말이야! 그래, 뭐, 도망치는 데에는 원탁 제일가는 자신이 있다고, 나는! 특히 물가에선! 이봐, 거기 비실이 마술사도 얼른 와!"

잠시 보구 해방이 지체된 틈에 기사는 우리를 힘차게 붙잡은 채 물속으로 뛰어들었다. 어마어마한 기세에 휩쓸려 위아래조차 알 수 없어지면서 그저 나는 기사의 손만을 떼지 않고 있었다.

그 몸이 훌쩍 기이할 만큼 구불거렸다.

도저히 인간의 육체가 하는 동작 같지 않은, 기이한 그라인드.

——『이히히히! 그러니까 너는 손이 간단 말이지, 굼벵이 그레이.』

물의 한기에 의식이 끊기기 직전, 마지막으로 들은 느낌이 든 건 그런 환청이었다.

6

음성으로도 인품은 짐작할 수 있다고 한다.

따뜻함, 부드러움 아니면 차가움, 엄격함. 많은 요소가 밀접하게 뒤엉켜 인간성은 형성된다. 목소리의 어감도 마찬가지다.

그렇다면.

"……이건, 역시."

지금 막 흘러나온 말은 그 예외였을지도 모른다.

문언상으로야 놀란 기색이지만 음성에서는 아무 감정도 느껴지지 않는다. 너무 오래 묵힌 와인처럼 너무나도 복잡한 색채가 도리어 단색의 검정으로 되돌아온 것만 같은 무감정.

제피아였다.

느릿하게 그 목이 돌아갔다.

"지금, 재연의 파라미터를 조종했나."

상대는 물론 두 소년이었다.

플랫과 스빈.

엘멜로이 교실의 쌍벽. 금발벽인의 페어.

기이한 공간에서 두 사람은 제피아와 함께 과거의 재연을 관찰하고 있었기 때문이다. 공중에 떠 있는 여러 수정구 속에서 방금 막 갑작스러운 홍수에 그레이 일행이 삼켜졌다.

"——하하, 들켰어요?"

그중 한쪽, 플랫이 천진하게 웃음을 꾸몄다.

"그치만 저 마을은 바로 근처에 늪이 있잖아요. 그렇다면 수원도 있죠. 우연히 이런 타이밍에 전투의 충격으로 암반 따위가 견디다 못해 홍수가 터졌다…… 그런 우연이 있어도 이상하지 않을 테죠. 뭔가 구조적으로 부자연스러운 구석이 있었고…… 음, 저기, 즉 이 과거 같은 장소는 그런 식으로 하면 개입할 수 있는 거죠?"

"……맞네."

제피아도 인정했다.

"하지만 그러려면 로고스 리액트가 인식한 좌표와 시간을 특정해야만 해. 아무리 자네가 아틀라스 원의 기술에까지 간섭할 만한 이능자라고 해도 그런 파라미터까지 쉽사리 검색·연산할 수 있을 리는 없어. 그 용도를 위한 술구(術

具)는 여기에 없고 현재의 나는 자신의 두뇌만을 구사해 연산하고 있기 때문이야."

제피아가 시선을 스윽 옮겼다.

그 주위에 여러 개의 수정구가 떠 있다.

"이곳의 수정구는 전부 그 무대와 연결되어 있지만 이 순간순간에도 그 연결법은 변이해 인과와 시간이란 파라미터를 관련지으며 무한히 확산되고 있어. 자네가 말한 것과 같은 간섭을 하려면 계기가 되는 시간과 인과를 잡아내어 올바르게 접속할 필요가 있지만 그건 광대한 사막에서 단 한 알의 보석을 찾아내는 거나 마찬가지야."

무수한 열쇠구멍이 있다고 생각하면 된다.

공간에 여러 열쇠구멍이 떠올랐다가 사라지기를 반복하는 상태다. 플랫이라면 그 열쇠구멍을 속일 만한 열쇠는 위장할 수 있지만, 애초에 옳은 열쇠구멍은 하나밖에 없다. 그리고 열쇠구멍을 특정하기 위한 솜씨는 플랫의 이능만으로 설명할 수 있는 게 아니라고 제피아는 힐문하는 중이었다.

"그런데 무슨 수로 그런 짓을 했지?"

"냄새가, 납니다."

이건 바로 옆의 스빈이 도전적인 목소리로 대답했다.

아까부터 둘이서 줄곧 꾸미던 술식이기 때문이다. 제피아가 마음만 먹으면 그런 비밀은 가뿐히 간파될 것이다. 그렇다면 당당히 가슴을 펴고 조금이라도 상대로부터 정보를 끌어내는 편이 그나마 낫다.

"당신은 계산해야 한다고 그랬습니다만 제 코는 설령 인과의 허점이더라도 냄새를 맡죠. 그건 본래 후각으로 감지하기 불가능할지도 모르지만 제 가문이 쭉 키워온 건 그런 마술이고, 저는 그런 마술의 결정체입니다."

솔직하게 말하면.

스빈은 그런 자신을 좋아하지 않았다.

플랫과 첫 대면을 약간 떠올렸다. 기분 좋은 것은 아니었다. 서로 같은 결함품이라고 한눈에 깨닫고 말았기 때문이다.

——『선생님, 선생님! 이 녀석, 엄청 어질러진 냄새가 나는데요! 제가 부수어도 될까요!』

입을 열자마자 스빈 쪽이 먼저 꺼낸 말이었다.

이 상대는 선생님인 엘멜로이 2세에게 해를 끼칠 존재일 거라고, 교실에 익숙해진 직후의 자신은 생각했다. 그럴 바에는 얼른 부수자는 사고에 이른 것도 시계탑으로 이동한 직후라면 무리가 아니다. 오히려 참으로 합리적이고 마술사다울 것이다. 그 점으로 말하면 자신은 심히 열화된 것이 아닐까.

아아, 사실 지금도 당시 판단이 틀렸다고는 생각지 않는다. 플랫 에스카르도스는 엘멜로이 교실에서도 걸출한 트러블 메이커이며, 탁월한 재능도 유별난 인격도 결코 타인이

통제할 수 있는 게 아니다.

실제로 여태까지 얼마나 많은 사건에서 문제를 불러일으
켰던가.

선생님은 물론이거니와 다른 학생과 스빈도 그걸 커버하
느라 얼마나 애를 먹었는지 모를 지경이다. ……물론 가끔
자신이 선생님에게 폐를 끼칠 때도 있었지만.

──하지만.

그렇기에, 하고 스빈은 생각한다.

"……즉, 자네들 둘이 협력했다는 뜻인가?"

제피아가 천천히 확인했다.

"네. 요점은 제가 찾고."

"간섭은 제가 했습니다! 하하, 스빈은 참 굉장하죠! 서 케
이에겐 며칠씩 물속에 잠수할 수 있었다는 일화도 있다고
스빈이 가르쳐줬고요!"

플랫은 기운차게 손을 들었다가 급우의 어깨를 두드렸다.

마치 지극히 건전한 스포츠에서 서로의 건투를 칭찬하는
듯한 말. 사선을 앞에 둔── 혹은 딛고 넘어서는 상황의
인간이라고는 도저히 생각할 수 없다. 아무리 마술사가 비
일상에 몸을 맡긴다고는 해도, 혹은 그렇기에 더욱 자신의
생명에는 민감한 법.

옛날에 스빈이 판단한 것처럼 플랫은 몹시 일그러졌다.

언뜻 보아선 극히 태평한 상대로 비친다.

원래가 일탈한 마술사로서는 오히려 평화주의나 온건주의라고 평할 수 있을지도 모른다. 그러나 명백하게 그런 온화한 표면만으로 정리할 수 있는 소년이 아니다. 역사만 가지고 말하면 플랫이 속한 에스카르도스 가문은 1800년을 헤아린다고 한다. 어설픈 로드를 넘어서는 그 역사가 단순한 속 편한 아이를 낳을 턱이 없다.

그토록 깊고 치명적인 결여는, 엘멜로이 교실에서 오래 배우며 많은 사람들과 접촉했다고 해서 씻겨 사라지는 게 아니다.

——하지만.

그렇기에, 하고 두 사람은 생각한다.

그런 소년들을 쳐다보고.

"……자네들은 신비하군."

제피아는 중얼거렸다.

"솔직히 말해 각각은 아직 색위에는 멀어. 시계탑의 로드는커녕 내 발밑을 보기도 어렵겠지."

그것은 결코 얕잡아본 평가가 아니다.

아틀라스 원의 원장이 하는 말은 어디까지나 정밀하게 두 사람의 능력을 측정한 것이다. 아무리 엘멜로이 교실의 천재들일지라도 애초에 마술협회 자체가 몇 세대나 걸쳐 비인도적으로 우량종만을 배합해 선택받은 천재들만이 떼를 지어 모인 장소다. 단순히 믿기 어려운 재능이나 효율적인 교육을 받았다는 것만으로는 진정으로 위에 서는 로드나 3대 귀족의 톱클래스에는 못 당한다.

"하지만 두 사람이 모이면 완전히 바뀌는군. 덧셈이나 곱셈 같은 얘기가 아니야. 존재 그 자체가 변이하는 것 같아."

제피아의 손가락이 천천히 깍지를 끼었다.

감긴 눈꺼풀 앞에 그것은 나비의 날개처럼 접히며 새삼 소년들을 품평하는 것처럼 정지했다.

플랫이 옆의 급우를 쿡 팔꿈치로 찌르고 콧방귀를 뀌었다.

"그치만, 전 이미."

"저희는 이미, 관위의 인형사에게도 질 맘은 없으니까요."

스빈은 딱 부러지게 말했다.

그것은 몹시 오만하지만, 확고한 자신감에 뒷받침된 말이었다.

실제로 그 쌍모탑에서 관위의 마술사와 싸웠기 때문에, 철저하리만큼 패배했기 때문에 지금의 자신들은 그 앞에 서 있다. 설령 허세뿐인 호언장담이라고 해도 이 정도 단언하지 않고서야 초인인 마술사로서 배울 보람이 있을까.

──하지만.

그렇기에, 하고 제피아는 생각한다.

"당차게 나오는군."

사도의 입술이 어렴풋이 감정을 띄웠다.

"그렇군, 이건 착각했었어. 과거가 무대, 그들이 배우, 나는 극의 완성도를 지켜볼 뿐인 각본가라고 젠체했지만, 암, 그렇고말고. 극단의 각본가는 혼자라고는 단정할 수 없는 게 일상이지. 서로 절차탁마해야 비로소 홀로 다다를 수 없는 영역으로 이야기를 비상시키지. 한심스럽게도 그런 상식을 까맣게 잊고 있었어."

천천히, 일종의 색이 제피아의 얼굴에 번져 나갔다.

몇 년 만인지, 몇십 년 만인지. 혹은 몇백 년의 시간을 거쳐 자기 자신에게로 돌아온 색을. 천천히 곱씹듯이 제피아는 소년들에게 시선을 되돌렸다.

앉음새를 고친다.

불과 몇 수 정도를 놓은 체스판을 앞에 두고 아무래도 상대가 초보자가 아니라고 깨달은 왕자처럼.

"누가 이 이야기를 지휘할지, 시험해 보지. 나의 적들이여."

적이라는 선언을 받은 소년들은 동시에 꿀꺽 침을 삼켰다.

제3장

1

──꿈에는 곧잘 향이 따라다닌다.

모락모락 삶아서 으깬 감자 냄새로, 언제쯤인지는 알 수
있었다.

10년 전보다 더 이전.

우리 집 식탁에는 으깬 감자가 올라올 때가 많고, 물린 나
는 자주 불만을 뱉었다. 당시에는 아버지 쪽이 자주 요리해
서 아버지는 어머니보다 꽤 내게 물렀으니까 더더욱 그랬
다. 뜻밖에 푹 빠질 때도 많아서 행상에 중국 및 일본의 오
래가는 식재료를 특별히 부탁해 중고 요리 책을 한 손에 들
고 둘이서 요리한 적도 있었다.

너무나 맵기 그지없어 아버지와 함께 집안을 뛰어다니다
가 어머니가 신나게 웃은 적도.

내가 아서 왕의 육체로 전락해 마을 사람들에게 숭배받으
며 식사와 수면까지 꼬치꼬치 관리받게 된 것은 더 나중이
다.

'……아아, 그래.'

그래서 내가 악이라고 늘 생각했다.

부모님과 마을에 숭배받을, 이런 몸이 된 것이야말로 악이라고.

그래서 벨사크에게 발탁되어 묘지기가 되고 묘지를 걷게 된 다음은 되도록 그 일에 몰두했다.

망자는 그렇게나 무서운데도 산 자에게 숭배받는 것보다는 나았다. 정기적으로 출현하는 영(靈)을 마음속 깊이 겁내면서 나는 어디선가 안도했었다. 죽는 정도라면 지금보다 훨씬 낫다고. 설령 나 또한 망자가 되어 그들의 일원이 되더라도 지금 이 마을에서 사는 것보다는 훨씬 나은 게 당연하다.

그런 식으로 생각하면서…… 결국 죽지도 못했다.

모순투성이다.

런던에 이르러 스승님의 입실제자가 된 뒤 당시로는 믿을 수 없을 정도의 교우관계에 정신을 못 차리고, 놀랍도록 맛있는 홍차와 단 과자를 대접받게 되어도 역시 내 밑바닥에는 당시의 마음이 들러붙어 있던 것 같다.

'……그래서.'

그래서 해골왕과 만나는 것이 무엇보다 중대했다.

그녀가 자신의 존재를 어떤 식으로 여기는지 알고 싶었다. 그 결과가 그토록 망설임 없는 답변이었다는 사실에 말로 못할 충격을 받은 것이다.

그렇다면 나는 어떡하면 되는 것일까.

고분고분 이 육체를 그녀에게 양도해야 할까. 아니 그렇다곤 생각지 않는다. 과거의 나라면 선선히 그 선택지로 달려들었을지도 모르지만, 아마…… 지금 그러다간 슬퍼할 사람들이 있다.

　그렇다면.

　그렇다면…….

2

지표의 교회에 작은 신음이 발생했다.

깨진 스테인드글라스 밑에서.

"……무슨 일이십니까?"

노파의 목소리가 당혹스러워하며 날카로워진 것이다.

마을 사람들조차 그와 같은 노파의 음성을 듣는 게 처음이었는지 옅은 동요가 주위로 번졌다.

"무슨 일이십니까, 정신의 왕이여."

팔을 벌리며 제단에서 노파가 호소했다.

그러나 응답은 없었는지 그 손이 툭 떨어졌다. 엘리, 엘리, 라마 사박다니(나의 신이여, 나의 신이여, 어찌하여 나를 버리셨나이까). 이천 년이나 옛날에 그렇게 외친 순교자처럼 보이기까지 했다.

"큰할머님, 무슨 문제라도."

마을 사람 중 한 명이 물었다.

그들 또한 상당한 수가 웅크린 채로 일어나지 않았다.

땅속의 해골왕에게 바친 오드 때문이었다. 해방되지 않았다고는 해도 명색이 보구를 현현시킨 대가는 크다. 마을 사람 가운데 거의 네 명에 한 명쯤은 거동할 수 없어졌다.

"⋯⋯정신의 왕과, 연락이 두절되었다."

"왕과."

"그레이와 접촉하신 뒤, 격노하시며 보구를 휘두르려 하시던 모양이지만⋯⋯."

노파는 결코 정식 마술사가 아니다. 구전 마술로 해골왕과 감응할 수는 있지만 현장의 상황을 촘촘히 살필 수는 없었다. 그렇기에 그들의 대화 전부는 듣지 못했다.

"아니, 정신의 왕은 되었어. 연락이 두절되었다고는 해도 홍수 따위로 어찌 되실 분도 아니야. 더불어 저곳에서 홍수가 일어났다면 아마 또 하나의 염려도 해결될 테지."

기묘한 말을 뱉은 뒤 노파는 말라 비틀어진 나뭇가지 같은 손가락을 움켜쥐었다.

"⋯⋯하지만 그레이가 달아났어. 이것만은 도저히 간과 못해."

"잡으면 되겠죠."

그런 노파의 말에 당연하다는 투의 대답이 돌아왔다.

"왕은 아직껏 3분의 1이니까 헤매는 것도 당연합니다. 그 몫은 저희가 메꾸어야지요."

"막달레나냐."

그레이의 어머니였다.

긴 머리를 손가락으로 매만지면서 수상쩍은 눈에 정체 모를 빛을 깃들이며 어머니는 옅게 웃고 있었다.

"제게 맡겨주세요. 아서 왕의 육체와 가장 오랜 시간을 보내왔습니다."

여인은 속삭였다.

"네, 누구보다 잘 알지요. ……아무리 몰아붙여도 아마 마지막의 마지막에, 그 애는 도망가지 않을 거예요."

어머니의 말을 감정하듯 큰할머님의 눈이 가늘어지며 주름에 파묻혔다.

"알았다. 그러면 지시는 네게 맡기마."

"감사합니다."

그레이의 어머니가 고개를 숙였다.

"샅샅이 뒤져라."

노파가 명령했다.

"늪에 접근하는 것도 허가한다. 그 물로 보자면 아마도 지금쯤은 결계도 풀렸을 터."

"알겠습니다."

"성당교회가 완전히 적으로 돌아선 이상, 시간은 많이 쓸

수 없어."

노파가 품속에서 어느 물건을 툭 꺼냈다.

칼날이 휜 단검이었다.

어지간히 오래된 물건인지 금속의 의장은 닳아 없어졌다. 그러나 손질해서 그런지 또 다른 이유인지 아직껏 날은 죽지 않았다고 황금으로 빛나는 빛이 뽐내고 있었다.

"이것이…… 그거로군요."

"침인황금(侵刃黃金)."

노파가 단검의 이름을 불렀다.

"이것만은 성당교회도 블랙모아의 묘지기인 벨사크도 모르지. 우리가 과거 검은 성모 본인에게 받아 아서 왕이 돌아올 그 날까지 은밀히 전해 온 예장이다."

노파는 그 단검을 황홀하게 응시했다.

이때를 위해서 태어나 이때를 위해서 살아왔다고 말하는 듯했다.

그녀의 말이 옳다면 그만큼 옛날부터 이 마을은 두 진영으로 나뉘어 어두운 비밀을 품어왔다는 뜻이 된다.

한쪽은 블랙모아의 일족.

기원전부터 벨사크까지 장구히 이어지는, 혼을 나르고 무덤을 지켜온 마술사들.

한쪽은 아서 왕 부활을 기원하는 자들.

노파가 이 단검을 전해 받았듯이 아서 왕과 검은 성모를 신앙하는 자들.

아마도 대부분의 마을 사람은 틀림없이 양쪽 다 아니었을 것이다. 지금에야 마을 사람들은 아서 왕의 부활로 쏠렸지만 정기적으로 묘지기로 선택받은 자도 있고 동시에 검은 성모의 열렬한 신자도 있었을 터다. 묘지기의 사명과 아서 왕의 부활이 꼭 모순되지 않는 이상, 서로의 비밀과 사정도 숙고하면서 일정 거리를 둔 채로 여태까지 공존해 왔을 것이다.

그리고 어느 시점에서 성당교회도 끼어서 검은 성모를 자신들 종교의 성모와 동일하다고 둘러대 뿌리를 뻗치기에 이른다.

표면상은 평온하게, 그러나 그 뒷면에서 그들은 서로 감시하고 있었던 것이다.

고작해야 100명가량의 마을이라는 사실도 고려하면 이건 너무나도 좁기 그지없고, 또한 너무나도 오랜, 일종의 허망함까지 느껴지는 역사다.

단검을 응시하며 노파가 말했다.

"겨우살이를 끊기 위해서 만들어진 칼날은 단순한 현신이 아니라 육체와 정신과 혼, 그 틈새로 파고든다더군. 혹은 제물을 바칠 때, 그 내장을 해체할 때, 이 칼날은 우리의 성모가 손수 휘둘렀다고 하지. 전설에 따라 낫이거나 검으로 모습은 바뀌지만."

노파의 목이 떨렸다.

"그레이를 구속해 이 칼날을 꽂도록. 그리하면 그 애의 비천한 정신과 혼은 일시적으로 육체에서 떨어진다. 그다음은 응당 왕의 정신이 육체에 깃들겠지. 남은 혼은 성배전쟁인지 뭔지를 기다릴 수밖에 없지만 우리는 무슨 수를 써서든 살아남는다. 그래, 무수한 영령이 있을지언정 육체와 정신이 여기에 갖춰지면 기필코 왕의 혼이 소환되고말고! 그 정도의 행운, 우리의 왕이 갖추지 못했을 리 없어!"

길게, 아주 길게 노파는 웃었다.

그레이의 어머니 또한 도취된 미소와 함께 단검을 응시하고 마을 사람들은 그저 황송하다는 양 엎드리고 있었다.

그리고 검은 성모의 상만이 변함없는 표정으로 그들을 내려다보고 있었다.

*

콜록 물을 뱉어냈다.

몹시 춥지만 그것이 체온뿐이라는 건 뺨을 쓰다듬는 바람으로 알았다.

울창한 숲속이었다.

가지와 잎사귀 틈으로 어두운 하늘이 보였다.

아직 해는 나지 않았지만 어렴풋이 옅은 빛을 머금고도 있었다. 꽤 오랫동안 땅속에 있었던 것 같았다. 밖으로 나왔다는 감개를 받아들이기에는 앞으로 몇 분가량의 시간이 더 필요했다.

'……꿈을.'

꿈을, 꾸던 기분이다.

이젠 무슨 꿈인지는 떠올릴 수 없지만 해묵은 꿈이었던 것 같다.

그런 생각을 하고 있으려니.

"여어, 일어났냐."

목소리가 날아왔다.

부자연스럽게 흐릿한 얼굴이 나를 내려다보고 있었다. 영기가 완성되지 않았다고 그랬던가, 하는 생각을 떠올렸다가 눈을 깜빡거렸다.

"……서 케이."

"그래, 내 이름도 안다면 최선이지. 물깨나 먹었으니까. 경험상, 숨을 빨리 되찾지 못하면 인식이 이상해져. 아― 이 시대의 지식이라면 뇌에 대미지가 가니 마니 그러던가?"

그는 새삼스레 갑옷이 더러워지는 것도 개의치 않고 지면에 주저앉아 목으로 크큭 웃었다.

여명과 어우러져 그 모습은 매우 신비스럽게 비쳤다. 아니, 신비스럽고 자시고 머나먼 시대로부터 재현된 기사는 말 그대로 신비 그 자체지만, 그런 식으로 실감한 건 처음이었다.

콜록콜록 기침하던 중에 의식이 또렷해져 허겁지겁 상반

신을 쳐들었다.

"……스승님은? 스승님은, 어디 계세요?!"

"저기 있다."

턱짓이 가리키는 쪽에 스승님이 누워 있음을 깨달았다.

폭삭 젖은 머리카락이 지면에 펼쳐져 있었다. 안 그래도 안 좋은 낯빛은 새파랗고 양복 옷자락에서는 뚝뚝 물방울이 떨어졌다.

"스승님!"

"저건 너보다 체력 없던데. 뭐 깊이 기절한 만큼 물도 덜 먹은 모양이지만."

지지부진하게 엉금엉금 기어서 그 옆얼굴에 손을 뻗었다.

입술에서 나온 숨결이 손끝에 닿자 마음속이 더럭 안심하는 바람에 그 자리에 엎어질 것만 같았다. ……이상한 일이라고 스스로도 생각한다. 런던에 도착한 지 얼마 안 되었을 무렵은 못마땅한 상대 정도로 생각했었는데, 왜일까.

멍한 머리로도 그 답은 금세 알 수 있었다.

변해버린 자신이, 아아, 조금 기쁘기 때문이다.

이 얼굴은 타인의 것이라고 해도, 전혀 멈춰 서지 않고 자꾸자꾸 변해가는 이 정신이야말로 틀림없이 내 것이라고 느껴졌으니까. 이 세계에 영원 따위 없다고 해도 계속 변한다는 그 사실이야말로 변하지 않는다. 그렇다면 변화와 함께 쌓인 시간이야말로 나 자신이라고, 언젠가 주위에 아무도 없는 곳에서 아주 살짝 가슴을 펼 수 있을 듯하니까.

이 사람은 그런 자신을 가르쳐준 사람이니까.

자그맣게 숨을 쉬고 있으려니.

"직성이 풀렸나. ──옛다."

기사가 낫을 내밀어주었다. 아무래도 그것도 회수해준 모양이다.

"……가, 감사합니다."

"일단, 지금의 내 본체라서. 소중히 해 줬으면 하는군."

"서 케이가, 구해 주신 건가요."

"두 사람이나 떠메고 헤엄치는 건 역시 힘겹더군. 열심히 감사해. 이래저래 물질을 마쳤더니 거기 뒤편의 동굴과 연결되어 있었단 말이지. 홍수 때문에 덜컹거리던 게 나오자마자 폭삭 무너졌지만."

애매한 영기의 기사가 지긋지긋한 투로 젖은 머리를 탁탁 털었다.

갑옷을 입은 채로 헤엄친 것일까. 본디 영체인 이상 갑옷이 똑같은 무게라고 단정할 수는 없지만, 어쨌든 간에 두 사람이나 인간을 떠멘 채로 홍수를 헤엄쳤다면 그런 건 거의 물리적으로 불가능할 것이다. 하물며 낫까지 회수한 건 어떻게 소지했는지도 상상이 안 갔다. 영령이니까 어떻게 될 문제라고도 생각이 안 되는데, 묘하게 수긍하는 나 자신이 있었다.

의식을 잃기 직전, 몸을 건져주던 팔.

물을 헤치는 팔과 몸의 움직임이 거의 이차원의 법치 같아서 마치 무슨 돌고래에게 안긴 기분까지 들었다.

"옛날부터 수영만은 특기였거든. 하기야 이런 건 기사의 명예 따위하곤 한 푼도 관계가 없지. 덕분에 동료들에게선 변태적이라느니 못 써먹을 평가만 받았지만."

확실히, 기사의 명예하곤 관계없을 성싶다.

그런데 이 정신 모델^{사람}에게는 무척 어울린다고 느껴졌다. 검의 기량보다, 마술의 실력보다 훨씬 맞아떨어져서 어쩐지 안심되는 기분이 들었기 때문이다.

"다만 그 아저씨만은 다른 지하도로 헤엄쳐 가더군."

"벨사크, 씨가."

이 자리에 없는 상대의 이름을 나는 혀에 실었다.

그 뒤로 한 가지 더 물었다.

"……저, 해골왕은."

"글쎄. 어쨌든 간에 그런 물난리 따위로 어떻게 될 상대가 아니겠지."

그건 그렇다. 나로서도 제대로 『강화』가 기능했더라면, 탈출만이라면 어떻게 되었을 것이다.

거기까지 생각하다가 비로소 주위와 상황을 확인할 여유가 생겼다.

주위는 수목에 파묻혀 있어 어렴풋이 안개가 끼어 있었지만 역시 오래 살고 지낸 곳인 값은 해서 어느 정도는 위치가 짐작되었다.

"마을에서 산을 더 올라간 주변이네요. 아마 늪보다 더 건너편 쪽이에요."

"흐응. 그러면 그 지하는 꽤 여러 곳에 연결된 거군."

"아마…… 그런 거겠죠. 그만한 규모의 지하공동이니까요."

돌이켜보면 그 검은 론고미니아드의 발동으로 지반 붕괴가 일어나지 않은 것만으로도 행운이었을지 모른다. 오싹해지는 상상과 함께 그만 몸서리를 치고 말았다. 공포 때문인지, 아니면 체온 때문인지.

생각에 잠겨 있으려니 젖은 후드에 갑작스러운 감촉이 찾아왔다.

엇 하고 고개를 들려고 하니 그 손은 반쯤 힘에 맡겨 이리저리 헝클어댔다.

"아, 머리를 헝클지 마세요!"

"하핫."

기사가 재미있다는 듯이 웃고 손을 뺐다.

"그 녀석하곤 역시 안 닮았지만…… 아아, 가레스라면 궁합 좋았던 거 아닌가. 뭐 그쪽도 피가 연결되었다면 연결됐지만."

그 이름에 왠지 모르게 신기한 인상이 있었다.

"아마, 그분도 원탁에서……."

"네가 알 필요는 없어."

시치미 뚝 떼고 기사는 시선을 옮겼다.

마침 그 타이밍에 작게 신음이 튀어나온 것이다.

누워 있던 스승님이 힘없이 이쪽을 바라보는데, 체온이 확 오르는 것을 느꼈다. 1도나 2도는 정말로 뜨거워졌다고 생각한다. 목에서 치미는 것을 뱉어내는 것처럼 나는 부르고 말았다.

"스승님!"

"……그레이?"

"네! 네!"

스승님의 눈이 나를 쳐다보자 눈물이 쏟아질 것 같았다.

이렇게 눈물이 헤플 수 있을까. 손을 움켜쥐고 바로 곁에서 고개 숙였다. 후드가 있길 망정이었다. 이런 곳에서 울어도 곤란한 건 스승님 쪽이다. 그건 알고 있지만 도저히 눈시울이 뜨거워지는 것만은 막을 수 없었다.

"스승님……."

"……뭐냐. 이제 와서 묘한 표정을 짓지 마."

손끝을 움켜쥐자 스승님이 작게 쓴웃음 지었다.

그리고 젖은 머리카락을 쓸어 올리며 상반신을 세웠다. 일단 폭삭 젖은 슈트만을 벗고 걱정스럽게 품속에서 시가 케이스를 꺼냈다.

신중하게 표면의 물방울을 닦아낸 뒤에 열자, 아무래도 밀폐되어 있었는지 내용물은 마른 상태였다. 혹은 모종의 마술을 썼을지도 모른다.

　시가 한 대를 꺼내서 나이프를 쥔다.

　체온이 저하했기 때문인지 스승님의 손가락이 파리했기에 내가 살며시 받아들여 끝부분을 잘라냈다. 성냥은 역시 습기가 찼기에 핑거 스냅과 함께 스승님이 작은 불을 만들어내 천천히 태우다가 입에 물었다.

　스승님의 입술을 짙은 연기가 어루만졌다.

　"…………."

　어쩐지 꽤 오랜만에 그 향을 맡은 느낌이었다.

　런던에 왔을 적에는 별로 좋아하지 않았다. 지금도 타인이 같은 시가를 피우고 있으면 불쾌하지는 않더라도 '흐응' 하는 생각밖에 안 들 것이다. 하지만 스승님이 물었을 때만 마치 마음에 쏙 드는 이불이라도 뒤집어쓴 기분에 젖었다.

　"그렇군. 늪 근처까지 흘러── 아니, 헤엄쳐 왔나."

　"그 부분은 감사해도 좋다고."

　살짝 의기양양하게 기사가 말했다.

　그다음.

　"그래서, 넌 어쩔 셈이야."

　말을 꺼냈다.

　"어쩔 셈이라 함은?"

"당연히 이다음 행보 말이야. 가까스로 목숨은 건졌어. 요행이란 거겠지. 우연에 우연이 겹쳐서 어쩌다가 목숨을 건졌다는 수준이지. 같은 짓을 하면 백번 해서 백번 죽을걸."

기사는 태연히 죽는다는 말을 썼다.

그런 것에 익숙해진 것뿐이라는 전제의 밀은 오랜 전장의 냄새를 풍겼다. 이 브리튼에서 수많은 싸움을 헤쳐 나온 진짜배기 용사이기에 나온 대사.

"뭐든 목숨이 제일이지. 이대로 마을을 떠나는 수단도 있을 거라고."

"……나갈 수 있으면, 아닙니까."

스승님이 말을 덧붙였다.

"나는 역시 이곳이 과거 그 자체라고 생각 안 합니다. 그럼 이 마을에 알기 쉬운 『바깥』이 존재할 것 같습니까?"

"이 마을에 밖이 있다고는 단정할 수 없다고? 그림책 같은 이야기로군."

"무엇보다 이번에 한해선 그걸 결정하는 건 제가 아니기 때문이죠."

그렇게 말한 스승님은 천천히 연기를 내뱉다가 내게로 눈길을 되돌렸다.

"어?"

"자네는, 어떻게 생각하지?"

그런 질문을 받았다.

"먼저도 같은 말을 물었다마는. 이건 우선 자네의 사건 아닌가."

"…………."

내, 사건.

그런 말을 들은 건 처음 있는 일이었다. 스승님과 함께 여러 사건에 관여해 왔지만 언제나 나는 스승님의 입실제자이며 그 외의 입장이 없었다.

하지만, 그렇다.

이번은 다르다. 고향 마을의 사건이며 최초의 사건 뒷이야기다.

자신이 마을을 떠나는 계기이며 다시금 마주한 진실이다.

마을 사람 모두가 숨기던 것.

지저의 신전. 또 하나의 검은 성모. 아서 왕의 부활.

무엇보다 정신의 아서 왕── 해골왕.

혹은 또 하나의 지신.

"소제의 말은 닿지 않았어요."

조용히 인정했다.

부족했다. 내 말도, 내 경험도 그녀의 내면에는 이르지 못했다.

진실을 알기 위해서도, 자신의 존재방식을 규정하기 위해서도 그녀와의 대화는 불가결하다고 생각했음에도 내 말은 어디까지나 겉돌기만 하고 해골왕의 본질을 찌르지 못했다.

결국 미숙하기 때문이다.

자신의 부족함을 속절없이 곱씹었다. 그 때문에 얼마나 주변에 위험을 불렀을지도.

"하지만 스승님이 허락해 주시면 한 번 더 마주 보고 싶어요."

"……그럼 스승으로선 조력할 수밖에 없지. 입실제자의 부탁을 거절해선 엘멜로이의 이름에 부끄럽지 않겠나."

"……네!"

최대한 굳세게 끄덕였다.

엘멜로이의 이름에 부끄럽다는 말이 단순한 변명인 줄은 알아도, 오히려 알기 때문에 스승님이 밀어준다는 건 충분히 전해졌으니까.

"그리고 닿지 않은 건 자네만이 아니야. 내가 쓸데없는 말을 시키지만 않았으면 해골왕이 보구를 휘두르려고 하진 않았겠지."

"그건……."

스승님의 말에 해골왕이 격노한 기억을 떠올렸다.

그 순간까지 그녀는 오히려 사정을 두던 것처럼 느껴졌다. 이쪽을 구속하려고는 했어도 그 이상의 행위로 치고 나올 맘은 없었던 게 아닐까.

그렇다면 그녀가 견디지 못한 건 스승님의 말 중 어디였던 것일까.

"······어째선지 모르겠습니다만 해골왕은, 재연이라는 의미를 알고 있었어요."

나직이 입에 담았다.

"그렇다면 이제 1주차와 비슷한 행동은 취하지 않는 게 아닐까요?"

애초에 우리는 과거 사건의 진실을 밝히는 것을 당면 목적으로 삼고 있었다.

제피아가 말했었기 때문이다.

——『자네가 풀어야 할 허구의 수수께끼를 추구하라.』

그것이 이 2주차에서 탈출하기 위한 수단이 될 거라고, 최소한 단서는 될 거라고 우리는 생각했었다. 그러나 이번 일로 그것은 크게 엇나간 게 아닐까.

그러나.

"그녀의 반응이 아마도 열쇠일 거야."

스승님은 속삭였다.

"열쇠?"

"나도 뚜렷하게는 모르네. 하지만 확실히 줄곧 위화감이 있었어. 그 질문은 그 위화감을 어떻게든 말로 표현한 것이었지만, 그런 반응이 나올 줄은 몰랐지. 자신의 치졸함에 부끄러워할 수밖에 없네. ······조금만 더 하면 확실하게 닿을 듯한데."

다시 고개 숙이고 생각을 시작한다.

이렇게 되면 오래 가는 건 잘 안다. 논문을 쓰기 시작한 스승님이 식사도 잊고 꼬박 하루 내내 몰두한 끝에, 허겁지겁 문에서 기어 나온 적도 있었을 정도다.

그러나 이번은 그 사고에 완전히 빠지기 전에.

"——잠깐 괜찮을까."

목소리가 날아왔다.

"왜 그러지?"

"아니 뭐. 아까부터 신경 쓰이던 건데. 저 주변, 뭔가 이상하지 않나."

기사가 손가락으로 가리켰다.

숲의 한 곳. 짐승길로 보이는 드문드문 흙이 노출된 주변이었다. 어디에나 있을 법한, 그런 지면의 표면에 나도 옅은 위화감을 느꼈다.

"……이건."

나도 손을 뻗었다.

그 앞에서 습한 지면이 희미하게 파헤쳐져 있었다.

스승님도 같은 것을 깨닫고 눈썹을 찌푸렸다.

"혹시, 짐승이 아니라 인간의 발자국인가?"

"……아마, 맞을 거예요."

나는 자세를 낮추고 대각선으로 지면을 쳐다보았다.

옛날 벨사크에게 배운 사냥 기술이다. 지면에 남은 발자국은 평범하게 서 있는 시선으론 판별하기 어렵다. 허리를 낮추어 방향과 상황을 하나씩 확인했다.

크기로 보건대 아마도 남자 것이겠거니 추측했다. 마을 사람과는 다르게 번듯한 가죽신발을 신고 있다. 산행은 그다지 익숙하지 않은 모양이라 보폭은 별로 일정하지 않았다.

"이곳은 늪 근처였지. 규칙대로라면 우선 마을 사람은 접근하지 않을 테고."

스승님의 말에 살짝 끄덕였다.

본래 사람 발자국이 찍힐 곳이 아니다. 그런 곳에 마을 사람과는 다른 발자국이 남아있다면, 그것은 대체 어떤 의미를 숨기고 있는가.

"……찾아보죠."

자연히 입을 열면서 묘한 예감이 있었다.

만약 운명의 실 같은 게 있다면 지금 천공에서 늘어뜨린 그것이 우리에게 묶인 것 같은.

결코 꼭두각시 인형인 건 아니어도 우리의 행선지가 지금 바로 그 실로 규정된 것 같은, 묘한 확신이었다.

*

어디선가 목소리가 들렸다.

"——한 번 우연을 이용했다면 당연히 다음 우연도 연쇄되지. 운을 치우치게 하는 것이니 확률이 한 곳으로 모일 때까지는 모종의 반동이 발생해. 아아, 이건 행운에는 불운이 따르기 마련이라는 진부한 이야기가 아니야. 진자에 힘을 가했으니 자연히 흔들림이 가라앉을 때까지 극단적인 현상이 발생하기 쉽다는 이야기지."

마치 강의처럼 침착한 음성이 상황을 풀어냈다.

그들은 이 상황을 위의 시점에서 내려다보고 있다. 엘멜로이 2세와 그레이가 숲을 헤치고 들어가 느닷없이 발견한 발자국을 따라가는, 그 광경을 하나하나 관찰 중이다.

"어, 저…… 그건 인과 이야기인가요? 동양이라면 중요한 개념이죠? 예를 들어 아침에 학을 구하면 밤에는 보답으로 온라인 게임 아이템을 받는다는 거!"

나이 어린 소년의 목소리가 터졌다.

과연 어디까지 이해하고 있는지 소년의 표정에는 극히 위기감이 희박하다. 그런 상황에 옆에 앉은 동급생은 소태를 씹은 표정을 지으면서 현재는 체념한 채 함께하고 있는 것 같았다.

"플랫, 선생님의 수업이 아니라고."

"아니, 그치만 르 시앙. 물어볼 건 물어보고 싶잖아! 빵에 버터냐 잼이냐는 중요하잖아! 필수사항이잖아!"

"그건 아무리 그래도 아니지!"

짐승이 물어뜯는 것처럼 말하지만 동급생 쪽도 희미한 곤혹감을 띠고 있었다.

"아니 그래도 늪 근처에는 땅속으로 가면 문제가 없다? 아니면 저곳은 결계 밖이라는 뜻인가……?"

그들은 그 결계와 조우하고 계속 탐색하던 결과 이 공간에 끼어 들고 말았으니까.

그 의문에.

"보고 있게나."

처음 목소리 주인은 부드럽게 지적했다.

"자네들의 개입이, 소용돌이에 어떤 변화를 미치는지를. 그 변화 끝에 그들이 무엇을 찾아내는지를."

3

발자취를 좇으며 겨우 10분가량 지났을까.

나무그늘에 파묻힌 것 같은 오두막이 발견되었다.

"하. 이런 곳에, 용케도 참."

기사가 기가 막힌 듯이 감상을 흘렸다.

벨사크의 거처보다는 얼마간 낫다는 수준의, 허름한 오두막이었다. 물론 숲의 한복판에 있기 때문인지 바깥쪽 목재는 반쯤 썩어 있어 무너지지 않은 게 신기할 지경이다.

스승님이 살그머니 그 외벽을 만지고 손끝을 움직이다가 입을 열었다.

"낡은 것을, 무슨 마술 같은 걸로 보강한 모양이군."

"마술로?"

"……발견될 만해서 발견됐을지도 모르겠어."

중얼거리고 나를 보며 끄덕였다.

주의 깊게 문을 열고 내부로 들어갔다.

썩은 나무 바닥을 살며시 밟으면서 스승님은 천천히 시선을 돌렸다. 좀 전의 해골 병사 같은 상대에게 갑자기 습격당하지 않게끔 주의를 기울이고 있다. 나도 비슷하게 감각을 곤두세우면서 스승님 옆에서 떨어지지 않았다.

처음 방은 특이할 것 없는 탁자와 의자가 놓여 있을 뿐.

그러나 좀 더 안으로 들어가자 눈을 부라리게 되었다.

"야, 야. 이건 또 뭐야?"

등 뒤의 기사가 소리를 질렀다.

벽 일면을 활용해 무수한 메모와 사진이 붙어 있었다.

그 메모와 사진들은 각각 다른 색의 끈으로 묶여 있어 꼭 마술 문양 같았다.

몇 번 눈을 깜박이던 스승님이 그 이름을 말했다.

"웨빙이군."

"웨빙?"

"그래, 형사 드라마 등지에서 곧잘 쓰이는 거지. 막연한 아이디어와 발상, 복잡한 사건 등의 전모를 메모와 사진으로 각각의 관련성을 연결하거나 시각화해서 사고를 정리하는 데 쓰는 툴이다."

듣고 보니 본 적이 있는 것 같기도 하다. 비교적 새로 만들어진 낌새인 건 사진 모서리나 끈에 먼지 따위가 쌓여 있지 않은 걸로도 알 수 있었다.

사고를 정리하는 툴이라고 했는데, 확실히 타인의 뇌를 엿보는 기분이 들었다.

예를 들어 붙어 있는 사진 중 몇 장은 그 마을을 여러 각도로 촬영한 것이었다. 검은 성모도 묘지의 원형도 있으며 저마다 모종의 고찰을 적었다고 짐작되는 메모가 붙어 있다. 각각을 묶은 끈은 고찰상 관련이 있다는 뜻이리라.

스승님의 시선이 그런 메모 중 한 곳에 멈추었다.

"왜 그러지?"

"……아니."

메모 가장자리에 그려진 문양에 스승님의 눈길이 멎었다.

"아무래도 이 웨빙을 만든 사람은 인간의 세 요소에 주목하던 모양이군."

"그건…… 육체와 정신과 혼의…… ."

나와 가면 소녀의 정체. 근원.

무엇 때문에 우리가 만들어졌느냐는, 그 이유.

"내가 지금까지 생각하던 가설을 거의 답습했어. ……아니, 정밀도로 따지면 나보다 훨씬 나아. 그레이가 아서 왕의 육체이며 지하에 정신의 아서 왕이 존재할 가능성을 간파하고 고찰을 앞서 진행했군."

끈을 따라 스승님도 손가락을 움직였다.

스승님의 뇌가 웨빙을 만들어낸 상대를 트레이스하는 것

같았다.

어째선지 묘하게 가슴이 술렁거렸다. 이 웨빙이란 것이 내게 연결되었기 만이 아니라 그 제작자와 스승님이 사고를 공유하고 있는 데에서 말로 못할 공포도 느껴졌기 때문이다.

그래, 공포다.

나는 이 일대의 그림이 두려웠다.

허용만 된다면 비명과 함께 웅크리고 싶을 정도의 공포가 엄습했다. 고향 마을을 다양한 각도로 촬영하고 줄곧 살던 나도 눈치채지 못한 곳에 메스를 가져다 대 담담히 찢어발기는 솜씨.

내 지식으로는 멀쩡히 해독할 수 없으면서도 그 솜씨에 기괴한 인상을 품었다.

마치—— 의사보다는 도살업자 같다고.

"그렇게 거창하신 고찰이 퍽 무방비하게 드러나 있는데 말이야."

익살스럽게 기사가 말하자 스승님은 아니라며 고개를 내저었다.

"애초에 숨길 맘은 없었을 겁니다. 그 마을의 규칙상, 늪 너머로 올 사람은 우선 없고 필요에 따라서 결계를 쳤을지도 모르죠. 우리는 그 홍수에 떠밀려서 갑자기 땅속에서 나타난 이분자죠."

"그렇군. 이치는 맞나."

끄덕인 기사 옆에서 스승님이 말을 거듭했다.

"또 한 가지 가능성으로서는, 숨길 여유가 없었다……일지도 모르겠군요."

"여유가 없었다?"

"저기 부엌 말입니다."

돌아보지 않으며 손가락을 들었다.

"볶은 커피콩이 남아있더군요. 돌아오면 마실 작정이었겠죠. 마시기 직전에 볶지 않은 점으로 보면 다소 풍미가 떨어지는 것보다 한꺼번에 볶는 편이 편하다고 생각할 만큼은 합리주의라는 뜻일 겁니다. 즉, 바로 돌아올 생각인데 그럴 수 없었던 거죠."

"마술사라기보다는 탐정다운 말투군."

"마술사의 기술만으론 못 해 먹어서 말이죠."

자조하듯 말한 스승님의 시선이 한 번 더 웨빙으로 이동했다.

겹쳐서 붙인 몇 개의 서류를 넘기길 몇 분. 스승님이 굳어버렸다.

"뭔가, 있나요?"

"…………."

곧바로 대답은 나오지 않았다.

"……그랬나. 그래, 그랬군. 제길!"

가끔 튀어나오는 슬랭과 함께 스승님이 주먹으로 벽을 쳤

다. 결코 주먹이 다칠 만한 기세는 아니었지만, 그 행동에
눈이 동그래지고 말았다.

"스, 스승님?"

"당시의 나와 라이네스는 눈치채지 못했지만 여기에는
또 한 명, 현재의 우리가 아는 인물이 있었어. 안타깝게도
우리가 재연에 말려들기 전에 떠난 모양이지만."

"우리가 아는, 또 한 명?"

한 번 더 신중하게, 처음부터 서류를 다시 넘긴다. 아마도
머릿속에선 여러 술식이 연산되고 있으리라. 시선이 서류의
표면을 샅샅이 훑듯 몇 번씩 표면을 오가다가 이윽고 한 가
지 결론을 입에 담았다.

"하트리스다."

"네?"

무심코 되묻고 말았다.

그래서 스승님은 한 번 더, 또렷하게 그 이름을 고했다.

"이 웨빙을 만든 건 현대마술과의 전 학부장 닥터 하트리
스다."

그렇다.

애초에 이 마을에 돌아온 것은 하트리스의 단서를 찾기
위해서였다. 너무나도 황당무계한 사건과 거듭 조우하는 바

람에 완전히 뇌리에서 사라지고 말았었다. 무인이 된 마을에 경악하고, 2주차라는 이름의 과거로 날아왔다가 설마 처음 목적으로 되돌아올 줄이야.

그렇다면, 이건……

"……아아, 그렇군. 제피아는 하트리스와 거래했다고 그랬지만 마을 사람들은 하트리스로 짐작되는 인간에 대해선 언급하지 않았지. 애초에 하트리스가 마을 자체에는 접근하지 않았더라면 그건 쉬운 문제군. 심지어 퍽 오래 이 마을을 관찰하던 모양이야."

"자, 잠깐만요. 하트리스가 소제의 마을을 그렇게 오래 조사하고 있었다니, 무슨 이유가 있었던 거죠? 아까 육체와 정신과 혼의 이야기를 하셨지만 대체 여기에는 뭐가 적혀 있는 건가요?"

"……아무래도 대개는 논문과 마술의 술식 같더군."

재차 스승님의 시선이 웨빙으로 이동했다.

그 행위가 공연하게 두려웠다. 아까 스승님이 웨빙을 따라갔을 때부터 불안이 엄습했지만, 그 제작자가 하트리스라고 안 지금은 더더욱 공포가 증폭되고 말았다. 내가 무슨 수를 써도 지킬 수 없는 곳에서 스승님이 숙적과 대치하는 것 같아서. 목이 달달 떨릴 만큼 겁이 났다.

그리고.

웨빙을 읽을수록 스승님의 눈매는 험악해졌다.

"······스승님?"

"하트리스는 이 마을의—— 아서 왕에 얽힌 술식에 간섭하려고 시도했어."

또다시 도저히 못 들은 척할 수 없는 말이 튀어나왔다.

"그건, 플랫처럼 말인가요?"

그 소년이 아주 손쉽게 타인의 마술에 접촉하는 장면을 떠올렸다.

시계탑의 비밀회의에도 여러 번 잠입했다지만, 그 경위를 언급할 때마다 스승님은 미간의 주름이 깊어지며 위장 언저리를 쓰다듬기에 자세한 사정을 묻지 못했다.

"아니, 플랫이 하는 건 어디까지나 재능과 감성에 맡긴 도청이나 반전이 기본이지만 훨씬 더 정성껏, 공들여, 시간을 들여서······."

거기까지 말하다가 잠시 웨빙을 만진 채로 시선을 오락가락했지만, 이윽고 작은 신음과 함께 고개를 떨어뜨렸다.

"······안 되겠군. 나로선 해독할 수 없어."

"스승님이, 무리인가요?"

몹시 놀랐다.

스승님이 이런 식의 약한 소리를 뱉는 모습을 보는 게 처음이었기 때문이다.

마술의 기량 자체라면 몰라도 거의 호흡하듯이 타인의 마술을 폭로하며 그 때문에 위기에 빠질 뻔할 적마저 있던 스승님이 타인의 마술을 해독할 수 없다니.

"대략적인 방향성은 알아보겠어. 원래 술식이 켈트와
위치크래프트
흑마술에 따른 것이고, 간섭하는 술식의 기본이 현대마술과
위치크래프트, 나아가 아틀라스 원의 연금술의 혼성인 것도
이해돼. 그런데 그걸로 구체적으로 뭘 하려고 하는지를 알
려면 뒤엉킨 부분이 섬세하기 그지없어. 몇천씩이나 이르는
숫자 하나, 머리털 끝만한 무늬의 차이를 잘못 읽어내기만
해도 완전히 다른 것으로 변해 버려."

웨빙에 붙은, 정밀한 문양의 메모를 가리키며 스승님이
말했다.

한둘이 아니다. 그곳에 겹친 종이는 몇십 장이며, 그 전부
에 완전히 다른 문양 및 메모가 있었다. 혹은 천사 같은 날개
이며, 혹은 예스러운 왕관이고, 혹은 오망성 및 육망성, 십일
망성, 십이망성, 아니면 많은 도형을 복합한 기이한 형상.

"풍경화를 최소한으로 덧칠해서 이국의 경치를 만들어내
는 격이지. 기법도 물감도 통일성이 없고 본래는 성립할 것
같지도 않은데, 무시무시한 집념과 유별난 솜씨로 무작정
성립시켰어. 아아, 이게 바로 로드 없는 현대마술과를 지탱
하던 닥터 하트리스의 진수라고 해야겠지."

스승님 이전의, 현대마술과 학부장.

그 능력의 일부를 똑똑히 실감했다.

"그렇더라도 방향성까지 아는 이상, 제피아 같은 두뇌나

그 루비아젤리타 같은 일류 마술회로가 있으면 접근할 수 있겠지. 하지만 내 뇌로도 마술회로로도 그만한 계산은 할 수 없네."

그 말은 너무나도 씁쓸했다.

몇 번을 직면해도 체념할 수 있는 게 아니리라. 하물며 이 분야라면 자신도 나은 것이 아닐까, 하고 조금이나마 생각했더라면.

고개 숙인 입술로부터 낮게 말이 새어 나왔다.

"하다못해 이곳에 월령수액(月靈髓液)이 있으면……."

"부르셨습니까."

갑자기 문 옆에 인영이 우뚝 섰다.

"——으엇!"

주의 깊게 주위를 경계했었을 서 케이마저도 그 존재를 알아채지 못했는지 소리를 지르며 몸을 뒤로 젖혔다.

그도 당연한 게, 오두막의 문 아래에서 스며 나온 액체가 갑자기 인간 모습을 취한 것이다.

나긋나긋한 은빛 모습에 나는 무심코 눈을 부라렸다.

"트림마우!"

"그대의 눈동자에 건배."

무표정하게 무슨 영화 같은 대사를 꺼내는 수은 메이드에 나는 저도 모르게 연방 눈을 깜빡였다.

"……어떻게, 당신이?"

"어제 라이네스 님의 분부를 받아 런던으로 돌아가는 길 중간에 이 마을로 돌아왔습니다. 가능한 한 오빠에게는 들키지 않을 곳에 대기하다가 위험이 있으면 최대한 생색을 낸 다음 도와줘서, 끈질기게 잔뜩 최대한 은혜를 입히라는 명령이십니다. 하지만 당신을 찾을 수 없었기에 내기하던 중, 간신히 아까 반응을 잡아내어 찾아왔습니다."

"…………."

무심코 말문을 잃었다.

그것은 스승님도 마찬가지로, 망연히 손바닥으로 얼굴을 가렸다.

"……하하하하."

그리고 이번만큼은 유쾌하다는 듯이 스승님이 웃었다.

"즉, 1주차부터 그 녀석, 그런 짓을 했었던 거냐."

기가 막힌 듯하면서도 왠지 시원한 음성이었다.

아마도 1주차에서 트림마우는 그 마을에 있던 스승님을 멀찍이서 관찰했던 것이리라. 그리고 최종적으로 위험이 미치지 않았다고 확인하자 스승님이 나와 함께 마을을 나설 때 은밀히 동행했을 것이다.

"라이네스 씨, 답네요."

그녀가 남겨뒀던 배려가 스윽 가슴 한복판에 스미는 느낌이었다. 그런 투로 말하면 그 소녀는 부루퉁한 표정을 지을지도 모르겠지만.

돌아가고 싶었다.

그 소녀가 기다리는 탁자로.

함께 과자를 먹고, 차를 마시고, 스승님의 사소한 악담이라도 나누고 싶다고. 나는 말이 서투르니 금방 대화가 끊기겠지만 그래도 꼭 즐거운 시간이 될 것이다.

"하지만…… 트림마우가 있다면, 어떻게 되는데요?"

"애초에 볼루먼 하이드라저럼은 나의 스승 케이네스 엘멜로이 아치볼트가 손수 만들어낸 마술예장이야."

가끔 튀어나오는 이름에 덜컹했다.

제4차 성배전쟁에서 그 사람이 생명을 잃은 데는 스승님도 적잖은 관계가 있다고 한다.

지금은 그런 감개도 멀찍이 미뤄두고 스승님이 손가락을 슥 세웠다. 오케스트라의 지휘자 같은 몸짓과 함께 눈을 감은 상태의 트림마우가 마찬가지로 오른손을 들었다.

"나의 스승이 20대에 만들어낸 마술예장이, 열두 가문 중 하나 엘멜로이의 최상 예장으로 칭송받은 건 단순히 전투용 예장으로서만 뛰어나기 때문이 아니야."

스승님의 말에 곧바로 트림마우의 오른손이 증발하기 시작했다.

독성을 염려해 한순간 입가를 막았지만 수은은 그대로 흩어지지 않으며 다시금 허공에서 액화해서 공중에 몇 가지 숫자판을 띄웠다.

"이건……."

"볼루먼 하이드라저럼은 엘멜로이 파에서 손꼽히는 연산 기이기도 하지. 하기야 내 제어로는 극히 일부밖에 해방할 수 없다만."

그런 기능이 트림마우에게 숨어 있을 줄이야.

떠오른 숫자와 기호가 어지럽게 변화한다.

스승님이 말하는 술식에 그 숫자와 기호가 어떻게 관여하는지는 내게는 도저히 모를 영역이었다. 그러나 해독하고자 하는 스승님의 눈은 더할 나위 없이 진지하고 숫자가 변전할 때마다 내면의 감정이 여러 가지 색조를 내비쳤다.

예를 들면, 초조.

예를 들면, 질투.

예를 들면, 동경.

예를 들면, 분노.

혹은, 그것들 전부를 하나로 꼰 무언가.

하트리스로부터 스승님이 아니라, 스승님으로부터 하트리스에게로 모종의 감정이 생기는, 그런 순간을 보고 말았다.

"아아, 그렇군. 그 술식이…… 여기에 접속하나. 그 남자가 주목한 건 육체와 정신과 혼 중 어느 것도 아니고, 오히려 그 보존과 변질이군."

중얼거리면서 스승님은 웨빙과 숫자판을 번갈아 보며 더욱 손가락을 흔들었다.

이번에 숫자판은 메모에 그려진 문양과 오망성 등으로 속속 변화하다가 이어서 그 형상을 변화시켰다. 저울, 물고기, 산양, 별, 태양, 달. 순서와 크기도 각양각색으로 변천하여 마술사에게 그 모습은 과학자의 수식과 비슷한 것이겠거니 짐작했다.

동시에 수많은 상징에^{심 별} 파묻힌 스승님은 수심에 찬 철학자 같았다.

이윽고 변환이 정지했다.

모종의 결론에 수은의 문자판이 다다른 모양이었다.

몇 초간 스승님은 굳어 있었다.

"스승님, 무슨 문제가."

"……아마도, 답에는 도달했어. 하지만, 이건…….."

"……스승님?"

침묵 직후, 사납게 스승님이 뒤돌아보았다.

"트림마우, 일출까지는 앞으로 몇 분이지!"

"완전히 태양이 뜰 때까지라고 정의한다면 37분에서 43분으로 추측합니다."

"바로 여기를 나간다!"

공중에 띄웠던 수은의 판을 즉각 트림마우의 오른손으로 환원시킨 스승님이 재킷을 휘날렸다.

당황해서 그 등을 쫓으면서 물었다.

"무슨 일인데요, 스승님!"

"늪으로 가겠네. 미안하네만 자세하게 설명할 시간이 없어. 달리면서 하지."

"이봐, 이봐. 그쪽이 먼저 쓰러지는 거 아니야?"

까불대는 어조의 기사가 오두막 문을 나오자마자 표정을 굳혔다.

"──이크크, 이건 서슬 퍼렇군."

"뭔가, 서 케이."

"아아. 뭐, 마을 낌새로 봐서 올 줄은 알았지만. 수고들이 많아."

참으로 귀찮다는 느낌으로 무책임한 대답이 나왔다.

경사진 숲의 기슭 쪽── 즉, 늪을 사이에 낀 마을 방향이었다. 그곳에서 서서히 울려 퍼지는 사람들 목소리가 간신히 내 귀에도 들렸다.

"이거 이상한 낌새를 맡고 마을 사람들이 샅샅이 수색하기 시작한 모양인데. 하하, 이 코스로 늪에 갔다간 정면충돌하는 꼴이 될걸. 도망칠 게 아니라면 안면 있는 상대랑 죽고 죽일 각오도 이 틈에 해 두지그래."

평소의 가벼운 투로 기사가 중얼거렸다.

*

"헉…… 헉…… 헉……."

산 중턱에 기어가듯 한 남자가 비탈을 오르고 있었다.

페르난도 사제였다.

폭삭 젖은 사제복에서는 아직껏 뚝뚝 물을 흘리고 있었다.

그 또한 바로 좀 전 홍수에 떠밀려서 다른 구멍으로 기어나왔다. 용케도 살아남았다고 스스로도 생각 중이다. 의외로 지방 때문에 뜨기 쉬웠을지도 모른다. 시스터 일루미아와는 따로 떨어지고 말았지만 그건 문제없다.

어쨌든 이렇게 필사적으로 비탈을 오르고 있는 것도 무사했던 일루미아로부터 염화(念話)를 받았기 때문이다.

성당교회는 사제가 쓰는 세례 영창 말고는 습득을 금지하지만 그건 표면상이다. 그녀 같은 대행자는 강화 및 염화를 비롯한 실용적인 대다수 마술을(아아, 비적이라며 체면 차린 이름을 붙이고 있지만) 습득하고 있다. 그야말로 성당교회가 압도적인 권력으로 오랜 세월 수집해 온 지식의 일부이기도 했다.

"히익…… 히익……."

땀을 뚝뚝 흘리며 폭삭 젖은 사제복을 질질 끌면서 페르난도는 안간힘을 쓰며 비탈을 올랐다. 길 없는 길을 나아가는 한 걸음마다 자세가 무너져 몇 번씩 넘어질 뻔하면서 원망하는 말을 허덕이는 것이었다.

"지금 당장 늪으로 오라니…… 하마터면 익사할 뻔했

건만……. 시스터 일루미아는 얼마나 노동을 시킬 속셈으로……."

당장에라도 숨이 끊어질 듯한 표정으로 바락바락 다리를 놀렸다.

그 도중에 목소리가 날아왔다.

"무사하셨습니까. 페르난도 사제님."

나무그늘에서 나타난 인영에 사제가 흠칫 굳었다.

몇 초 만에 그 정체를 깨닫자 두려움을 억지로 눌러 삼키고 이름을 불렀다.

"벨사크…… 블랙모아……."

다시 말해, 블랙모아의 묘지기였다.

"……베, 베베베, 벨사크 군. 나, 나를, 어쩔 심산인가."

"지금은 해칠 맘이 없습니다."

묘지기는 고개를 내저었다.

한 손에는 거대한 도끼를 든 채로. 이 도끼를 든 채로 그 물난리 속을 헤엄쳤다면, 이 묘지기의 신체 능력도 무시무시하다. 마주한 사제 쪽은 일루미아와 달리 세례 영창 외의 능력은 없다. 그가 마음만 먹으면 사제의 몸 따위 일과인 장작 패기보다 쉽게 양단될 것이다.

그러나 벨사크는 평소와 다름없이 침착한 목소리로 말을 이었다.

"다만 당신의 견해를 여쭙고 싶었습니다."

"……블랙모아의 묘지기로서 말인가."

"그럴지도 모르죠."

묘지기는 은근한 태도를 한사코 무너뜨리지 않았다.

그 마을에서 여러 번 교류하고, 많은 말을 나누지는 않았으나 경의를 보내던 것과 같은 태도. 블랙모아의 묘지기와 성당교회의 행동방침이 반드시 일치하는 것만은 아니었지만, 그렇다고 무턱대고 반발하지도 않았다.

서로 언젠가 대립할지도 모르겠다 생각하면서, 그럼에도 유지되던 기이한 관계성.

"성당교회라 한들, 하나로 단단히 뭉친 것은 결코 아니겠죠. 적어도 저는 그리 생각 안 합니다."

묘지기는 낮은 목소리로 속삭였다.

"전부터 의문으로 여겼습니다. 당신도 시스터 일루미아도, 여러 가지로 그레이에게 말을 걸 때가 많았죠. 시스터는 아마도 그레이를 감시하기 위해서였겠지만 당신의 태도에는 다른 뭔가를 느낄 때가 있더군요. 그건, 어떤 이유였던 겁니까."

"……기분 탓이라고, 치부할 수는 없겠나."

뚱뚱한 겁쟁이 쥐처럼 사제가 두리번두리번 주위를 쳐다보았다.

그런 몸짓을 앞두고 벨사크가 슬그머니 덧붙였다.

"시스터 일루미아는 여기에 없습니다. 염화로 연락을 취하고 있을지도 모르지만 그렇다고 해서 당신의 행동까지 감시할 수 있을 리는 없겠죠."

"……음."

"사제님, 당신 개인의 견해를 들어볼 수 없겠습니까."

"으, 으, 음."

사제가 어흠 기침하고 물끄러미 벨사크의 표정을 살폈다. 물론 묘지기는 1밀리미터도 표정근을 움직이지 않는 채였다.

그래서 상대의 의도를 살피는 건 체념했는지 거의 구형의 턱이 푸르르 떨리다가 이윽고 두꺼운 입술이 답을 꺼냈다.

"……물론, 성당교회가 보기에 아서 왕은 이단이네. 우리와 같은 종교에 속한다고 생각하기엔 그 존재에는 토속 신앙이 지나치게 진하게 섞여 있어."

사제의 견해는 성당교회로서 지극히 타당한 것이다.

아서 왕의 수많은 전승에는 그 일대종교 또한 짙은 그림자를 드리우고 있지만, 그것은 현대에 먹히는 것이 아니다. 등장하는 궁정마술사든 마녀든, 애초에 왕가 역시 토속 종교를 빼고서는 설명할 수 없기 때문이다.

그러나.

묘지기의 한쪽 눈썹이 살며시 움직였다.

잠시 시간을 두다가.

"하나, 그런 건 그 애하고 본질적으로 관계없지 않은가."

사제가 내뱉듯이 말했기 때문이었다.

여름 밤바람을 받으면서 묘지기가 천천히 물었다.

"관계없다고, 그리 말씀하십니까?"

"있을 리가 없지. 애당초 옛날 관습을 미래 세대에까지 떠넘기고 희생을 강요하는 게 잘못이 아니고 뭐란 말인가."

딱 부러지게 단언한 사제의 옆얼굴은 몹시 후련하게 보였다. 길고 긴 길을 걷다가 겨우 무거운 짐을 내려놓은 여행자 같기도 했다.

바로 어두운 그림자가 내려앉았다.

"다만 내게 이런 말을 할 자격은 없겠지."

"어째서 말입니까."

"……10년 전이네."

다소 씁쓸한 목소리로 사제가 말했다.

"그레이의 얼굴이 갑자기 변해가던 것을 성당교회에 보고한 게 나이기 때문이야."

"…………."

벨사크는 아무 말도 하지 않았다.

알고 있었다고도, 몰랐었다고도, 그런 감상은 덧붙이지 않았다.

"당시엔 말이야, 그렇게까지 심각한 일이라고 생각지 않았어. 확실히, 한 소녀의 모습이 변해가는 건 두려운 기분이 들었지만 원래 그 아이 인상에서 크게 벗어난 것도 아니었으니 성장기에는 그런 일도 있지 않을까 정도로 파악했네. 그런데도 마을 사람들이 열병에 걸린 것처럼 그 아이에게 신앙을 바치기 시작한 건 보고하지 않을 수는 없겠단 생각이 들었지. 특히 그 어머니는 말일세."

사제의 입술에 쓴웃음이 배었다.

그 어머니가 얼마나 딸에게 경도되었는지 마을 사람이라면 다들 알고 있다. 일천 년 이상이나 걸려 흐릿해지던 아서 왕 신앙이 다시 타오른 것은 명백하게 그 어머니와 촌장 노파 때문이다.

"그래서, 노파심에 정기 연락 보고서에는 써 두었지. 내가 한 일이라면 그 정도야."

피로를 억누르기 위해서인지 근처 수목에 몸을 기대고 페르난도 사제가 말을 이었다.

"그리고 그 결과로 얼마 있다가 그 시스터 일루미아가 파견되었지. 시스터는 진짜배기 성당교회의 구성원이야. 성당기사단의 훈련을 받고 마술사와 인간이 아닌 자도 제거할 능력을 획득한, 젊은 인재지. 나 같은, 다소 재능이 있었다고 억지로 뽑히는 벽지의 감시원과는 다르네."

땀을 닦으면서 사제가 쓰게 웃었다.

"시스터에겐 말이야, 수차례 한소리 들었네. 교회에 해를 끼치는 존재가 태어나려 한다면 그 싹을 없애는 것도 주님의 가르침이라고. 그래, 분명히 그 말이 옳을 거야. 시스터와 나는 엄밀히 말하면 종파도 다르니까. 옛 시절이라면 그 야말로 이단이라고 그녀에게 사냥당하는 쪽이겠지."

그것은 그 종교의 역사였다.

그들은 어떻게 보아 전혀 다른 종교보다 근간에는 같은 부분을 가진 이단에 대해서야말로 매서웠다. 가치관에서 겹치는 부분이 있기에 자그마한 차이를 도저히 수용할 수 없다……. 그것은 인간의 습성일지도 모른다.

"그렇기에 내게, 그런 말을 할 자격은 없어."

사제는 중얼거렸다.

"물론 당시 행동은 직무로서 옳은 일이었다고 확신하네. 확신하네마는, 그게 성직자가 할 일이라고 단언할 수 있었을지는 요 몇 년간 내내 고민했었어. ……뭔가, 묘한 표정을 다 짓고. 내가 이상한 말을 했나."

"……아아, 아뇨."

벨사크는 고개를 저었다.

잠시 뜸을 들이다가 묘지기가 이렇게 말을 이었다.

"단지 그 마을에서 일어난 모든 것이 거짓이 아니었다는 사실에 저는 제가 믿는 것에 감사한 겁니다. 최소한 당신만은 저와 같은 것을 그 마을에서 봤다고 느껴서."

"……흥."

눈길을 피한 사제가 이번엔 차분한 느낌으로 입을 열었다.

"자네는 어느 쪽에 붙을 요량인가."

"어느 쪽이라면."

"우리 성당교회 측인가, 마을 사람 측인가, 이 말일세."

숲 한복판에서 페르난도의 음성은 열띠게 울렸다.

"자네가 이 나라의 정부와 연결고리가 있는 건 진즉에 아네. 시스터 일루미아는 그 방면에 민감했으니까. 하지만 딱히 정부의 스파이라는 건 아니지 않나. 블랙모아의 묘지기 자체는 아서 왕 이전부터 역사가 있을 텐데. 그렇다면 마을 사람처럼 아서 왕을 맹신하는 것도 아니겠지. 딱히 우리 쪽에 붙었다고 신념을 굽히는 게 아니지 않은가?"

사제의 연설에 묘지기는 뜻밖인 듯 한쪽 눈썹을 움직였다.

그리고.

"당신이 감시원으로 성당교회에 뽑힌 것도 이해가 갈 만하군요. 평시라면 천천히 이단을 길들이는 데 당신만큼 적성이 있는 상대는 좀처럼 없었겠죠."

"칭찬하는 말인가, 그건."

"그런 맘으로 한 말입니다."

그렇게 말한 벨사크는 이렇게 덧붙였다.

"저는 묘지기의 후계자로서 그 아이를 지킬 심산입니다."

"그렇다면, 우리와……."

"당신들, 성당교회가 그레이를 수중에 넣는다면 역시 무사할 수는 없겠죠. 물론 당신들의 종교는 관용을 설파하고는 있지만 그건 우리 세계까지 통용되는 게 아닙니다. 관용은 어디까지나 사람을 위한 것, 인간이 아닌 자에게 끼워 맞출 필요는 없겠지요."

"음. ……그건 그렇네만."

"배려, 감사합니다."

진지하게 벨사크는 머리를 숙였다.

그리고 느닷없이 팔짱을 끼고 페르난도 사제와 마찬가지로 수목에 기댄 뒤에 눈을 감았다.

"이 자리에서 전 아무것도 못 봤습니다. 아무와도 못 만났습니다. 조금 지쳤기에 몇 분가량 휴식하는 중에 누가 없어질 수도 있겠죠."

"……하고 싶은 말은 있지만, 달게 받겠네."

가능한 한 거만하게 페르난도가 사제복의 가슴을 출렁 세우고 다시 비탈 위로 걷기 시작했다.

그 등에 목소리가 날아왔다.

"다음엔…… 서로 목숨을 주고받겠군요."

"아니, 아니, 아니, 아니, 봐주게나."

처량한 목소리로 말한 사제가 엉거주춤한 자세로 비탈을 올라갔다. 씩씩 숨을 헐떡이고 젖은 사제복을 흥건하게 흘리는 땀으로 더욱 더럽히며 그럼에도 발을 멈추지는 않았다.

그 사제복이 안개에 흐릿해진 뒤에 벨사크는 천천히 눈을 떴다.

피로라곤 털끝만큼도 느껴지지 않는 발놀림으로 그 또한 비탈을 오르기 시작했다. 그 앞은 늪으로 이어진다. 아마도 그곳이 결말 지점이 될 거라고, 묘지기도 예감하고 있었다. 줄곧 그 마을에서 이루어지던 온화한 거짓말의 종말.

어쩌면 누구나 좀 더 계속하고 싶어 했을지도 모르는 시간의, 결말.

"——아악!"

느닷없이 외침이 숲을 갈랐다.

그 상대를 깨달은 벨사크가 떠밀리듯 달리기 시작했다. 무시무시한 속도로 목소리가 난 지점으로 내달렸다가 눈을 크게 부릅떴다.

"페르난도 사제님……!"

그곳에 사제가 쓰러져 있었다.

앞으로 쓰러진 채로 등에 붉은 피가 번져 있었다.

당황해서 달려간 벨사크가 그 목덜미에 손을 짚고 몸이 뻣뻣해졌다.

"죽었어……."

하지만 벨사크가 눈을 뗀 것은 불과 몇 분이다.

그 고작 몇 분 사이에 여기서 무슨 일이 일어났다는 말인가.

붉게 물든 등을 만지며 벨사크는 낮게 중얼거렸다.

"등 쪽에서, 나이프인지 뭔지로 일격?"

물론 페르난도 사제는 전투 훈련을 받지 않았다. 마을의 누군가여도 허를 찌르면 죽이는 것쯤은 쉬우리라. 하지만 도대체 누가? 이런 타이밍이라면 당연히 페르난도도 주의할 것이다. 안심하며 접촉할 만한 건 시스터 일루미아 정도지만 그녀가 사제를 죽일 의미가 있을 것 같지는 않다.

또 한 가지, 기이한 점을 벨사크는 알아챘다.

"몸이…… 말라 있어……?"

4

스승님과 함께 우리는 산에서 내려갔다.

앞으로 조금만 더 가면 늪이 나온다.

울창하게 우거진 수풀을 트림마우가 가른다. 피로를 모르는 것을 감안하면 적절한 배치일 것이다. 언제나 가장 먼저지치는 스승님도 이번만은 꾹 참고 가파른 비탈을 걷고 있었다.

후미는 서 케이가 눈을 부라리고 있고, 나는 스승님 바로옆에 있었다.

수중의 애드는 낫인 채로 아직껏 깨어날 낌새가 없다.

그 사실에 입술을 꼬옥 다물고 있으려니 스승님이 갑자기입을 열었다.

"마을 사람들과 대면하는 건 괜찮은 거지?"

"······네."

"자네 어머님도, 계실지 모르네."

"······네. 알아요."

두 번, 나는 끄덕였다.

수색 중이라고 듣고 충격은 있었지만, 한때의 것이었다. 그 어머니와도 마주해야만 한다고, 마을이 적으로 돌아섰을 때부터 알고는 있었으니까.

"그보다 아까 얘기는 무슨 뜻인가요? 하트리스는 여기서 뭘 하고 있었던 거죠?"

"웨빙은 어느 정도 해독했지만 무엇을 하고 있었는지는 아직 가설 단계야. 그러나 사건 직전의 행동에 대해선 추측이 끝났네."

"직전의 행동?"

"1주차 말이다마는. 벨사크는 여러 규칙을 위반한 자가 1일째에 있었다고 그랬지."

라이네스의 이야기를 떠올렸다.

스승님과 둘이서 제피아와 만난 뒤의 일이다. 벨사크가 이런 식으로 말하고 스승님과 라이네스에게 뭔가 모르냐고 캐물었을 터다.

──『어린애가 밖을 돌아다니거나 해서 간혹 규칙을 하나 어길 때는 있지. ······하지만 이번엔 규칙을 두 가지 어

겼더군.」

　"그건 밤에 하트리스가 이 마을에 접근했던 거야. 아마도 마지막으로 술식을 확인하거나 뭔가를 해서, 검은 성모에 기도를 바치지도 않고 그대로 나갔지."

　"나갔다⋯⋯."

　확실히, 그렇게 해도 규칙은 두 가지 어기는 꼴이다.

　밤에 나오는 것과 검은 성모에게 기도를 바치지 않은 것, 두 가지.

　"하지만 올 때는."

　"그 오두막은 늪보다 더 멀리 세워져 있었어. 아마도 마을의 마술적인 경보 바깥쪽이라는 거겠지. 그런데도 걸릴 때는 있었을지도 모르지만, 벨사크 본인이 이따금 한 가지 어길 때는 있다고 얘기했었지. 밤에 나도는 거라도 규칙에는 걸리네. 그러니까 그 남자도 별반 신경 쓰지 않았겠지."

　조리는 맞는다.

　하지만 그렇다면 어느 정도 오랫동안 하트리스는 이 마을 근처에 숨어 있던 것인가. 마술 경보 밖에 앉아서 얼마 동안 나와 마을을 감시했던 것인가.

　"⋯⋯⋯⋯⋯."

　쭈뼛쭈뼛, 꺼림칙한 것이 위장 속에 엉겼다.

　마을이 떠안은 비밀을 알았을 때와는 또 별개의, 생리적인 혐오감.

인간이라기보다 더 별개의, 벌레 같은 냉철한 시선을 상기하고 말았다. 그 레일 체펠린에서 단 한 번 만났을 뿐이지만, 그런데도 일종의 비인간성을 충분히 느꼈던 그 남자가 장기간 나를 감시하고 있었다면 도대체 무슨 결론을 얻은 것일까.

"하트리스라는 마술사는 기본적으로 사건에 직접 관여하지 않아."

스승님이 분석을 입에 담았다.

"그 쌍모탑 이젤마에서의 자금 투자 외에도 간접적으로는 많은 사건에 관련되었을 테지만 그 대부분은 어둠에서 어둠으로 사라지듯이 처리되고 말았지. 그런 사건을 하트리스는 선택했을 거야. 안 그러면 언제 어떤 불확정 분자에게 찍힐지 모르니 말이지."

거기까지 말하고 일단 입을 다물었다.

"내가, 어쩌다 그것을 깨고 말았어."

"호오."

이번엔 기사가 맞장구를 쳤다.

"그렇군, 그래. 그 웨빙이란 게 도중에 방치된 건 그런 이유인가. 납득은 가는군. 즉, 이번 사건의 계기가 된 건."

"그래, 이 사건의 계기는 접니다."

뭔가 즐거워하는 기사의 말에 마뜩잖은 표정의 스승님이

수긍했다.

"스승님이 계기란 건 무슨 뜻인가요?"

"성당교회가 왜 이 시점에 움직였느냐는 말이지. 시계탑의 로드가 쳐들어오면 성당교회도 잠자코 지켜볼 수가 없어지지. 적어도 하트리스는 그렇게 판단하고 조급하게 그 자리를 떠난 거야."

"…………."

무심코 주먹을 움켜쥐고 말았다.

그건 당연하다. 스승님은 명색이 시계탑에 열두 명밖에 존재하지 않는 로드이며 그 일거수일투족이 다른 세력의 주시를 받을 존재다. 아서 왕이 부활할지도 모른다는 제5차 성배전쟁의 타이밍을 앞두고 그 군주가 줄곧 감시하던 마을에 찾아왔다면, 그게 우연이라고 여길 턱이 없다.

당연한 건데 그만 간과하고 말았다.

"하트리스로서 봐도 이 단계에서 내가 마을에 쳐들어오는 건 틀림없이 상상 밖이었을 테지. 그래, 열두 군주 중 한 명이 직접 찾아온다는 비상식은 계산 밖이었을 거야. 모든 것의 흑막인 건 아니지만 이 사건에서도 그 남자는 모종의 역할을 맡고 있었지."

"여러분, 거의 다 왔습니다."

앞서가던 수은 메이드가 살며시 속삭였다.

그 말대로 바로 숲이 트였다.

새벽의 부드러운 빛이 부드럽게 눈을 자극했다.

이미 코앞에 늪이 보였다.

터부이기 때문에 나도 거의 다가간 적이 없는 장소였지만 이렇게 눈앞에 두니 늪이라기에는 다소 컸다. 진흙이 섞여 있긴 했지만 옛날에는 좀 더 투명했을지도 모른다.

서서히 지평선에서 비치는 빛은 그 지배지를 넓혀간다.

산맥의 경사에 천천히 빛의 세계가 찾아드는 것은 많은 사람에게 감동을 줄 아름다운 광경이었지만, 도저히 그런 기분은 들지 못했다.

새벽.

즉, 그것은──.

"자네가, 죽는 시간이네. 아니, 죽었다고 된 시간이지."

스승님이 답을 입에 담았다.

정말로 이 사람은 거리낌이 없다. 진실을 앞에 둔다면 거의 자동적으로 말하는 게 의무라고나 여기는 것 같다. 그렇기에 이 사람을 싫어하는 마술사도 많은 것이리라. 진실을 가리는 베일이야말로 마술을 지키는 데 빠트릴 수 없는 방벽이므로.

스승님의 시선은 늪에 못 박혀 있고 입술에서 이런 말이 흘러나왔다.

"그러니까, 아마 이 시간에서 벗어나지 않을 거야."

――아니나 다를까.

예언처럼 이변은 발생했다.

늪의 내부에서 흙탕물을 가르고 거대한 뭔가가 떠오른 것이다.

인영 수준이 아니다.

본 적이 있는 건축물이 통째로 하나 떠오른 것이다.

아니, 본 적이 있다는 수준이 아니다. 왜냐면 그건 불과 몇 시간 전에 있었던 일이다. 특히 잊지 못할 건 빛에 비친 입구의 석상이었다. 떠오른 신전 일부는 늪의 가장자리와 겹쳐져 마치 다리가 걸린 것 같기도 했다.

그런 경치는 몽상도 하지 않았기에 망연히 나는 중얼거렸다.

"그 신전이…… 물에 떠올랐어……?"

아아.

아직 아침 해도 흐릿한 안개 속에 양양하게 떠오른 것은 해골왕과 싸우기 직전에 발견한 땅속의 신전이었다.

물론 물리법칙으로 따지면 석조 신전이나 그것을 지탱하는 지반이 늪에 떠오를 리 없다. 저건 틀림없이 신비다. 그것도 현대의 마술사로는 도저히 미치지 않을 수준의 절대적인 규모인.

그러나 황당한 전모에 망연히 지켜보던 내 옆에서.

"……아아, 제길. 그렇게 빗댄 거냐. 신비 같은 것에 얽힌 녀석은 되어 먹지 않은 짓만 친절하고 정중하게 해 먹는군."

서 케이가 낮게 신음했다.

까부는 어조도 자취를 감추고 그 원탁에 자리가 마련된 기사는 이를 갈다가 이런 말을 혀에 실었다.

"저건…… 아발론이다……!"

*

"뭐, 뭐야, 뭐야, 이거? 어떻게 된 건데! 왜 신전이 떠오른대?!"

동요라기보다는 새로운 장난감의 장치에 흥분한 듯한 목소리가 공간에 울렸다.

"구조에 부자연스러운 점이 있었다……고 스스로 말했잖나?"

제피아가 침착한 목소리로 말했다.

재연의 파라미터를 조작해 홍수를 현출시켰을 때의 이야기다. 그야말로 파라미터를 조작한 플랫이 그런 말을 입에 담은 것이다.

──『뭔가 구조적으로 부자연스러운 구석이 있었고…… 음, 저기, 즉 이 과거 같은 장소는 그런 식으로 하면 개입할

수 있는 거죠?』

플랫이 비교적 개입하기 쉬웠던 이유.

성공한 데에 일단이라고는 해도 제피아가 수긍한 이유.

그 두 가지는 같은 점에 기인하고 있었다. 즉, 플랫이 홍수를 유도하는 데 성공한 건 원래부터 그런 기구가 그 지하에 묻혀 있었기 때문이라고.

"정식으로 부상시키기 위한 순서도 있었지만, 그 과정을 날리고 가동시키는 데 다소 고생했지. 신전의 부상과 동시에 결계가 해제되는 구조 쪽은 작동한 모양이지만."

제피아의 말에 플랫이 고개를 들었다.

"……그거, 즉, 내가 놓은 수에 반격했단 건가요? 내가 해킹했으니까, 그걸 이용했다?"

"흠."

중얼거린 제피아의 속눈썹이 아련하게 살랑거렸다.

"자네의 교사는 전문이 아닐 테고 그 점은 가르치지 못했겠다마는. 마술을 통한 해킹에도 다양한 방식과 기술이 있네. 정상적으로 작동하는 회로를 부정이용하는 것만이 능사가 아니야. 좀처럼 있는 일이 아니지만 마술사 해커끼리가 만났을 때만 통하는 전술도 있지."

아틀라스 원 연금술사의 손가락이 보이지 않는 피아노의 건반이라도 만지듯이 움직였다.

그 하나하나가 엘멜로이 2세 일행의 과거 같은 세계를 조작했다. 마적인 운율을 연주하는 것처럼 보이기까지 했다. 인간의 귀에는 닿지 않는 음색은 그러기 때문에 세계 그 자체를 떨게 하는가.

"나 자신부터 까맣게 잊고 있던 능력을 선보일, 다시 없을 기회더군."

제피아의 말에서는 범상치 않은 자신감과 그를 뒷받침하는 시간의 두께가 엿보였다.

"아하하! 그거 되게 멋져! 마술은 그런 사용법까지 있구나! 아틀라스 원은 몇십 년이나 된 TCG 정도로 심오하네!"

"너, 잔말 말고 진정해라."

급우를 나무라면서 스빈 또한 수정구를 노려보았다.

그들이 자랑하는 시계탑의 강사는 지금 수정구 속에서 부상한 신전과 마주하고 있었다.

"자아."

제피아 또한 수정구로 시선을 돌렸다.

"자네가 풀어야 할 수수께끼에 다다랐는가? 로드 엘멜로이 2세."

5

"아발론……이면."

물론, 그 이름은 나도 알고 있었다.

죽은 아서 왕이 운반된 땅.

그리고 언젠가의 소생을 약속받았다는 장소. 이 브리튼에서 가장 신성하다고 해도 과언이 아닌, 그런——.

"물 너머에 있는, 저 신전이……?"

"아발론 그 자체가 아니라, 아발론의 전설을 본떠 만들어낸 곳이겠지. 서 케이가 말한 바와 같이 빗대는 것은 마술에서 중요해."

"핫. 용케도 참, 이것저것 갖춰 놨어."

감탄한 듯이 기사가 중얼거렸다.

다만 그 말에는 단순한 감상만은 아니고 또 다른 것도 배어 있는 느낌이었다. 그 마음가짐을 알 수 있다고는 도저히 말 못하겠지만.

"그 웨빙대로라면 저 신전에서 육체와 정신과 혼의 합일이 달성된다."

스승님도 살짝 떨리는 목소리로 말했다.

나라는 육체가 바쳐져야 할 성지.

그렇다면 당연히 정신인 해골왕 또한 저 신전에서 기다리고 있을까.

"저 다리 같은 곳을 이용해 마을 녀석들도 신전에 들어갔군. 원래 장치를 알았는지 몰랐는지는 알 바 아니지만, 그가면 임금님과 함께 손에 손잡고 사이좋게 기다리는 중이란 뜻이야."

지긋지긋하단 투로 기사가 한숨을 쉬었다.

"그런데 말이다, 곧바로 가봤자 재탕일 뿐일걸. 또다시 그 검은 성창을 쳐들면 우리는 물론이고 산이 통째로 뚫릴거다. 그야 뭐, 아픔이고 뭐고 느끼지 않고 끝나서 속 편할지 몰라도 꽤 바보 같은 결과라고 본다만."

"아니요."

부정한 목소리에 기사도 나도 돌아보았다.

"아마도, 그리되진 않습니다."

스승님의 어조는 조용한 확신을 띠고 있었다.

과연 그 의미는—— 이 2주차의 『결말』은 금세 알 수 있었다.

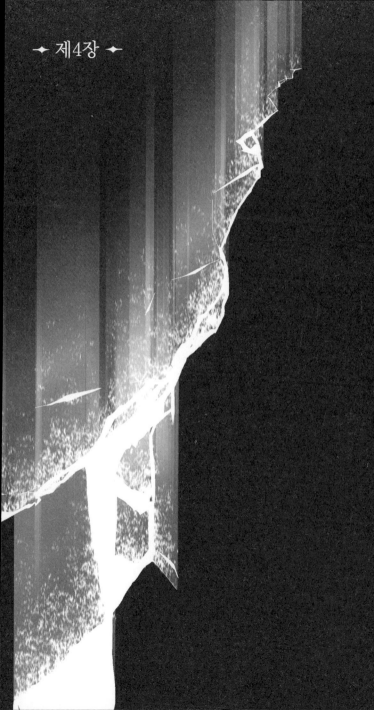

제4장

1

신전으로는 다리가 여러 개 놓여 있었다.

아마 그것까지 포함한 구조일 것이다. 아직껏 젖은 바닥도, 서서히 물이 빠지고 있는 것 같았다.

다만 물로 씻긴 신전은 땅속에서 보았을 때와는 싹 달라져 장엄하게 빛나고 있었다.

어쩌면 본래 모습일지도 모른다. 곰팡이가 난 땅속에서 가없는 세월을 보내던 신전이 지표에 나타남에 이르러 신성한 본질을 되찾은 건, 몇 가지 전승을 떠오르게 했다. 해묵은 신화에서 죽은 신들은 땅속의 저승에서 데리고 나오면 종종 숨을 되찾곤 했다.

그 신전 입구에 여러 인영이 뭉쳐서 굼실대고 있었다.

하나는 마을 사람들이었다.

대략 십여 명. 저마다 손에는 예스러운 도끼와 가래를 들고 우리를 노려보고 있다. 다른 이들은 움직이지 못하거나, 나이 문제로 나오지 못했으리라.

"아서 왕의……!"

"아서 왕의…… 육체가……."

멍하니 중얼거리는 목소리에 그만 눈을 내리깔고 말았다.

아무도, 이제 그레이라고는 부르지 않는 것일까.

그 안에서 두 명 더, 대표 격인 여성과 노파가 서 있었다.

"어머니, 큰할머님."

"그대는……."

노파 쪽이 낮게 목소리를 냈다.

어머니는 아무 말도 하지 않았다. 까마귀 같은 눈이 무감정하게 날 비출 뿐이었다. 이 마당에 이르러서도 그녀가 드러내는 표정은 무엇 하나 바뀌지 않았다.

또 하나는 시스터 일루미아였다.

수녀복 그대로 스윽 힘을 빼고 단신으로 마을 사람과 마주하고 있다.

단 혼자서 마을 사람들 전원을 상대해도 아무 문제 없다고 호언장담하는 것 같기도 했다. 아니, 실제로 그럴 것이다. 그녀가 지저에서 드러낸 전투력은 평범한 마을 사람들쯤이야 툭 건드리기만 해도 에누리가 남을 것이었다.

실제로 꽁무니를 빼고 있는 건 마을 사람들 쪽이었다. 아무리 광신을 가졌어도 제대로 훈련을 받지 못한 자들을 전사로 바꾸기는 어렵다.

그리고 양쪽과 같은 거리에 있는 게 해골 병사들.

당연하지만 이쪽은 아무 말도 꺼내지 않고 쌍방을 감시하고 있었다.

그러나 삼파전의 대치는 뜻밖일 정도의 허탈감 또한 수반하고 있었다.

누구나 예상하지 못한 『결말』이 그곳에 찾아왔기 때문이다.

"……늦었구나."

시스터 일루미아가 말했다.

"싸우지는, 않았던 건가요?"

"응, 이래선 싸움이 될 턱이 없잖아. 늪의 장치를 알아채서 첫 번째로 들어갈 심산이었는데 내가 도착했을 때는 이랬는걸. ……아아, 이러면 내가 첫 발견자라서 신용이 없을까."

기가 막힌 듯이 수녀는 턱짓했다.

그 말에 거짓은 없을 것이다. 주위에 다툰 흔적이 없기 때문이다. 아무리 시스터 일루미아라고는 해도 저것과 싸워서 무사히 끝나리라고는 생각지 않는다.

그러나.

"어째서…… 이런……."

긴장의 실이 뚝 끊어진 목소리로 노파가 말했다.

그토록 신앙에 불타던 큰할머님조차 지금은 그 열기를 잃었다.

그렇다. 막을 필요도 없다. 있을 턱이 없다. 그들이 목숨을 걸고 싸워야 할 가장 큰 이유는 이미 빼앗겼으니까.

"……야, 야, 야…… 왜, 일이 이렇게 됐는데."

서 케이도 역시 망연한 목소리로 중얼거렸다.

그들의 눈길이 집중된 곳은 해골 병사들보다 더욱 저 너머―― 신전 내부에 배치된 검은 성모의 발밑이었다.

성단이 된 그 장소에 기댄 인영이 있었다.

아아, 나는 그 광경을 안다. 진즉에 잊었지만, 잊었을 테지만, 그 장면을 목도하면 싫어도 생각이 난다.

지독한 두통이 엄습했다.

한순간 새하얗게 시야가 물들 정도의 통증은 도리어 내면의 기억을 더욱 까발리는 효과도 초래했다.

처음에 기억난 것은 후각이다.

뒤엉킨 썩은 풀과 물 냄새.

들이켠 목까지도 헐어버릴 것만 같은 독기.

지금의 늪보다 그때는 더 탁했던 것일까. 오래 있으면 병들어 버릴 정도의 악취가 코의 점막에 들러붙었다.

그리고, 소리다.

몇십이나 몇백으로까지 느껴지는, 요란한 까마귀 울음소리.

바로 그 가까이에서 나를 향한 외침.

──『너는…… 내게…….』

아아.

그 결말이 지금 여기서 밝혀졌다.

"해골왕이…… 죽어…… 있어……?"

타인의 말처럼 내 중얼거림이 들렸다.

늘어선 해골 병사들 저 너머, 검은 성모가 지켜보는 아래
에 쓰러진 가면 소녀의 목덜미가 핏빛으로 물들어 있었다.

2

치명상인 건 명백했다.

제단에 기댄 채로 소녀는 꿈쩍도 하지 않는다. 흘러나온 대량의 피는 진즉에 다 퍼져서 끝자락은 서서히 굳어가고 있었다.

그곳에 있는 것은 이미 사물이었다.

생명을 잃은 살덩이에 불과하다.

"어, 째서⋯⋯."

내 중얼거림이 마치 타인의 말처럼 들렸다.

아니.

전혀 예상하지 못한 건 아니다.

그 1주차에서 내가 살아남고, 더해서 같은 얼굴을 가진 상대가 죽었다 치면, 그 상대는 한 명밖에 없다. 그렇기에 어쩌면 이 2주차에서도 같은 일이 일어나는 게 아닐까, 그런 예측은 마음 어딘가에 있었다.

그러나, 그렇다고 해도, 그 결과는 필연으로 연결되는 것이겠거니 생각했다. 설마 이렇게 느닷없이, 일체의 흐름을 단절하듯이 해골왕이 죽음에 이르는 사태가 벌어질 줄이야.

지나친 상황에 충격을 받고 있으려니 마을 쪽의 다리에서 인영이 하나 더 나타났다.

"……이건, 어찌 된 일이지?"

"벨사크."

블랙모아의 묘지기. 내게 사는 법과 싸우는 법을 가르쳐 준, 또 한 명의 선생님.

해골왕의 시체를 쳐다보며 그는 엄격한 얼굴을 무너뜨리지 않았다.

그뿐만 아니라 이런 발언을 남긴 것이다.

"이곳에 오는 도중, 페르난도 사제님도 죽어 있었다. 누군가와 다툰 흔적이 있었지만…… 말해 두겠는데 내가 아니다."

"허?!"

시스터 일루미아가 아름다운 눈썹을 치켜세우며 빙글 돌아섰다.

"너, 사제를 해친 거야?!"

"내가 아니라고 했다."

재차 말한 벨사크 앞에서 나는 다시금 눈이 동그래졌다.

"······그럴 수가······!"

마치 연쇄살인 사건 같다.

1주차에서도 그런 사건이 일어났던 것일까.

페르난도 사제와 해골왕. 이렇게까지 꼼짝 못할 국면에, 극대의 폭탄이라도 떨군 것 같은 두 죽음. 너무나도 뜬금없어서 도저히 받아들일 수 없다. 도대체 뭐가 어떻게 되어 이런 사태가 일어난 것인가.

수그러들지 않는 두통에 한 손으로 관자놀이를 누르니, 지직······ 지직······하고 묘한 소리가 들렸다.

'······뭐?'

필름이 타는 듯한, 서책 가장자리를 태우는 듯한 소리.

거기에 정신을 팔렸을 때 스승님이 입을 열었다.

"역시, 그렇게 됐나."

"너는, 이럴 줄 알았던 거냐? 엘멜로이 2세."

서 케이가 물었다.

확실히 스승님은 이렇게 말했었다. 아마도 이 자리에서 해골왕과 싸울 일은 없을 거라고. 그것은 해골왕이 이미 죽어 있음을 깨달았기 때문일까.

"1주차의 벨사크는 검은 성모 곁에서 그레이의 시체가 나왔으니 쫓기진 않을 거라고 말했지. 그래서 당시에는 성당이 현장이라 여겼지만 그렇지 않았어. 단순히 검은 성모가 또 하나 있었을 뿐이다. 물론, 당시의 벨사크가 일일이 그런 설명을 할 겨를은 없었다마는. ……그렇다면 이곳이 과거가 아닌 이상, 반드시 이 타이밍에 앞뒤 아귀를 맞추리라 생각했지."

약간 낮춘 목소리로 스승님이 말했다.

과거가 뭐라느니 하는 말을 주위가 못 듣도록 하기 위한 배려일 것이다. 우리에게 이 세계가 2주차라는 건 그야말로 최선을 다해도 말로 이해시키지 못하리라.

"과거가 아니다?"

"그렇다면 무엇인지를 내내 고민했었어. 단순한 시뮬레이션이라면 우리를 특정 타이밍으로 보낼 필요도 없겠지. 중요한 건 무엇 때문의 재연이며, 어떠한 의미를 지니느냐다."

거기까지 속삭인 뒤 이번에는 쓱 시선을 움직였다.

"막달레나."

그렇게 불렀다.

한순간 나조차도 그것이 누구 이름인지 헷갈렸다.

어머니의 이름인데, 이 마을에서는 아무도 그 이름을 부르지는 않았기 때문이다.

"당신의, 이름이었죠. 이전에 그레이로부터 들은 적이 있었습니다."

그랬을까. 기억이 안 난다. 런던에 도착한 뒤로 이것저것이야기하던 중에는 그런 내용도 있었을지 모른다.

"이건 아마도, 당신만이 의미를 알 결과입니다."

"무슨, 말씀이죠?"

어머니는 표정을 바꾸지 않았다.

아니, 그것은 불과 몇 초였다. 마치 줄곧 굳어 있던 석고인지 뭔지가 떨어지는 것처럼 이번에야말로 크게 얼굴을 일그러뜨렸다.

"그럴 수가……."

목이 떨렸다.

당황하는 어머니라니, 이 눈으로 보는 건 대체 얼마나 오랜만이었을까.

"그럴 수가, 설마, 당신은……!"

이어진 신음과 함께 비틀대듯이 달려갔다.

침수된 신전에 옅은 파문을 퍼트리며 무방비하게, 해골 병사 쪽으로!

"어머니!"

"윽── 트림마우!"

견제하고자 마탄을 쏘면서 스승님이 수은 메이드에게 원호를 주문했다.

즉각 메이드의 팔이 녹으며 이번엔 날카로운 칼날로 변했다. 해골왕을 지키고자 덮쳐든 해골 병사들을 베어 가르고 어머니까지 가는 길을 텄다.

"쳇——! 귀찮은 일만 생기는군!"

혀를 찬 서 케이도 따라서 검을 뽑았다.

덮쳐들던 해골 병사들은 트림마우와 서 케이, 그리고 나 세 명이서 쫓아냈다. 갑작스러운 사태에 노파를 포함한 마을 사람들은 아무 반응도 하지 못했다.

그런 마을 사람에게도 해골 병사들이 칼날을 휘두르려다가 옆에서 끼어든 상대가 그 두개골을 거대한 도끼로 깨트렸다.

"벨사크 씨."

"대립도 각오했었지만 과거의 동포가 괴물에게 살해당하는 건 역시 못 두고 보지."

묘지기가 손을 드니 그 손에 영체의 까마귀가 소환되었다.

곧바로 영체의 까마귀들이 해골 병사를 쪼고 남은 나머지는 벨사크가 도끼를 휘둘러 때려 부수었다. 아직도 해골 병사의 수는 많지만 그렇다고 저 묘지기를 돌파할 수준은 아니다. 별다른 감상은 없는지 시스터 일루미아는 방관할 뿐이었지만 창을 겨눈 해골 병사는 귀찮은 듯 한 손으로 털어냈다.

그 와중에 신중하게 걸어가며 스승님이 손을 뻗었다.

"레이디, 무사하십니까."

어머니를 부축해 일으키며 말을 걸었다.

무슨 일이 일어났는지 모르겠다.

어째서 어머니가 갑자기 해골 병사들 쪽으로 달려갔는지. 왜 스승님이 몸을 던져서까지 구하려고 하는지. 아아. 아니, 더 뜻밖인 건 내가 안심하고 있다는 점이다. 어머니가 내게 가진 감정은 단순한 신앙 대상에게 보내는 것임을 사무치게 안다. 그런데도 어머니가 살아나서 나는 이렇게나 안도하고 말았다.

이렇게 바보 같을 수가.

그런데도 털어내기 어려운 감정.

"저는……."

낮게 중얼거린 어머니에게 스승님은 살짝 끄덕였다.

"그레이, 트림마우. 버틸 수 있나?"

"괘, 괜찮아요!"

해골왕만 없으면 나와 벨사크와 서 케이로도 충분히 해골 병사들을 막을 수 있다.

그 와중에 스승님이 훌쩍 일어서고.

"──그럼, 강의를 계속하지."

소리를 높였다.

천천히 마을 사람들을 돌아보며 질문했다.

"애초에 당신들은 해골왕의 정체를 본 적 있었던가."

스승님의 물음에 잠시 노파가 입을 다물고 주름투성이 목을 가로저었다.

"······그럴 필요는 없네."

"맞습니다. 신앙이란 그런 것이기 때문이지. 믿기 때문에 신이며, 신의 정체를 캐는 건 터부가 아니라도 심리적인 저항이 있어. 아니, 탓할 건 아니야. 나도 그렇게 맹신했었기 때문이다. 거리를 두고 갑옷을 입으면 다소의 체격 차는 분간할 수 없으니까."

짐짓 스승님이 고개를 내저었다.

"······너는, 무슨 말을."

"단순한 확인이지요."

스승님이 살짝 딱딱한 얼굴로 끄덕이고 말을 이었다.

"당신들은 모를 일이지만 1주차 탈출 때, 그레이는 심신 상실 상태였어. 마을에 대소동이 벌어졌다는 정보도 어디까지나 소란스러운 기색이던 걸로 내가 전한 말에 불과해. 애초에 마을 사람 대다수가 자리를 비우지 않았으면 내가 새벽에 마을을 탈출하는 것도 불가능했고. 아아, 그래서 1주차에서는 아무도 그녀의 정체를 확인하려고 하지 않고 그레이가 죽었다고 믿고 만 거야."

그건 그렇다.

하지만 스승님은 무슨 말을 하는 것인가.

스승님은 도대체 무슨 말을 하려는 것인가.

해골 병사를 막는 사이에 또 지지직······ 지지직······하고 기괴한 소리가 들렸다. 서서히 빠르게, 연쇄되는 소리는 이 신전을 포위하는 것 같이 느껴지기도 했다.

그것만이 아니다.

지금은 소리만으로 그치지 않고 신전을 에워싼 늪 이곳저곳에까지 잘게 금이 가 있다. 명백하게 자연현상과 다른 것은 수면에 퍼진 금이 일절 붙으려고 하지 않는 점이다.

마치 세계에 퍼지는 노이즈.

"……스승님. 늪에, 금이 가서."

등을 지키려 다가가서 귀띔한 말에 스승님도 끄덕였다.

"그래. 그러나 우리와 서 케이 말고는 알아채지 못한 모양이군."

명백하게 이상하다.

세계가 이미 못 버틴다고나 말하듯 비정상적인 정경이 빈발하고 있는데 마을 사람도 일루미아도 벨사크도 전혀 반응하지 않았다.

"우리의 공통점은 이 세계의 외부에서 왔다는 점이겠지. 즉, 세계 내부의 존재에겐 세계의 수정은 인식할 수 없는 게 아닐까."

"수정?"

"시간에 수정력이 있다는 건, SF에선 곧잘 쓰이는 말이다만. 실제로 마술의 이론에서도 시간에는 일종의 방향성이 작용해. 이곳이 과거 그 자체가 아니어도 비슷한 개념은 도입되어 있겠지."

스승님의 말에 눈을 깜빡였다.

수정력.

그렇다면 해골왕의 죽음이란 역시 1주차와 동일한 게 아니닌가.

"무대의 상영 시간은 정해져 있어. 아무리 성대하고 정교한 극일지라도, 여러 번 재연하려 해도 오히려 그 때문에 더욱 언젠가 끝이 오지. 막무가내로, 부조리하며, 속절없는 결말이.^{데우스 엑스 마키나}"

언젠가 그 용어도 들어본 것 같다.

옛 그리스의 극에서는 막다른 전개를 타파할 때, 기계장치에서 갑자기 나타난 신이 대립을 중재하고 판결을 내려 이야기를 해결로 이끌었다고 한다. 따라서 기계장치의 신.^{데우스 엑스 마키나}

오래된 극이라면 괜찮으리라.

더 나중 시대라도 '시간아, 멈추어라. 그대는 아름답구나.' 하고 마침내 악마와의 계약을 어긴 학자가 갑자기 천사들에게 구원받은 것도 우레 같은 박수로 환영받은 적도 있다.

그러나 지금 이곳에선 그 개념은 어떠한 의미를 가지는가.

무대의 끝이란 어떤 형태를 취하는가.

무엇보다 여기서 말하는 신이란.

"그럼 스승님이 이렇게까지 서두르신 건."

"그래, 이 무대는 이 타이밍까지밖에 없네. 여기서 종연하는 거야. 그러니 한사코 제때 올 필요가 있었지. 아마도 그 순간을 맞이한 자들만이 이 무대에 고정되어 있기 때문에."

스승님이 해골 병사들이 몰려든 중앙으로 시선을 들었다.

해골왕의 시체를 바라보며 조용히 말했다.

"그레이. 해골왕까지 가는 길을 터주게."

"네!"

그 말에 낫을 휘둘렀다. 지저가 아니기 때문인지 『강화』도 얼마간 기능을 되찾았다. 트림마우와 함께 스승님의 앞길을 개척했다.

스승님도 어머니를 데리고서 마탄으로 견제하면서 마침내 해골왕의 시체에 당도했다.

잠시 그 처참한 모습을 보다가 슥 손을 뻗었다.

"……뭘, 하시는 거죠? 엘멜로이 2세."

"보는 바와 같습니다."

어머니의 말에 스승님은 의연히 단언했다.

"──이것이, 그녀의 정체다!"

가면이 벗겨졌다.

뎅그렁 하고 돌바닥에 구르는 소리는 생각보다 가벼웠다. 그러나 그런 소리에 정신이 팔린 이는 누구 하나도 없었을 것이다.

그 안쪽 모습에, 나도 마찬가지로 말문을 잃고 있었다.

……아아.

물론 나도 맹신하고 있었기 때문이다. 그녀는 틀림없이 아서 왕의 정신이다. 검은 론고미니아드를 안 보아도 그 존재 자체가 자신과 공명하고 있다. 그렇기에 그 내부는 틀림없이 나와 같은 얼굴일 거라고.

그런데, 그것은――.

"어머니……."

중얼거림이, 가면과 마찬가지로 돌바닥에 떨어졌다.

가면 내부의 얼굴은―― 아아, 얼마간 젊어진 것 같기도 했지만, 잘못 볼 턱이 없는―― 내 어머니의 얼굴이었다.

"보이는 바와 같지."

스승님이 말을 더했다.

"당신이 피해자고, 당신이 범인이다. 막달레나."

스승님은 우두커니 선 어머니에게 선고했다.

*

……모른다.

이런 기억은 남아있지 않다.

그렇지만 마음이 기억한다. 표층적인 기억에서는 사라졌어도 깊이 새겨진 정보는 자신 안에서 숨 쉬고 있다. 이곳에 있노라고, 깊은 물밑에서 호소하고 있다. 거품 같은 기억은 그런데도 사라지지는 않았다.

뒤엉킨 썩은 풀과 물 냄새.

요란할 정도의 까마귀 울음소리.

저건.

저건.

저건.

……누군가가, 쓰러져 있다.

……내가 아니다. 하지만 나와 많이 닮은, 닮았던 누군가.

【어째서지?】

목소리가 들렸다.

【어째서…… 너는…… 내가 되려고 했어?】

아마 그것은 말로는 표현되지 못한 사념이다.

내 바로 옆에서, 내게 가까운 누군가가 주고받던 사념.

아마 본래는 밖으로 새어 나올 게 아니다. 내가 그 대화를 들은 것은 의식을 거의 잃은, 일종의 트랜스 상태였기 때문일까. 그렇다면 내가 음성이라 여긴 것은 아마 상대 사념의 특성에서 뇌가 해석한 결과일 것이다.

【미안해요.】

아아, 이쪽은, 내가 아는 목소리.

줄곧 옛날부터 아는 울림.

【당신이 빼앗아야 할 육체는, 저 애겠죠. 그 때문에 기다려 준 거겠죠. ……하지만, 미안해요. 그것만은 도저히 할 수 없었어요.】

그 나긋한 어조를 안다.

나긋하니까 무서웠다. 아마 나는 이 사람에게 거스르지 못한다고 생각했으니까. 아마 나는 이 사람이 하는 말대로 살아갈 거라고, 줄곧 믿었으니까.

주고받은 사념은 그뿐. 그걸로 끝.

실제 시간으로 치면 1분도 안 되었으리라.

그리고.

"너는…… 내게……."

해골왕의 사념. 그것만이 현실의 목소리로 새어나온 것이라고, 이제야 나는 알았다.

*

"어머니······!"

너무나도 충격적인 현상과 마주친 순간, 인간의 뇌는 외부에서 오는 정보를 차단한다고 한다.

지금 있는 정보를 낱낱이 해체하고자 리소스 대부분을 쓰기 때문이다. 부족해진 영역을 확보하기 위해서 감각기관은 일시적으로 접속을 정지하고, 세계는 필름이 망가진 영화처럼 정지한다.

지금이, 그랬다.

전투 도중인데도 거의 자동적으로 해골 병사의 공격을 비껴내는 것 외의 행위는 아무것도 할 수 없었다.

그런데도 스승님이 말을 이었다.

"당신이 범인이라는 말은 정확하지 않군. 그렇다고 범인이었다고 하는 것도 좀 달라. 본래 시간에서 당신은 당신이 생각한 대로 범인이 되었다고 해야 할까."

"······저는."

나지막이 어머니가 신음했다.

가면이 벗겨진 또 하나의 자신을 쳐다보고 바로 스승님 쪽으로 돌아섰다.

"저는, 그럼······."

"안심하시길."

스승님의 음성은 왠지 자상하고 부드러웠다.

"당신은, 당신이 뜻하던 목표를 성취했습니다. 당신이 보내온 세월은 단 하루도 결코 헛되지 않았어요."

"…………."

스승님을 마주 보며 어머니는 미소 지었다.

그런 표정도 언제 이래였는지 모르겠다.

"다행이다……. 그렇구나……. 그랬었구나……."

수긍한 듯이 입가를 가리다가——그리고, 사라졌다.

깨끗하게 싹, 처음부터 그런 사람은 없었던 것처럼 어머니는 사라졌다.

단 하나, 예스럽고 칼날이 휜 단검이 그 대신이라는 듯이 떨어져서 스승님의 발밑에 굴렀다.

"어머니!"

내 외침이 몹시 아득히 들렸다.

공포로도 절망으로도 형용하기 어려운 뭔가가 아직껏 내 뇌 대부분을 차지하고 있었다. 흐느끼는 어린애 같은 기분에 젖어 나는 소멸한 어머니의 자취에 쭈그리고 있었다.

"어머니는, 어디로!"

"그거야, 뻔하지 않나."

스승님이 손가락으로 가리켰다.

해골왕의 시체를.

"이쪽이 그녀의 몸이네. 어느 쪽이 진짜인지 확정할 때까지는 양쪽이 다 존재할 수 있어도, 확정되고 나면 시뮬레이션 상에서의 가짜가 사라질 수밖에 없어. 도플갱어와 같은 격이지. 아아, 페르난도 사제가 죽어 있었다는 것도 우연히 자신의 시체를 발견했기 때문이겠지."

어떻게 된 것일까.

스승님의 말은 당최 모르겠다.

그런데 심장박동만이 심하다. 저 가면이 벗겨졌을 때부터 줄곧 이 심장이 무언가를 호소하고 있다.

"엘멜로이 2세!"

그 외침은 마을 사람들 사이—— 촌장인 노파에게서 터져 나온 것이었다.

"넌 도대체 무슨 짓을 했지!"

외침은 힐문이라기보다 애원에 가까웠다.

눈앞에서 일어난 일을 차마 받아들이지 못하는 건 나와 같다. 그러나 노파의 경우에는 그것에 천 년 이상의 무게가 더 얹혀 있었다.

반면에 스승님은 품속에서 시가 케이스를 꺼냈다.

아직껏 전투가 끝나지는 않았지만 핑거 스냅으로 그 끝부분에 불을 붙이고 입술에 물었다.

결코 여유 때문이 아니다. 아마 그것은 스승님에게 스위치일 거라고, 마비된 상태의 머리로 멍하니 생각했다. 본래의 성질을 숨기고 시계탑의 로드인 『로드 엘멜로이 2세』로서의 기능을 기동하기 위한 스위치.

"안타깝지만 난 아무것도 하지 않았습니다. 그저 남아있던 단서로부터 예측했을 뿐이지."

연기와 함께 스승님이 내뱉은 말에 그만 나도 돌아보고 말았다.

노파 또한 그런 말로 납득할 수 있을 턱이 없어 앵무새 같이 되물었다.

"예상이, 갔었다고?"

"당신들은 그레이를 아서 왕의 육체라고 했지. 즉, 해골왕이 정신의 아서 왕이라는 건 숙지했으며 아직 혼이 부족하다는 것도 알면서 이 자리에서 그 둘을 융합시킬 심산이었을 거요. 그러나 그 의식은 이미 뒤틀려 있었어."

누구나 몸을 가누지 못했다.

충격을 받지 않은── 적어도 그렇게 보이는 건 그런 기능이 없는 트림마우와 해골 병사. 그리고 표정을 읽을 도리가 없는 기사 정도일까.

그 외에는 탐정의 추리에 귀 기울이는 피의자들처럼 손가락 하나도 움직이지 못했다. 그만한 의미가 스승님의 말과 해골왕의 가면 속에 있었다.

"의식을…… 뒤틀었다고……."

노파의 목소리는 너무나도 절실했다.

그녀의 인생은 이 의식을 위해 바쳐졌을지도 모른다. 그

녀만이 아니다. 그녀에게 관계된 많은 이들의 인생이 이 한 점을 위해서 쏟아졌다. 그 집념, 그 정열, 그 동경, 그 역사, 그 전통. 어느 정도의 생명이 자신의 꿈보다 이 의식을 우선한 것일까.

그 전부가 사그라진 결과를 지금 우리는 듣고 있다.

"본래 서 케이와 마찬가지로 해골왕에게는 얼굴이 없었을 거야. 정신밖에 없는 해골왕은 서 케이와 똑같이 불완전해."

애매한 얼굴의 기사는, 그건 그거대로 필연이었던가.

스승님의 말에 부정도 긍정도 하지 않으며 기사는 잠자코 이야기를 들었다.

"그래서 이 마을에는 그것들을 융합시키기 위한 의식도 남아있었을 테지. 특히 그레이처럼 본래의 정신과 혼을 가진 육체로부터 그것들을 떼어내기 위한 예장이나 술식이."

발밑에 남은 단검을 스승님이 주워들었다.

그 단검이, 혹은 예장이었던 것일까.

눈이 가늘어지며 잠시 관찰하다가 스승님은 말을 이었다.

"하지만 거기에 누군가가 끼어들었지. 일단 『그』라고 정의할까. 『그』는 전부터 이 마을에 주목하고 있었어. 육체와 정신과 혼의 세 요소를 자세히 아는 마술사지."

누구를 말하는지는 물을 필요도 없다.

닥터 하트리스. 널리지의 전 학부장이라면 그 지식은 보증수표일 것이다.

"아마도 『그』는 마을 사람 중 한 명을 꼬드겼어."

지직, 지직, 하고 공간에 다시 기이한 노이즈가 퍼졌다.

명백하게 빈도와 범위가 확대되고 있다. 그러면서도 우리 외에 알아챈 눈치는 없다. 이 이상 사태는 어디까지 기세를 불리는가. 아니, 한도라곤 없는 게 아닐까. 세계 전부를 뒤덮을 때까지.

"······스승님······ 노이즈가, 커져 가요."

"답은 이다음이다."

살짝 긴장을 머금은 목소리가 들렸다.

그 관자놀이에 주룩 땀이 흘렀다. 스승님도 결코 편한 상황이라고 생각하진 않고 있다. 오히려 그 반대로, 이 타이밍에 모든 것을 베팅한 것이라고 느껴졌다.

──『진실 아닌 허구를 찾도록. 자네가 풀어야 할 허구의 수수께끼를 추구하라. 그것이야말로 자네가 당도하기 위한 유일한 수단일세, 로드 엘멜로이 2세.』

제피아가 남긴 수수께끼.

지금 스승님은 그 풀이에 도전하고 있다는 확신이 왠지 모르게 들었다.

"이때, 『그』에게는 마을 쪽 협력자를 얻을 필요가 있었어. 원래부터 그 마을에는 여러 마술적인 경보가 설치되어 있지. 『그』라고 한들 그 전부를 속이고 정보를 얻기는 어려웠을 거야. 협력자를 찾는 건 자연스러운 결과라고 할 수 있지."

하트리스는 늘 어둠에서 어둠으로 사건을 매장하듯 움직이고 있다고 스승님은 말했다. 그런 그로서는 은밀하게 협력자를 찾아내는 것도 익숙한 행동이었을지 모른다.

"그로써 그는 이 마을의 술식에 대한 힌트를 얻었어. 그리고 정보 제공자는 그에게서 아서 왕 부활의 술식에 개입하기 위한 수단을 받았지."

스승님의 말에 노파의 미간 주름이 더욱 깊어졌다.

"하면 정보 제공자가 막달레나라는 건가."

"달리 없을 거요."

스승님의 단언에 노파의 관자놀이에 핏대가 섰다.

"하지만 막달레나는 마술사고 뭐고 아니다. 그레이와 달리 아서 왕의 육체도 되지 못한 쭉정이다! 그런 인간이 다소 외부 마술사의 힘을 빌린 정도로 어떻게 의식의 술식에 개입할 수 있다는 거냐!"

"그녀는 원래부터 의식의 중핵인물에게 개입할 중대한 수단을 가지고 있었습니다."

"……그레이 말이냐?"

눈썹을 찌푸린 노파로부터 스승님이 내게로 시선을 옮겼다.

"……그레이. 그저 마력을 가다듬어 술식을 구동하는 행위만이 아니라 식사와 수면, 때로는 배변 등도 가미한 생활 하나하나가 마술 등의 신비에 이어진다고, 자네가 있는 곳에서 설명한 적이 있지 않았나?"

기억났다.

쌍모탑 때 일이다.

나도 한 번은 떠올리지 않았던가.

——아버지를 여윈 뒤의 어머니는 더더욱 내 생활 관리에 열성적이어서 수면과 예배는 물론이거니와 내가 뭔가를 먹는 순서나 의복을 입는 법에까지 신경 쓰게 되었기에, 주위도 자연히 그에 영향을 받았다고.

그러한 생활은 일종의 마술 의식이라고, 예전 스승님이 말하지 않았던가.

생활이라는 소우주_{미크로 코스모스}에서 실제로 세계를 변혁하는 대우주_{마크로 코스모스}로의 조응(照應). 그것이 바로 진정한 마술 중 하나라고. 보잘것없는 인간의 내부에 지맥의 흐름이나 행성의 운행까지도 도입하는 것이 위대한 신비를 가능케 한다고.

"원래부터 자네 어머니에게는 아서 왕에 가까운 인자가 있었어. 자네의 어머니이자 이 마을이 길러온 인자니까 당연하지. 아아, 요컨대 이 마을 자체가 그런 인자를 활성화하기 위한 술식의 영향 아래에 있을 거야.

그러니 그가 가르친 술식에 개입하는 술수는 방법 자체는 단순해. 첫 성공작이며 가장 마을의 술식과 친화성이 높은 사네의 파장과 모친의 파장을 동조시켜서 술식에 직접 개입할 만한 패스를 만들어낸 거지."

"소제……에게, 동조……?"

"그래. 모친은 자네의 식사, 자네의 수면, 자네의 생활 전부에 관계해 교묘하게 자신의 파장과 동조시킴과 동시에 그 파장을 이용해 이 마을의 술식에 개입해 갔지."

아마 그건 플랫이 하던 행위와 가깝다.

마술에 개입하는 행위. 기술 면으로 따지면 더 고차원일까.

"방법 자체는 단순하다고 했지만, 당연히 실천하긴 쉽지 않아. 오히려 진짜 마술사조차 죽는소리를 낼 정도로 까다롭고 끈기가 필요한 행위일 테지. 이미 변이한 딸과 자신이 파장을 맞추기 위해선 자그마한 실수도 용납되지 않아. 식사라면 몇 그램의 변화라도 술식의 정밀도에 영향이 갈 테고, 씹는 시간이나 횟수까지도 세세하게 관리할 필요가 있겠지. 심지어 그게 매일 같이 이어져. 상대에게 사정을 설명하고 협력도 바랄 수 없다면 이건 틀림없이 두려울 정도의 정신력이 필요할 거야."

"…………."

몸이 가늘게 떨리고 있었다.

스승님의 하는 말은 한 귀에서 한 귀로 지나가 내 머리로는 제대로 이해가 되지 않았다. 그런데 속절없이 진실이라고 알고 만다. 지금까지 어머니에 대해 품어왔던 마음이, 피부를 벗겨내는 고통과 함께 뒤집혔다.

"하지만 그녀는 성공했지. 성공하고 말았어. 남은 건 하트리스의 웨빙에 적혀 있던 술식대로다. 이쪽은 극히 복잡한 술식이지만 모친의 동조만 성공한다면 실행 자체는 어렵지 않아.

결과적으로 불안정한 정신의 아서 왕에겐 두 가지 파라미터가 편입되었지. 정신의 아서 왕 자신의 파라미터와 자네 어머니의 파라미터. 물론 표면에 나오는 건 아서 왕 쪽이겠지만 그 뒷면에는 닮은꼴인 자네 어머니의 파라미터도 잠재되어 있었지. 아마도 해골왕 본인도 아슬아슬한 순간까지 깨닫지 못했겠지만."

스승님이 아까 주운, 예스러운 단검을 들어 올리고 노파에게 물었다.

"이 단검은, 의식을 위한 예장입니까?"

"……맞다. 육체로부터 혼과 정신을 벗겨내는 예장, 이로션."

"그렇다면 답은 간단합니다. 1주차에서 막달레나는 이곳에 한발 먼저 와서 딸 대신에 자신의 몸을 찔렀죠. 정신과 혼이 벗겨진 육체가 남은 결과, 불안정한 아서 왕의 정신은 그 육체로 딸려갑니다. ……단, 막달레나는 그 직전에 평범한 나이프로 자기 가슴을 찔렀던 거겠죠. 아무리 아서 왕이라 할지라도 딸려간 육체가 이미 죽어 있어선 어찌할 방도가 없습니다. 그대로 죽을 수밖에 없겠죠."

"……뭣."

그 말을 끝으로 노파가 입을 열지 못했다. 주위 마을 사람들은 어디까지 이야기를 이해했는지, 그저 노파와 함께 동요할 뿐이다. 1주차나 2주차 같은 개념을, 그들이 이해할 턱이 없으니 당연한 일이긴 하다.

아니, 실인즉슨 나는 이미 그들의 표정을 잘 인식할 수 없었다.

지지직, 지지직……하고 세계가 타는 소리는 이미 소음 같은 수준에 이르렀기 때문이다. 그뿐만 아니라 늪과 신전에 퍼진 금은 현재 몇 명의 마을 사람들 몸에도 퍼져 있었다.

"그레이. 이 노이즈, 자네에게도 보이는 거지?"

"……네, 넷."

몰래 스승님이 속삭인 물음에 끄덕였다.

"아틀라스 원의 원장이라면 이 무대가 모순을 깨달았다고 말할 참일까. 모순에 버틸 수 없어지면 이미 연산도 의미가 없지. 토대가 무너졌으니 처음부터 다시 할 수밖에 없어.

그러니 붕괴보다 먼저 이곳에 올 필요가 있었네.

아아, 이 재연은 실로 잘 이루어져 있더군. 나조차도 과거 그 자체가 아니냐고 몇 번쯤 생각했을 정도야. 하지만 역시 아니군. 과거 그 자체가 아닌 이상, 속일 수가 없는 부분이 있네. 이곳의 경우, 그것이 죽음이었다는 뜻이야."

"……죽음을, 속일 수 없다……."

1주차에서 페르난도 사제가 죽은 것.

1주차에서, 해골왕이── 혹은 그에 육체를 준 내 어머니가 죽은 것.

그 시간과 사실만은 아무리 이것이 재연이어도 속일 수 없다는 뜻인가. 그렇기에 난데없이 페르난도 사제의 시체가 나타나고 해골왕은 내 어머니의 육체를 얻은 다음에 죽고 말았다. 혹은 죽기 직전, 누구나 내 도플갱어를 봤을지도 모른다.

"그럼, 결론으로 들어가지."

스승님이 살짝 어깨에 힘을 주었다.

"방금도 설명했지만 애초부터 따져서 현실세계에서 정신은 그것만으로 오래 원형을 유지할 수가 없어. 서 케이가 형태를 유지하고 있을 수 있는 건 본체인 애드가 있기 때문이며 그것 또한 평범하게 생각하면 꼬박 하루씩 버틸 수 있는 게 아니야. ……그런데, 해골왕은 자신이 깨어난 것이 그레이가 아서 왕과 같은 육체로 변화하기 시작하던 때와 같은 10년 전이라고 말했었지."

거기서 스승님은 말을 끊고 눈을 옆으로 돌렸다.

"그렇다면 당신은 무슨 수로 존재를 유지하고 있었나."

".............."

"......이봐, 그건 어떻게 되어 먹은 거야."

새로운 인물에 서 케이가 소리를 질렀다.

어느 틈에 해골왕의 시체—— 시체였을 존재가 일어나 있었다.

하지만 그것은 정말로, 전과 동일한 해골왕이었을까.

조용히 고개 숙인 모습은 생기가 일절 느껴지지 않았다. 어머니와 같은 얼굴을 하고 있을 텐데, 그 똑같은 모습은 무엇 하나 바뀌지 않았는데, 이미 같은 것 같지가 않았다.

살해당했을 피해자가 살아있었다……고 하니 흔한 추리 소설의 한 장면처럼 느껴지기도 하지만, 그런 것과는 전혀 다른 것은 명확했다.

"해골왕—— 아니, 이미 이 이름은 어울리지 않겠지. 재기동한 당신은 막달레나도 아니고, 정신의 아서 왕도 아니며, 지하의 마나를 대량으로 빨아올려 그 연산을 하고 있던 본체다."

스승님이 갈파했다.

"당신은, 로고스 리액트다."

아틀라스 원의, 7대 병기.

역시나 여기서 그 이름이 나올 줄은 몰라 애드의 기억을 이어받았을 서 케이도 동요의 기척을 숨기지 못했다.

"아앙? 아틀라스 원이라는 곳의 병기가, 사람이라고?"

"조금 다릅니다. 로고스 리액트 본인의, 이 세계의 화신^{아바타}이 정확할까요."

서 있는 존재를 노려보면서 스승님이 말했다.

"과연, 아틀라스 원의 7대 병기라면 아서 왕의 정신을 카피하는 것도 가능하겠지. 그 정도는 본래 기능이 아닌 여분만으로도 해치울 터야. 여하튼 인류를 멸망에서 구하기 위해서 만들어졌음에도 그 결과 세계를 멸망하기에 이르고 말았다는 물건이니까."

"…………"

해골왕은, 해골왕이던 존재는 입을 열지 않았다.

어느새 그 얼굴은 서 케이와 동일하게 뿌옇게 흐려졌다. 정신의 아서 왕의 얼굴인지, 아니면 로고스 리액트의 화신으로서 가진 얼굴인지.

"그래. 이곳은 과거 같은 게 아냐. 반복^{루프}하지도 않아. 그렇기에 해골왕의 죽음이 확정되는 타이밍까지밖에 재연은 불가능해. 죽음을 기점이자 종점으로, 과거처럼 반복되는 세계라면 그 답은 분명하지."

한 번, 숨을 들이쉬었다.

"이곳은 무덤이다."

스승님이 고했다.

"이곳은 묘지다. 로고스 리액트가 연산한, 극소의 사후세계다!"

갈파가, 신전에 울려 퍼졌다.

그 의미는 나도 완전히 이해하진 못했다. 그러나 목소리가 울려 퍼지자 그에 응한 것처럼 노이즈가 더욱 기세를 높였다.

이미 귀청을 찌를 정도다.

시야도 찢어발겨 지고 늪도 신전도, 늘어선 마을 사람들도 마찬가지로 상처투성이의 경치로밖에 보이지 않는다. 그 상처에 손가락을 찌르면 모든 것을 다 죽여버릴 수 있는 게 아닐까.

"듣고 있겠지!"

스승님은 외쳤다.

드높이, 하늘 저편까지 닿으라는 듯이.

"듣고 있겠지, 아틀라스 원이여!"

소란스러운 노이즈보다 더욱 강하게, 그 음성은 불어 닥쳤다.

"수수께끼는 풀었다. 지금 여름은 끝났다! 자, 모습을 드러내라, 제피아 엘트남 아틀라시아!"

그 말이야말로 세계를 찢어발긴 것처럼 느껴졌다.

한순간에 모든 것이 지워졌다.

늪도, 신전도, 검은 성모도, 노파도, 마을 사람도, 벨사크도, 일루미아도.

그리고.

어떻게 보아선 여명에 어울리게, 어둠의 베일을 떨어뜨린 것처럼 몹시 자연스럽게 그 남자는 서 있었다.

3

그곳은 기묘한 공간이었다.

많은 수정구가 떠 있으며 그 외에는 아무것도 존재하지 않았다. 흐릿한 어둠 속에 지면의 감촉도, 흙인지 금속인지 나뭇진인지 갈피를 잡을 수 없는 신기한 것이었다.

시야의 변화에 동요를 억누르고 있으려니 드높은 박수가 공간에 메아리쳤다.

"축하하네. 당도했군. 로드 엘멜로이 2세."

그곳에 서 있던 것은 눈을 감은 남자였다.

나이를 모르기 이전에 나이라는 개념을 초월한 것 같은 생물이었다. 아니 생물이라는 것도 정확하지 않았을지 모른다. 사도라는 명칭은 그러한 활동에서 멀리 떨어진 까닭에 생긴 것이리라.

죽음의 종사.

──『네가 죽이는 건, 그것뿐이다.』

옛날 묘지기로서 벨사크에게 들은 말이 과연 이 상대에게
도 적용될지 안 될지. 사도란, 사령과 비교해도 되는 것인가.

주위에서는 모든 게 다 사라져 있었다.

지저에서 솟구친 신전도, 죽은 해골왕도, 벨사크도 일루
미아도 트림마우도, 큰할머님을 포함한 마을 사람들도──
내 모친도.

아니, 완전히 사라진 건 아니다.

그 광경들은 허공에 떠오른 수정구에 비치고 있다.

여럿 떠 잇는 그 수정구들은 조금씩 다른 각도로 얼마 전
까지 우리가 있던 장소를 비추고 있으며, 심지어 투영된 전
원이 우뚝 정지해 움직이지 않고 있었다. 그 괴이한 광경은
마치 지금까지 겪은 고난은 영화에서 잘라낸 몇 장면에 불
과했던 것처럼 느껴졌다.

"나 원 참, 나는 이리로 끌려 들어왔나. 하긴 본체가 애드
니까 당연하다면 당연한가. 다소 공짜 노동이 과하지 않나?
옛날이라면 영지 하나쯤 받아도 될 정도라고. 아아, 아니, 그
런 것을 받아봤자 여자 궁둥이를 쫓을 수 없어질 뿐이지만."

지긋지긋하다는 듯이 나불나불 떠드는 서 케이가 남아잇

음에 그만 안도해서 낫을 움켜쥐고 말았다.

그리고, 스승님.

스승님은 줄곧 눈앞의 상대로부터 시선을 떼지 않았다.

"……제피아 엘트남 아틀라시아. 당신이 출제한 수수께끼는 지금의 답으로 정답이라는 뜻인가?"

"그리 생각해줘도 문제없네."

대범하게 제피아가 끄덕였다.

"현대라면 게임 클리어라고나 하면 될까. 자네는 멋지게 로고스 리액트와 접촉해 로고스 리액트가 만들어낸 수수께끼를 풀어서 그 세계로부터 자기 자신을 배출시켰어. 아아, 로고스 리액트 본체인 해골왕은 몰라도 세계의 구조를 풀어낸 외부 인간을 재연산에 넣어서는 패러독스가 발생하거든."

"……그래서, 당신도 그 세계에는 없었고."

"원칙적으로는 그 말이 맞네."

제피아가 인정했다.

둘의 그런 대화를 들으면서 옆에서 속삭였다.

"스승님, 트림마우 씨는……."

"그 트림마우는 어디까지나 1주차에서 라이네스가 남기고 간 트림마우를 로고스 리액트가 재연산한 것이야. 현실의 트림마우는 지금쯤 라이네스 수발을 들며 홍차라도 타고 있겠지."

스승님의 말에 안도의 숨을 쉬었다.

하지만 그렇다면 벨사크와 일루미아는 어떻게 된 것일까. 애초에 이 마을에 왔을 때, 사람들의 그림자는 사라진 상태였다.

그리고 '이미 1주차에서 죽어 있었다'고 들은 페르난도 사제와, 어머니는……

생각 중인 차에 발소리가 들렸다.

"교수님!"

"선생님!"

저마다 말하며 두 금발 소년이 달려온 것이다.

플랫과 스빈이었다.

"교수님이라면 해내실 줄 알았습니다!"

"시끄럽다, 플랫! 애초에 선생님께서 실수하실 리 없잖아! 그런 걱정 자체가 무례한 짓이다! 애초에 선생님이라면 네가 쓸데없는 짓을 안 해도 이까짓 것 완벽하게 빠져나왔을 게 뻔하잖아!"

"맞아! 하지만 교수님을 구해야 한다고 말을 꺼낸 건 르시앙이잖아! 비 오는 날에 버려진 강아지 같은 얼굴이었고!"

"그, 그건 선생님의, 마술사가 됐으면 항상 보험을 걸어두라는 가르침에 따랐을 뿐이야! 아니 그보다 얼굴이 무슨 관계야!"

빽빽 시비가 붙은 두 사람을 쳐다보며 제피아는 새치름한 표정으로 입을 열었다.

"좋은 학생을 둔 모양이군. 부러워."

"네, 그리 생각합니다."

천연덕스레 스승님이 맞받았다.

이로써 이 자리의 전원이 모였다.

스승님과, 나와, 서 케이와, 두 소년.

그리고 제피아.

"그럼 답에 당도한 자의 권리로서 내게 무엇을 바라겠나, 로드 엘멜로이 2세. 예를 들어 하트리스의 행방일까? 아니면 성배전쟁에 대해, 아틀라스 원이 가진 지식을 공개하길 바라는가?"

제피아가 물었다.

그 2주차에 우리를 보낸 아틀라스 원 원장의 어조는 진심으로 우리를 축복한다는 듯이 상냥하기까지 했다.

그러나.

"……아니."

스승님이 부정했다.

"이런 건 아직 무엇 하나 당도하지 못했지. 내가 당도해야 할 수수께끼는 이다음이다. 제피아 엘트남 아틀라시아. 아틀라스 원의, 오래되고 위대한 왕이여."

제5장

1

한순간, 공기가 변질한 줄 알았다.

스승님과 제피아 사이에 삐걱대는 소리가 나는 착각마저 들었다.

"……흐응."

재미있다는 듯 서 케이가 웅얼거렸다.

목이 아프다.

얼얼한 이 아픔은 긴장 때문이다.

극히 드물게 스승님은 호전적인 표정을 보인다. 평소 그토록 신중하며, 오히려 겁쟁이기까지 한데, 절박한 국면에서는 오히려 그것이 뒤집혀 도발적인 언동이 된다.

예를 들어 그 관위 인형사를 상대했을 때.

혹은 현대마술과의 전 학부장 하트리스를 적으로 돌렸을 때도 그랬다.

상대를 동요시키기 위해서라거나, 사태를 탐색하기 위해서는 도박에 나서야만 한다거나, 그런 이유도 있을 것이다. 하지만 그것만이 아니다. 어쩌면 본인은 그렇게 말할지도 모르지만 결코 다가 아니다.

아마…… 그것은 스승님의 본래 모습이기도 한 것이다.

막무가내에 무모하고, 앞뒤 생각 없이 혈기왕성하고, 그런 젊은 마술사의 모습을 아무리 해도 겹치고 만다. 나는 그런 시절의 스승님을 알지 못할 텐데, 그런데도 상상하고 만다. 제4차 성배전쟁에서 이스칸다르라는 영령과 함께였던 시절의, 스승님의 등을.

아마도 스승님의 청춘을.

제피아는 잠시 뜸을 들이다가 새삼 물었다.

"……수수께끼는, 이다음이라고 했나."

"그랬습니다."

스승님은 단언했다.

"애당초 말장난을 하고 있는 게 아닙니다. 그 2주차가 과거가 아니라 무덤이기 때문이라고 말했을 뿐이지, 무슨 의미가 있다는 겁니까. 본질은 그다음이지. 네, 무덤이라면 누구의 무덤인지야말로 중대하겠죠."

한순간, 제피아가 경직된 것처럼 보였다.

기분 탓일지도 모른다.

그러나 그 점을 파고들 듯이 스승님은 이렇게 말을 이었다.

"그런데 왜, 당신은 저희의 권리라며 냉큼 말을 꺼낸 겁니까."

"그렇게 신기한가."

"네. 왜냐면, 당신은 불필요한 행위를 하실 분이 아니죠. 저희가 이해할 수 없는 말도 하지만 그건 단순히 현재의 우리로는 수용할 만한 그릇이 부족할 뿐입니다. 그런 당신이 왜 이 마을에 있는 겁니까."

"이상한가?"

"전부터 이상하다고 여겼죠. 전에 말씀하던 대로 아틀라스 원의 기술이 있으면 세계 어디에 있어도 지시를 내릴 수 있겠죠. 그리고 다른 구성원이라면 몰라도 원장인 당신이 아틀라스 원의 규칙에 따라서 틀어박혀 있을 필요는 없습니다."

전에 제피아 본인이 하던 말을 따라간다.

"하지만 그건 일부러 이 마을에 찾아올 이유는 못 됩니다."

'……아.'

확실히, 가능하다고 해서 할 이유는 없다.

이 마을에 7대 병기 중 하나가 숨겨져 있는 게 사실이라고 치고, 그것은 이 타이밍에 원장 본인이 나설 이유는 되지 않을 것이다. 하물며 1주차에서 내가 고향을 나온 뒤로 대략 반년이나 마을 근처에 있을 필요가 있다고는 생각할 수 없다.

"아니요. 애초에 이 사건 자체가 너무나 간접적입니다. 정말로 당신은, 우리를 그 2주차로 보냈던 겁니까."

2주차로 보내지기 직전의 경위를 떠올렸다.

우리는 하트리스의 단서를 찾아 떨어져 있던 고향으로 되돌아가 아무도 남지 않은 마을에서 제피아와 만났다.

　　──『아아, 기동했군. 이 마을에는 아틀라스의 병기가 있어.』

　　──『아틀라스의 7대 병기. 그 성질은 재연(再演). 나로서도 정든 물건이지. 정식명은 없지만 로고스 리액트라며 부르고 있네.』

그건 어디까지나 설명이었다.

지금 생각하면 우리가 그 2주차에 빠지기 전의, 최소한의 준비를 해준 것이 아닐까.

"그건, 당신 자신의 행위가 아닙니다. 당신은 그저 그리 될 줄 알았을 뿐이지."

"……과연."

"하지만 이 이야기만 계속 들먹여도 아마 당신은 인정하지 않겠죠. 그러니 먼저 1주차를 정리해 보겠습니다. ──서 케이."

"이크, 설마 여기서 부르시나."

스승님의 말에 서 케이가 짐짓 어깨를 으쓱였다.

"마술사 사이의 시답잖은 대화에 설마 내가 불릴 줄은 몰랐어. 가능하다면 지금부터라도 얼른 빠지고 싶은데, 대체 무슨 용건이지?"

"아마도 틀림없겠지만, 노파심에 확인해 두고 싶습니다. 당신은 애드의 기억을 물려받은 것이죠?"

"그래, 일단은. 덕분에 생전의 나하곤 다소 다르겠지만."

"그럼 1주차 3일째에, 제가 그레이와 만난 뒤, 페르난도 사제가 어쩌고 있었는지 기억합니까?"

"……흠."

턱 주변을 만지며 기사는 이렇게 고했다.

"페르난도 사제라면 아마 저녁에 만났지. 그리고 나——랄까 애드와 그레이는 평소대로 잠자리에 들었어. 뭐 그 평소와 같은 식사에 수면약 따위가 들어있었겠지만."

"그렇다면 역시 우리가 개입하지 않은 1주차에선 그 신전이 원래 장치대로 부상해 해골왕과 해골 병사도 지상에 나왔다고 생각해야겠지. 페르난도 사제도 그때 싸우다가 당했다고 봐야 합니다."

벨사크가 본 시체는 그런 것이었던가.

아마도 당시의 페르난도 사제는 2주차만큼 주의하지 않았던 것이리라.

2주차에서 그들도 지하에 내려와 해골왕과 싸우게 된 것은 우리의 행동이 계기가 된 것이다. 안 그러면 이상사태를 감지해서 늪을 감시하러 갔다고 해도 그런 괴물이 나올 거란 상상까지는 안 했으리라. 결과적으로 땅속에선 대응해 냈던 해골 병사에게 당했다고 해도 이상할 건 없다.

"시스터 일루미아의 시체가 근처에 없던 걸로 보면 그녀는 당하지 않은 채 여기저기 누비고 다녔을지도 모르지만, 어쨌든 간에 해골왕과 마을 사람들의 접촉을 멈추는 데에는 이르지 못했어."

하나씩, 스승님이 당시의 사실관계를 풀어내기 시작한다.

당시의 스승님이 깨닫지 못했던 이상 사태를 교회 쪽이 알아차린 건 스승님의 낮은 감지 능력도 이유겠지만, 역시 평소의 대비가 크다. 원래 마을의 감시를 위해서 파견된 인재니까 그러기 위한 장치도 마련해 두었던 것이리라.

"남은 진실은, 아까도 설명한 대로야. 정신의 아서 왕——해골왕의 육체가 되기 직전, 그레이의 어머님께서 자살했지. 해골왕도 그 죽음에 끌려갔고. 그뿐인 일이야. 아마도 마을 사람들보다 앞질러 갔던 것이겠지. 자네를 근처에 숨긴 다음에 실행하고, 그 가면을 쓴 거야. 가면이 해골왕의 것인지 사전에 위장용으로 만들었던 것인지는 모르겠지만."

아서 왕을 신앙하는 마을 사람과 노파는 그 가면을 벗기려는 생각을 하지도 않았다.

"직전에 어머님과 벨사크는 모종의 협의를 했던 것이겠지. 그 결과, 벨사크는 숨겨져 있던 자네만을 데리고 나오는 데 성공했네. 그렇긴 하나 상황으로 보건대 당시의 벨사크도 자세한 부분까지는 몰랐던 거겠지. 설명했던 건 그레이를 구하기 위해 도와달라는 부분까지일까."

그렇게 벨사크가 스승님에게 나를 맡겨 주었다.

뒷일은 이미 아는 바와 같은 경위다.

런던에 간 뒤의 나는 한동안 시간이 걸리면서도 회복해 스승님과 엘멜로이 교실의 급우와 지내면서 몇 가지 사건에 관련되었다.

"……어머……니……."

가슴이 옥죄는 것만 같았다.

아까 어머니가 범인이었다고 들었을 때도, 내가 알던 사실이 뒤집히는 감각에 참을 수 없었는데, 새삼 정리되자 심장이 타는 듯이 아팠다.

"……왜, 그런 짓을."

와이더닛(whydunit).

어째서 그런 일이 일어났는가. 아무 의미도 없이 그녀가 목숨을 버린 것인가. 그녀도 그렇게나 아서 왕의 부활을 고대하던 마을 사람들 중 한 명이 아니었던가.

"그런 건 뻔한 거야."

반면에.

스승님은 생각할 수 있는 한 가장 진부한── 그리고 나로선 도저히 이르지 못한 답을 돌려주었다.

"자네를 사랑했기 때문이겠지, 그레이."

당연한 듯이.

결코 얻을 수 없었을 것을, 스승님이 제시했다.

아니, 그것도 거짓말이다.

과거, 이 얼굴로 내가 전락하기 전에는 알고 있었을 터다.

세계는 밝았다. 별은 빛났다. 새의 노래는 아름답고 우리
는 몇 번이나 함께 웃었을 터다. 어째서 그 전부를 잊으려고
했던 것일까. 아무리 부정해 봤자 내 내면에서 사라지진 않
을 것뿐이었는데.

그리고 나는 잊어도 어머니는 잊지 않았다.

줄곧, 항상 잊지 않았다.

"소제만은…… 어머니의 이유를 알아줘야만 했는데……."

"동시에, 어머님은 자네에게만은 들킬 수 없었지."

스승님이 말했다.

"자네가 깨달으면 그 사실은 태도로 곧장 마을에 전파되
어 경우에 따라선 자네의 신병을 빼앗길 수도 있었을 거야.
그렇기에 어머님은 마을에서도 가장 열심히 자네를 숭배하
는 시늉을 했어. 안 그러고서야 육체로부터 정신과 혼을 벗
겨낸다는 예장을 맡을 수가 없었겠지. 그렇기에 그녀는 마
을에서도 가장 열렬한 신자여야만 했네. 마을의 우두머리인
노파라도 한순간도 의심하지 않을 만큼."

너무나도 길고 긴 위장공작.

어떤 결의가 있으면 그런 짓을 할 수 있을까. 어떤 각오를

하면 그런 시간을 견뎌 낼 수 있을까. 지금의 내게도 그만한 시간의 무게가 상상할 수 없건만.

"그래서 우리는 이유를 알아야만 하네."

스승님의 음성은 자상하지는 않았다.

엄격한 진실을 들이대는 순간, 사람의 목소리는 자상할 수만은 없다. 수용할 수밖에 없다고 다그치기에, 속절없는 매정함을 띤다.

지금의 스승님이, 그러했다.

"안 그러면 소중한 것을 놓치기 때문이다. 당신에 대해서도 그건 마찬가지입니다. 제피아."

그렇게 말하고 아틀라스 원의 연금술사에게로 돌아섰다.

"내게도 이럴 이유가 있다고."

"물론입니다."

스승님이 끄덕였다.

"그럼 어떠한 이치가?"

"그런 건, 하나밖에 없잖습니까."

그리고 스승님은 이렇게 말을 이었다.

"아틀라스의 계약입니다."

한순간, 등 뒤에서 스빈이 몸을 굳히는 게 느껴졌다.

우등생인 그는 들은 적이 있으리라. 혹은 제피아와 뭔가 관련되는 대화를 나누었을지도 모른다. 나도 전에 제피아와 만났을 때의 스승님과 나누던 대화를 떠올렸다.

── '세계에 일곱 장 뿌려졌다는 계약서 말이오?'

── '맞아, 일곱 장의 계약서야. 이 계약을 발동한 대상에게 아틀라스 원은 반드시 협력해야만 하네.'

"아틀라스 원이 남긴 일곱 장의 계약서. 이것에 근거한 계약에 아틀라스 원은 협력할 수밖에 없다고, 전에도 이야기했었죠. 당신이 이렇게 간접적이고 비효율적인 방식을 취한다면, 이 계약에 저촉하지 않기 위해서밖에 있을 수 없습니다."

"저촉하지 않기, 위해?"

소제가 중얼거리자 스승님은 살짝 끄덕였다.

"계약에 따른 모종의 목적이 있다면 간접적인 방법과는 정반대야. 가장 짧고 빠르게 달성하면 그만이지. 우리를 배제하는 정도는 아틀라스 원의 힘을 쓰면 어렵지 않을걸. 그런데 그러지 않았다는 말은, 제피아 선생은 우리를 적으로 돌리려 생각지 않지만 단순히 협력할 수 있는 상황이 아니다……가 되지. 그래서 제피아 선생은 끝없는 계산 끝에 최소한의 접촉과 대화로 우연히 우리의 행동과 자신의 목적이 일치하는 형태로 유도해 왔어."

"……흠."

제피아가 한쪽 눈썹을 움직였다.

"감히 추리라곤 말하기 어렵군. 추측에 추측을 거듭하는 건 그다지 상책이 아니야. 각본으로서는 질이 떨어지네만?"

"공교롭게도 저는 탐정이 아닙니다. ……다만 이번 경우에는 한 가지 방증도 있군요."

"방증?"

"말했지요. 저게 누구의 무덤이냐고."

빙그르르. 스승님의 이야기가 돌아왔다.

한차례 완전히 다른 화제로 변화했던 것 같았는데, 갑자기 핵심으로 돌아온다——. 의도한 건지 아닌지 모르겠지만 스승님의 특기인 패턴이었다.

"그리고 그런 건 이미 뻔합니다. 누구의 죽음이 확정한 단계에서 저 공간에 노이즈가 퍼졌는지를 생각하면 일목요연하지. 저건 해골왕의 무덤이며, 그레이의 어머니의 무덤이자, 로고스 리액트의 무덤입니다."

천천히 사냥감을 몰아넣듯이 스승님이 말했다.

"아아, 물론 로고스 리액트가 죽을 리가 없죠. 도구는 도구이며 살아있진 않지. 백 년 무사한 도구가 요괴가 된다든가, 그 현상을 피하고자 먼저 불태운다든가, 애니미즘에 관련된 종교 습관도 각지에 있지만 지금 이야기는 그것과는 다릅니다."

"……………"

"왜냐하면, 해골왕—— 정신의 아서 왕을 재현하던 건 로고스 리액트겠죠. 그레이의 어머님이 해골왕과 합일해도 그 사실은 변함이 없습니다. 그리고 해골왕의 죽음은 로고스 리액트에게 통상과는 다른 정보를 초래했습니다."

침묵하고 있는 제피아에게 스승님이 담담히 이야기했다.

"즉, 결코 죽지 않아야 할 로고스 리액트에게 『죽음』이라는 정보를 준 겁니다."

죽음의 개념이 없는 것에게 죽음을 부여한다.

그곳에서는 그런 기괴한 현상이 일어났던가.

"하지만 역시 도구인 까닭에 로고스 리액트는 죽지 않지요. 죽지 않는데 죽어 있다. 그 모순은 그 병기에게 있을 수 없는 부하를 주었습니다. 인류가 보기에 거의 무한하다고도 할 수 있는 계산 능력이 그 모순을 해명하려 도전하고, 동시에 그 계산 능력조차도 죽고 또 죽은 거지. 그 끝에 기다리는 것은 뭐죠? 네, 아틀라스 원의 7대 병기는, 그 하나하나가 인류를 멸망하기에 족하다고 합니다. 그 로고스 리액트가 오작동했다면 결과는 어찌 되죠?"

그 말에 나는 눈을 끔뻑끔뻑했다.

전혀 상상이 따라잡지 못한 것이다. 다만 마술사로서는 중대한 사항이었는지 스빈은 물론, 그 플랫마저도 "와아." 하고 생각지 못한 묵힌 게임이라도 발굴한 듯한 외침을 터트리고 입가를 가렸다. 다만 서 케이만은 귀찮다는 내색으로 하품을 참고 있었다.

아니.

딱 한 가지, 내게도 짚이는 게 있었다.

"……그럼, 저희가 마을에 돌아왔을 때, 사람이 없어졌던 건."

"로고스 리액트의 오작동에 말려들었다고 보는 게 타당하겠지."

스승님의 말에 침을 삼켰다.

인류를 멸망시키기에 충분하다는 병기의 오작동. 그렇다면 그 현상이 마을 하나로 그친 편이 요행인 게 아닐까?

"……그래서, 당신은 홀로 이 마을을 지켜보고 있던 거겠죠."

스승님은 제피아에게 고했다.

"어?"

무심코 얼빠진 소리를 지른 나를 신경 쓰지 않고 스승님은 더욱 말했다.

"어쩌면 혼자서 세계를 지켰던 겁니다. 그러고말고요. 당신은 제피아라는 개인의 연금술사이기 전에, 그리고 강대한 사도이기 전에, 아틀라스 원의 원장이니까요. 어떻습니까? 여기까지 다그치면 추인하셔도 계약을 어긴 것은 안 되지 않을지?"

"……좋은데, 로드 엘멜로이 2세. 자네는 정말로 재밌어."

제피아는 눈을 감은 채로 큭큭 어깨를 들썩거렸다.

"자네의 짐작대로 계약에 따라 아틀라스 원은 로고스 리액트를 대여했네. 아서 왕이 부활할 때까지라는 계약 기간이 끝나거나 달성이 불가능해질 때까지는 감시는 가능해도 손은 댈 수 없어. 설혹 오작동이 일어났다고 해도 마찬가지야."

아아, 이것도 와이더닛이다. 어째서 그가 이래야만 했는가. 어째서 이 마을에서 그저 홀로 기다려야만 했는가. 인과의 실을 더듬어가면 필연적으로 당도하는 끝.

하지만 그렇다면 이상하다.

역시 이치에 맞지 않는다.

"……왜, 그런 짓을? 딱히 로고스 리액트를 지켜보는 건 계약이 아니지 않아요?"

무심코 나도 묻고 말았다.

무시당해도 어쩔 수 없다고 여겼지만 제피아는 정중히 대답했다.

"자네의 스승이 말했잖은가. 그것이 아틀라스 원의 의무이기 때문이네. 우리는 인류를 유지한다는 의무를 자기 자신에게 부과했네. 가능한 한 멀리까지, 가능한 한 저 너머까지. 바로 그 목적을 위해서 우리 아틀라스 원의 연금술사들은 몇천 년씩이나 자기 자신을 바쳐왔어."

제피아의 말은 무척 진지했다.

시계탑과 같은 마술협회임에도 전혀 다르다. 한없이 개인주의인 시계탑과, 개인의 욕심을 버린 것만 같은 아틀라스 원. 그 중 어느 쪽이 인간으로서 옳은 것일까. 동시에 계약

에 대한, 인간적이 아니라 마치 기계적으로 보이는 판단이
나는 두렵기 그지없었다.

"이번 경우, 우리가 손을 댈 수 있다면 계약 달성이 불가
능해졌다고 판단했을 때지. 그때까지는…… 그렇지, 대략
웨일스 땅의 절반가량은 같은 재난이 덮쳤을 거야. 내 감시
는 정확하게 그 타이밍을 지켜보기 위한 거지."

서슴없이 그런 말을 한다.

앞선 인상대로, 판단 어디에도 감정다운 것은 포함되지
않았다. 철과 같은, 차갑고 공허하기까지 한 재정이 인간의
형상을 띠고 있었다.

"……로고스 리액트를 부수어야 한다고 판단한 겁니까?"

"아니, 그런 말은 하지 않았고 계약상 말할 권리도 없네.
자네가 도달한 추측에 따라서 당연한 사실을 확인했을 뿐
이야, 로드. 웨일스쯤이야 날아가도 내가 어떻게 되지는 않
아. 인간의 억지력도 별의 억지력도, 그 정도로는 움직이지
않겠지."

거기서 제피아가 갑자기 말을 끊고 허공을 우러렀다.

그렇게 말해도 이 공간에 진짜 하늘은 없다. 어디까지나
유백색의 뿌연 천개가 펼쳐져 있을 뿐이다.

그 천개에 쩌적 하고 금이 갔다.

"어."

그 노이즈와 다른, 그러나 동질의 소리.

그러나 2주차가 아닌 이 공간에서 그 소리가 울려 퍼지는 이유란.

"——면목 없지만 자네들에게 경고해야만 하네."

제피아가 다시금 입을 열었다.

"지금도 오작동 중인 로고스 리액트지만, 아무래도 상대 쪽에서 이리로 끼어들려는지 해킹을 걸고 있어."

"상대 쪽에서?"

"이곳은 미명영역이고 지금까지 적극적인 행동에 나선 적은 없었네만. 아무래도 그녀는—— 지금은 그녀가 된 그 것은 생각 이상으로 자네들에게 집착하는 모양이군. 이것도 동일화한 상대의 영향이라는 건가."

무슨 연구 결과처럼 제피아는 담담히 중얼거렸다.

"아아. 못마땅한 각본가의 손바닥 위에서 놀아난다고 생각하면 귀환하게. 자네는 수수께끼를 풀었어. 그러기 위한 문을 열지. 뭐하면 먼저 말한 대로 자네가 좋아하는 지식도 개진해 주고말고. 그것의 오작동에 말려들지 않을 정도의 시간은 벌 수 있겠고, 시계탑이 소재한 런던까지 피해가 번질 일은 없을 것이야."

"또 하나의 수단은 말하지 않는 겁니까?"

"……무슨 소리인가?"

한순간 대답이 늦은 제피아에게 스승님은 희미하게 눈을 가늘게 떴다.

"그쪽은 계약에 저촉된다는 뜻이군요. 그럴 거라고는 생각했습니다. 만약 그 수단이 가능하다고 얘기했더라면 우연이 아니라 뚜렷하게 로고스 리액트에 개입하게 우리를 유도한 게 되니까요. 하지만 반대로 부정되지 않았다는 건 불가능하지도 않다는 것입니다."

그렇게 말하고 나를 돌아보았다.

"스승님?"

"그레이."

이름을, 불렀다.

"2주차에서, 이건 자네 사건이라고 그랬지. 그러니 자네에게 선택을 맡기고 싶다고."

"네."

"미안하네. 그렇게 호언장담을 해놓고서 나는 지금 나 자신의 이기심 때문에, 이 사건의 마지막에 관여하고 싶어. 마술사로서도 엘멜로이 파의 로드로서도 옳지 않은데 나는 도저히 이 문제에 관여하지 않을 수 없네."

"…………."

왜일까.

이렇게 내몰려 있을 때인데 어쩐지 간지러운 기분이 들고 말았다.

"왜, 관여하고 싶은 거죠?"

"말 못해. 말 못하네만, 내게 생명을 맡겨주지 않겠나?"

"······스승님은 바보네요. 그런 말을, 미안한 듯이 하지 마세요."

미소를 안 지을 수가 없었다. 모친에 대해서도, 로고스 리액트에 대해서도, 웨일스의 절반이 같은 재난에 휘말린다는 것도, 도저히 내 머리로는 다 집어넣을 수 없다. 충격은 이 정도의 시간으로 식을 턱이 없었지만 그런데도 입을 비집고 나온 것은 내게 당연한 답변이었다.

"왜냐면, 그런 건 진즉에 맡겼다고요."

내가 말하자 옆의 기사가 가관이라는 듯 애매한 얼굴을 가렸다.

그가 뭔가 말참견하려던 와중에 이번에는 등 뒤에서 목소리가 나왔다.

"애초에 여기서 물러나는 법이 어디 있어요, 교수님!"

플랫이 폴짝폴짝 뛰면서 기쁘게 주먹을 쳐올렸다.

"왜냐면 아직 게임 클리어 하지 않았잖아요! 어딜 어떻게 봐도 히든 보스 등장이란 거잖아요, 이거! 기껏 찾았는데 방치하다니 말도 안 돼요!"

"저는, 선생님과 그레이따······ 그레이 씨의 뜻대로."

스빈이 어흠 헛기침하고 말했다.

"그리고 이번 일에 대해 선생님은 저희의 힘을 빌리겠다고 말씀하셨죠. 빌리는 쪽도 제대로 끝까지 빌리지 않으면 계약 위반이란 겁니다."

"기억했었나."

쓴 표정과 함께 스승님이 옅게 웃었다.

반면에 이번에야말로 서 케이가 단단히 벼르며 항의했다.

"야, 야, 야. 너희 바보 아니냐! 하나같이 머리가 팔팔 끓은 상태에서 거인용 술이라도 들이켰냐. 일부러 여기서 물러나도 된다고 상대가 말해 주는 판에, 급기야 그만큼 지독한 꼴을 봤으면서 아직도 몸에 불 지르러 갈 셈이냐. 그만둘 기회를 줬는데 선정의 검 같은 걸 뽑아 재낀 어디 마을 계집애도 아니고 알아서 하잘것없는 지옥에 뛰어드는 건 사절이라고."

"하지만 서 케이는 따라와 주실 거잖아요."

무심코 내가 말하자 기사는 목에서 나지막한 신음을 터트렸다.

"……왜, 그리 생각하는데."

"그야, 당신은 애드이기도 하니까요."

"……그보다 네가 본체인 낫^{애드}을 들고 가는 이상, 나는 도망칠 여지가 없다만. 낌새 안 좋다 싶으면 내뺐으면 좋겠는데, 안 그러겠지."

"네."

수긍하자 아니나 다를까 기사는 진정 낙담한 것처럼 고개를 푹 숙였다.

그 모습을 확인한 뒤에 스승님은 제피아에게 제안했다.

"좋습니다. 로고스 리액트의 오작동을 막아드리죠."

"진심인가?"

제피아가 눈썹을 모았다.

"물론입니다. 애초에 이 답변도 당신이라면 연산했던 것 아닙니까."

"물론, 했고말고."

스승님의 말을 제피아는 긍정했다.

"가능성으로서 크지는 않았지만 자네의 선택지로서는 후보에 있었지. 자네가 여태까지 취한 행동의 통계는 그런 회답을 시사했기 때문이야. 그렇기에 나는 계약 위반의 위험을 무릅써서라도 자네들과 접촉하는 길을 택했네. 하지만 그럼에도 여전히 모르겠어."

아틀라스 원의 염금술사는 처음으로 고개를 내저었다.

"어떻게 그런 선택지가 있을 수 있지? 자네의 지성이라면 불합리하다고 알고 있을 터 아닌가. 로고스 리액트의 위험성은 충분히 숙지했을 터다. 설마 웨일스를 구하고 싶기 때문이라는 헛소리는 안 하겠지?"

어지간히 이해 불능이었는지 제피아는 말이 많아졌다.

"아니면 또 하나의 수단이란 것 말인가. 만약 그런 것이 있다고 해도 가설에 가설을 거듭한 몽롱하고 불합리한 선택지에 로드가 목숨을 건단 말인가. 자네만이 아니야. 학생과 입실제자의 목숨도 달렸어. 분명, 자네는 학생이 자신의 싸움에 엮이는 것조차도 꺼리는 성질이 아니었는가?"

"방금 말씀드렸습니다만 저는 탐정이 아닙니다."

스승님은 대꾸했다.

"불합리를 지워 간 끝에 진실이 남는다고 생각지 않습니다. 마술사니까요. 그리고 최선이나 최적의 해답 같은 것으로 다다른 결말에 전 한참 옛날에 진력이 났습니다."

극히 고지식한 표정으로 그런 말을 내뱉었다.

어안이 벙벙해진 공기가 한순간 흘렀다.

그리고.

"하하하하하하하하하하!"

그 답변에 연금술사는 웃기 시작했다.

"불합리를 지우려 하지 않는다고! 자네는 바보거나 우둔하거나 머저리인가! 무슨 말을 하나 싶었더니, 그런 시답잖고도 무의미한 줄거리인가! 불로의 마술을 쓰든 간에 고작해야 300년 사는 것도 어려운 신세가, 최선도 최적해도 내버리고 어디에 가닿을 셈이지? 종국에는 그까짓 박약한 이유로, 고작 그뿐인 전력으로 오작동한 로고스 리액트와 맞서겠다고!"

진정 우스워서 못 견디겠다는 듯한 어조였다.

아까의 신전에서도 비슷하게, 지금도 금이 더욱 속도를 붙이며 늘어나는 공간에서 연금술사의 홍소는 여전히 크게 울려 퍼지다가 이런 식으로 결론을 내렸다.

"그런가, 그건── 조리가 맞아!"

"뭐어어어?!"

그 대사에 서 케이가 기겁한 소리를 질렀다.

"아아, 그래. 질리겠지. 지긋지긋하겠지. 그렇기에 나는 그런 사상을 버렸다. 고민하기를 멈췄다. 하지만 자네는 그런 사상을 가진 채로 앞으로 가고자 하는군. 옳거니, 그건 어리석어. 옳거니, 그건 시답잖아. 옳거니, 그건———."

거기서 제피아는 일단 말을 끊었다.

"아니지, 이미 지켜볼 뿐이라고 결심한 내가 마저 말하는 건 운치가 없겠군. 그렇다면 하던 얘기를 계속하세. 자네들이 로고스 리액트를 멈춘다면 좋아. 단, 엘멜로이 2세가 간파한 대로 계약상 나는 조력하기란 불가능하네."

조용히 연금술사는 말을 이었다.

"그럼에도 무대 정도는 다소 챙겨줄 수 있을 거야. 자네들에게도 그것에게도 유리해지진 않겠지만, 그렇더라도 기분상으로는 다소 편해질지도 모르지."

"협력 감사합니다."

스승님이 고개를 숙이자 제피아는 슥 손을 들었다.

"자, 재연의 막이 내려갈 시간이다!"

그 손가락이 호를 그렸다.

뭔가가, 부서지는 소리가 났다.

지금까지 눈에는 보이지 않는, 얼음 궁전에 휩싸인 것만 같았다.

엘리베이터의 부유감을 백배로 키운 것 같은 현기증이 엄습하는 가운데, 제피아는 다시 말을 이었다.

"그렇지. 한 가지 가르쳐 주지. 아아, 관계하겠다고 마음 먹은 지금이라면 가르쳐줘도 계약에는 저촉하지 않고말고. 자네의 짐작이 옳네, 엘멜로이 2세. 그레이의 어머니와 페르난도 사제의 죽음은 아직 확정되지 않았어."

"아————?!"

경악이 뇌에 침투할 겨를조차 없었다.

목소리 아닌 『정보』가 우리의 뇌에 메아리쳤다.

——코드: 로고스 리액트, 변칙 기동.

——왜곡고정치 B.

——적출기간: ■ ■ ■ ■ ■ ■ ■ ■ ■ ■

——언로고스 프로그램 스타트. 대상의 변환을 개시.

——전 행정, 완료(클리어). 아틀라스의 인리계속 제5실험을 개 시합니다.

*

시계탑 마술사들의 모습이 사라지고 나서 남은 연금술사 는 한숨을 쉬었다.

조금이라도 오작동에 따른 폭주를 늦출 필요가 있다. 로 고스 리액트 자체에 손을 대는 건 계약상 불가능하지만, 주위의 요소를 조작하는 건 엘멜로이 2세 일행을 간접적으로 유도한 것과 마찬가지로 가까스로 허용되는 범위다.

물론, 엄밀히는 저촉할 우려가 있다고 병렬사고 6번은 경고했지만 2번·3번이 허용 범위라고 주장하는 것을 우선한다. 병렬사고 간의 모순으로 얼마간 성능 저하는 일어나지만 이건 포기할 수밖에 없다.

이 반년가량 줄곧 그래왔듯이 제피아는 부유하는 수정구를 만져 무수하다고도 여겨지는 파라미터를 제어한다. 어떻게 보아선 플랫과 겨루던 간섭 대결 따위보다 훨씬 섬세한 기술. 아무리 아틀라스 원의 연금술사라고 할지언정 그가 아니라면 즉각 뇌가 타 버릴 정도의 부하이긴 하지만, 그쯤을 못해서야 사도로 전락한 보람이 없는 꼴이다.

단 혼자서, 평소처럼 그의 손가락을 움직인다.

그 도중에.

"옳거니, 그것은 어리석어. 옳거니, 그건 시답잖아."

노래하는 듯한 말이 고운 입술에서 흘러나왔다. 아까 엘멜로이 2세를 웃으며 평한 대사였다.

이번에는 이렇게 이어진 것이었다.

마치 수십 년이나 사이를 두고, 이미 얼굴도 잊은 첫사랑 상대와 만난 것처럼.

"옳거니, 그것은—— 사랑스러워."

2

바람이 뺨을 두드렸다.

2주차 여름도, 현실의 겨울도 아니었다.

하늘은 탁한 구름으로 뒤덮이고 수많은 돌기둥이 대지에서 우뚝 서 있다. 그 하나하나에 이름이 새겨져 마치 잊힌 채 남겨진 어린애처럼 검은 지면에 옅은 그림자를 드리우고 있었다. 그 마을의 그곳보다 훨씬 광대했지만 침전된 공기와 습한 흙냄새는 친숙한 것이었다.

──묘지.

제피아가 장소를 골랐다는 건 이런 뜻인가.

어머니의 무덤이며, 해골왕의 무덤이자, 로고스 리액트의 무덤이라고.

다만 지금 내 머릿속은 그 환경보다 다른 문제로 가득했다.

"스승님!"

자연히 부르고 있었다.

"무슨, 뜻인가요? 어머니의 죽음도, 페르난도 사제의 죽음도, 확정되지 않았다니."

"어디까지나 가설이고 괜히 헛바람을 줄까 봐 그 자리에선 말하지 않았네만. 흥, 아틀라스 원도 생각지 못한 서비스를 해 주는군."

쓴웃음을 띠며 스승님은 이렇게 덧붙였다.

"그 말 그대로야. 자네 어머님의 죽음은 아직 확정되지 않았어."

"……확정?"

"왜냐하면 로고스 리액트가 줄곧 죽음을 검증하고 있다는 건, 그 자리에서 죽은 자가 아직 확정되지 않았다는 것과 이퀄이기 때문이네. 아마도 로고스 리액트는 그 마을 사람들을 가사 상태로 보존하고 있을 거야. 페르난도 사제도 마찬가지이지 않을까 싶었지만 제피아 쪽에서 보증해 줄 줄이야."

"……아."

기묘한 기분이었다.

페르난도 사제와는 많은 말을 나눈 것이 아니다. 그렇지만 내게 아서 왕을 겹쳐 보지 않는다는 의미로 묘하게 구원받은 기분이 든 것도 사실이었다.

"그래서, 확정되지 않았다, 어머니의 죽음도, 페르난도 사제의 죽음도."

"……오호라. 진짜, 마술사란 건 이것저것 영문 모를 생각만 하는군그래."

이야기를 듣던 서 케이가 목 뒤를 긁으면서 입을 열었다.

"제법 재미있었지만 말이야. 그래서 어떡할 건데. 너라면 그 로고스 리액트라는 고물딱지를 고치기라도 한단 건가? 아니, 네 실력으론 무리지. 그렇다면 네 학생이 하나?"

"양쪽 다 아니지만 수단은 있습니다. 이걸 그 2주차에서 가져올 수 있었다는 건 아마 그런 뜻이겠죠."

대답한 스승님이 품속에서 칼날이 휜 단검을 꺼냈다.

이로션.

어머니의 몸에서 정신과 혼을 벗겨낸 옛 마술예장.

"이 장소도, 로고스 리액트가 연산한 일부임은 틀림없어. 그러니까 사람은 몰라도 휴대하던 물건을 가져오는 건 가능했다는 뜻이겠지."

거기서 한 호흡 띄우고 기사의 물음에 스승님은 이렇게 대답했다.

"이 예장을 써서, 죽은 해골왕의 정신과 로고스 리액트를 벗겨낸다."

"아————!"

한순간, 당혹했다.

하지만 확실히 가능할지도 모른다.

이로션이란 바로 그러기 위한 예장이니까. 죽은 해골왕과 연결되어 오작동 중인 로고스 리액트도 당연히 복귀하는 것이 이치에 맞다.

이치상으로는.

그걸로 정말로 고쳐질지 안 고쳐질지는 나로선 도저히 알 수 없다. 사냥에서 저격당한 야수로부터 화살을 뽑아내 봤자 그것만으로 치유되는 일은 있을 리 없다. 어디까지나 나을 가능성이 생길 뿐이다.

"그걸로…… 안 고쳐지면?"

"그때는 파괴할 수밖에 없겠지."

결의를 품은 목소리에 꿀꺽 침이 넘어갔다.

어쨌든 간에 어렵기 그지없는 미션인 건 틀림없다. 어머니와 페르난도 사제의 생명도 그렇거니와 우선 우리가 살아남을 수 있을지 없을지.

"선생님, 그레이 씨. 온 모양입니다."

스빈이 코를 킁 실룩였다.

묘지 한복판이었다.

여러 돌기둥 사이로 십여 미터가량 저편에서 그 금속 가면을 쓴 여성[사람]이 나타났다.

"……로고스 리액트."

"아무래도 꿈을 꾸던 것 같군."

여성이 가면을 벗었다.

그 내부는 이미 내 어머니가 아니었다.

그렇다고 나와 똑같지도 않았다. 모호하게 흐릿해진, 서케이와 같은 얼굴. 아마도 저게 본래 그녀일 것이다.

"그렇다. 나는 그런 존재였다."

전혀, 다르다.

재연되던 그 여름과── 우리의 체감 시간으로 말하면 불과 수십 분 전의 해골왕과 전혀 달랐다.

"그렇다. 나는 정신의 아서 왕이며, 아틀라스 원이 만들어낸 병기다."

간신히 깨달은 듯이 여성이 오른손을 들었다.

어둠이, 거기에 모였다.

응집된 어둠은 그것만으로도 형상을 가졌다.

"그렇다. 이 『창』도 론고미니아드이며, 또한 로고스 리액트였다."

칠흑의 『창』을 치켜든 얼굴 없는 여성── 로고스 리액트는 단언했다.

"야, 야, 야, 이런 엉터리가 어디 있어."

기사가 신음을 터트렸다.

얼굴에 불어 닥치는 마력의 바람은 대처를 모르는 일반인이라면 그것만으로도 신경계가 훼손되어 기절할지도 모를 지경이었다. 그뿐만 아니라 지금 『창』이 생겨난 것과 비슷하게 로고스 리액트 주위에 새로운 인간형까지 형성된 것이다.

불과 몇 초 만에 그곳에는 두 명의── 본 적이 있는 인영이 서 있었다.

"……벨사크 씨."

내가 그렇게 속삭였다.

"……시스터 일루미아."

서 케이가 그렇게 속삭였다.

두 사람 다 그 몸에서 살의가 섞인 투지를 발산하고 있었다.

"그렇군. 재연에 편입된 자라면 로고스 리액트의 능력으로 재현할 수 있다는 뜻인가."

냉정하게 분석하면서 스승님이 말했다.

로고스 리액트의 의사 내에서 사람과 물건도 재구축된다는 뜻인가.

"그럼 1주차에선 우리와 함께 귀환한 트림마우나 제피아는 아마도 재구축되지 않겠군. 그나마 낫다고 생각해야 할지."

말 전부를 들을 여유라곤 없었다.

참지 못해 나는 소리를 지르고 있었다.

"벨사크 씨!"

"그래, 그레이. 나는 나다."

평소와 같이 낮은 목소리로 벨사크가 응답해 주었다.

그 어조도, 작게 끄덕이는 몸짓도, 여느 때와 같은 묘지기라고만 느껴졌다. 그런데 전혀 안도할 수 없었다.

"하나, 알고 있겠지? 재구축될 적에 내 사고의 파라미터도 조작되었어. 사정이야 어쨌든 지금은 널 죽이는 생각밖에 못한다."

"……벨사크 씨."

숨이 턱 막힌 내게 블랙모아의 묘지기는 난처하게 웃었다.

"내키는 만큼 하거라. 재구축된 복제품^{레플리카}인 건 확실하다."

도끼가 그대로 붕 휘둘러졌다.

낫으로 정면으로 막아낸 것만으로도 온몸에 충격이 관통했다. 수백 번 반복한 훈련이 얼마나 살살해 주고 있었는지 나는 비로소 알았다.

"자, 네 전력을 보여 봐라!"

노호와 함께 벨사크의 손에서 영체의 까마귀가 날아올랐다.

어영부영한 막무가내로, 나는 싸움으로 끌려들어 갔다.

*

마찬가지로 시스터 일루미아는 서 케이와 마주 보고 있었다.

"그럼 이쪽도 똑같은가. 여성에게 손찌검하는 건 좋아하지 않는데."

"그래? 나는 남자에게 손찌검하는 건 아주 좋아해. 귀여운 여자아이 상대라면 그만 고뇌하지만, 아아, 그건 그거대로 즐거움은 있지. 취향에 맞는 얼굴이 일그러지는 모습은 몇 번이라도 다시 보고 싶어지는걸."

시스터 일루미아가 입술 끝을 말아 올렸다.

옆으로 든 수갑―― 회정이 번갯불을 뿌렸다. 단련된 대행자가 신비의 빛을 뒤집어쓴 모습은 요염하기 그지없었다.

"응. 지금의 나는 알아. 당신이 고대의 기사를 모델로 삼은 정신의 복사본이라는 것도. 당신의 본체가 어떤 의도로 만들어졌는지도."

동작의 발단조차 훈련된 팔다리에서는 느껴지지 않았다.

날카롭게 튀어나오는 일루미아의 타격을 기사가 가까스로 피한다.

운동 능력만으로 따지면 시스터가 위일까.

애드에게 형태가 주어지긴 했으나 영기도 불안정하고 인간 이상의 신체 능력을 획득한 것도 아니다. 서번트로서 불릴 경우의 서 케이와는 역시 크게 다를 것이다.

"쯧――!"

까다롭겠다고 기사가 혀를 찼다.

그나마 『창』의 위력으로 압도하려던 해골왕 쪽이 그로서는 상성이 좋았을지도 모른다. 속도와 기술로 과감하게 선

수를 잡아채는 시스터의 전술은 끈덕지게 속이는 그의 전술과 맞물리지 않아 고전을 강요받는 꼴이 된다.

"자, 기사의 싸움을 보여줘! 나와 치고받아 줘! 주님의 뜻대로, 나를 끓어오르게 해줘!"

미소 띤 시스터 일루미아가 두 손을 맞부딪쳐 강렬한 번갯불을 기사에게로 뿜어냈다.

그 틈새를 누비면서 기사는 귀찮은 내색으로 검을 뽑았다.

＊

나아가 우뚝 선 돌기둥 근처에서 어마어마한 인영이 생겨났다.

그 몸은 수정으로 이루어져 있었다.

아마도 마을 사람들이 바탕일 거라고 짐작됐지만, 이쪽의 수정 인간형에게서는 의사를 박탈한 모양이었다. 전문 훈련을 받은 것도 아닌 그들을 싸움에 내몰려면 그편이 사정이 좋았을 것이다. 수정의 몸도 같은 이유인가.

좀비처럼 무리 지어 쇄도한다.

"왓차차차차, 다 같이 모이는 건 쇼핑몰만으로 좋다니깐!"

그에 플랫의 손가락이 공중에 문장을 그렸다.

그것은 얼음의 가시넝쿨이 되어 곧바로 사람들의 다리를 얽어매었다. 소년의 마술이 결코 간섭만은 아니라는 증거이며, 플랫은 뽐내듯 가슴을 펴고 한쪽 눈을 찡긋했다.

"엘멜로이 교실…… 참……전! 이런 느낌으로 어떨까! 르 시앙."

"너랑 한데 묶지 마!"

급우인 스빈 또한 자신의 오드를 가다듬었다.

마력은 투명한 늑대의 외각이 되어 이미 그의 신체를 감싸고 있다.

목을 쭉 뻗어서 그 목에서 마력을 해방하자 수성 마술에 따른 포효는 남은 수정 사람들을 거꾸러뜨렸다.

"선생님, 이거라면 단숨에."

"아니."

엘멜로이 2세는 고개를 저었다.

"아직 더 온다. 긴장을 풀지 마."

그가 응시하는 방향에서 돌기둥 옆으로부터 새로운 수정 전사들이 생겨났다. 심지어 저마다 검과 방패를 든 모습은 명백하게 방금과 달랐다.

그뿐만 아니라 그들의 얼굴은 해골을 드러내고 있었다.

"해골 병사들인가."

마을 사람이 재구축되었다면 해골왕을 따르던 해골 병사들을 재구축해낸 것도 당연할 것이다.

싸움의 추세는 아직도 양쪽 어디로 기울지 알 수 없었다.

3

언뜻 보면 반반으로 여겨졌다.

벨사크와 일루미아에게는 살짝 밀리고 있지만 다른 무리는 플랫과 스빈이 잇달아 격퇴하고 있다. 적도 대책을 취하는 것 같지만 아직도 플랫의 카드는 떨어질 낌새가 없다. 스승님의 지시도 감안하면 충분히 유리하게 싸울 수 있으리라.

그러나.

내가 영체의 까마귀를 쳐내고 벨사크로부터 거리를 벌린 타이밍에 로고스 리액트의 음성이 들린 것이다.

"……나는, 모르겠다."

중얼거리는 중에도 여성의 모습은 변화한다.

인간의 형체마저 흐릿해지며 더 애매한── 무언가로.

"왜, 나는 여기에 왔지? 왜, 나는 이와 같은 외부 요소를 방치할 수 없었지? 왜, 나는 자신의 내면의 독립 요소까지 해방하고 있지? 왜, 나는 나를 모르지? 재검토, 재검토, 재검토할 것. 계약에 따른 아서 왕의 정신구조는 유지. 검토를 위해 병행해서 일부 파라미터를 초기값으로 설정."

이미 해골왕도 아니고 어머니도 아닌, 로고스 리액트의 말.

"트라이헤르메스에 따른 초기값을 확인. 아틀라스 원 원장에 따른 인증을 확인. 영장의 규모와 변천을 확인. 인리의 계속과 범위를 확인. 한정 상황에서 평행세계의 가능성을 검토…… 검토 종료까지 3초…… 2초…… 1초…… 종료.

이상으로 나는 계속해야 한다. 한정환경만이 아니라 모든 가능성을 검토해야 한다. 닫힌 소우주에야말로 무변한 대우주로 가는 문이 있다."

<small>미크로 코스모스</small>

<small>마크로 코스모스</small>

자문자답.

혹은 혼자서 벽에 수식을 하염없이 쓰는 것과 같은 행위.

"그래. 나는 지켜야만 한다. 도달해야만 한다. 구원해야만 한다. 내 능력을 확장할 수 있는 최대한 확장해 멸망을 막아야만 한다."

'……구원?'

그 신전에서 스승님이 말했었다.

아틀라스 원의 7대 병기는 인류를 멸망에서 구원하기 위해 만들어진 것이라고. 그러나 그 결과, 멸망을 구하는 것이 아니라 도리어 인류에 멸망을 줄 뿐인 『힘』을 지니기에 이르렀다고.

목적과 수단이 모순된, 역리(逆理)의 끝.

도저히 포기할 수 없는 목적이 설정되었기에 비롯된, 꿈의 잔해.

'……어쩌면.'

어쩌면, 내 마을도 그랬을지도 모른다.

죽은 아서 왕을 되살리려던…… 그 시작은, 아마 왕을 존경했다거나, 한 번 더 만나고 싶다는 목적이었을 것이다. 소생이라는 것도 그런 목적을 이루기 위한, 어디까지나 수단이었을 터다.

그러나 다음 세대에는 왕을 되살리는 것 자체가 목적이 되고 말았다. 과거의 왕이 되살아나 봤자 그들을 어떻게 이끌어 줄지는 알지도 못하는데, 큰할머님 같은 사람은 그 집착에 사로잡혔다.

그런 실수는 누구에게나 일어날 수 있다.

한순간 그런 감개에 사로잡히면서 나는 로고스 리액트의 『창』이 마력의 소용돌이를 두르기 시작한 것을 보았다.

'……저건……!'

"나는 정의한다. 이 시간은 내 구원을 늦추는 장애라고. 연산의 효율화를 시행해 출력의 8%까지 사용을 신청. 설정을 확인. 사용 허가 승인."

'우웅' 하고 『창』의 마력이 더욱 응집되었다.

검은 론고미니아드의 진명 해방.

저걸 휘두르면 모든 것은 끝난다. 저항할 수단이라곤 없다. 저 보구가 어느 정도의 위력을 가졌는지는 내가 제일 잘 안다.

"한눈팔 여유가 있느냐, 그레이!"

벨사크가 떨어져 있던 거리를 없앴다.

거의 동시에 묘지기의 수중에서 날아오른 영체의 까마귀가 내가 피할 길을 막았다. 훈련에서도 보여주지 않던 콤비네이션. 이전의 나라면 이걸로 외통수다. 회피하기에는 너무 교묘하고, 방어하기에는 너무 강렬해서 무엇 하나 대항 수단을 가질 수 없다.

그러나 지금의 나라면.

"아아아아아앗!"

벨사크의 도끼에 스스로 부딪히듯이 굴렀다.

후드의 옷깃이 갈라졌다. 아주 약간 어긋났으면 경동맥이 날아갔을 것이다. 그대로 일어난 나는 벨사크——가 아니라 옆에서 싸우던 시스터 일루미아에게 돌격했다.

"어——?"

"서 케이!"

말보다 빨리 역전의 전사는 내 의도를 이해했다.

빙 돌아서 내게 따라붙으려던 벨사크를 막아섰다. 반대로 나는 기사와 상대하던 시스터 일루미아를 향해 낫을 치켜들었다.

기사와의 교대.^{스위치}

일루미아의 속도와 기술이 기사에게 상성이 나쁘다면, 낫으로 억지로 날려 버린다. 그것이 내 눈어림이었다. 모든 신경을 기사에게 집중했었기 때문인지 한순간 머뭇대던 일루미아의 수갑에 낫이 작렬했다.

따라붙은 벨사크의 도끼를 이번에는 서 케이의 검이 막았다.

한 손으로, 힘껏 등이 떠밀렸다.

"가, 그레이!"

"네!"

지금의 내게 가능한 최대의 『강화』를 담아서 도약했다. 단번에 10미터를 넘게 뛰어서 이번에야말로 로고스 리액트에게!

"플랫!"

"예스, 교수님!"

등 뒤에서 소년의 손가락이 허공에 술식을 그렸다.

한순간, 로고스 리액트가 정지했다. 아틀라스 원의 기술에도 간섭할 수 있는 소년의 이능.

오직 그 찰나에 모든 것을 걸고 낫을 내리꽂았다.

단단한 소리가 울렸다.

마력을 집중하려던 『창』이 내 낫을 막아낸 소리였다.

"……역시, 이해할 수 없다."

로고스 리액트가 신음했다.

플랫이 건 경직을 깨고 억지로 『창』을 들어 올린 만큼 그녀의 자세는 크게 무너져 있었다. 우리 쪽이 파고드는 게 가능할 만한 빈틈이 있었다.

"왜, 나는 너를 무시할 수 없지? 나는 나인 것만으로 좋은데, 왜 너를 쫓아왔지?"

목소리에서는 아무 감정도 읽어낼 수 없다.

문면으로 따지면 물음표가 붙어있을 텐데, 그것을 정말로 이상하게 여기는지조차도 불명하다.

하지만 나는 이렇게 말했다.

"당신 안에, 해골왕이 있기 때문이겠죠."

느끼고 있다.

아직껏 그녀 안에는 역시 나와 같은 존재가 있다고. 육체와 정신과 혼. 한 인간이 갖추어야 할 세 요소 중 하나씩.

그렇다면 역시 나는 불완전품일지도 모른다.

옛 왕을 되살리기 위해서 만들어졌는데, 그것도 이루지 못한다── 형편상이라고는 해도 제 몸이 아쉬워 도망치고, 어머니를 희생하고, 나아가선 근본이 된 로고스 리액트를 정지시키려고 하고 있다.

그런데도 이제 도망치기 싫다고 생각한다.

어머니에 대해서는 아직도 정리되지 않았다.

그럼에도 가능하면 마주 보고 싶었다.

"왜, 너는 나를 방해하지?"

"미안해요."

두 팔에 가진 『강화』를 모두 돌렸다. 주위 마력은 충분. 방금 『창』을 휘두르려던 마나가 가득 차 있다. 그렇기에 마술회로가 타버릴 때까지 오로지 마력을 회전시킨다.

"당신에겐 죄가 없어. 아틀라스의 계약대로 지금껏 작동해서 정신의 아서 왕을 똑바로 모조하고, 그 결과로 오작동했을 뿐. 우리는 그때마다 이기적인 사정으로 당신에게 명령하거나 정지시키려고 하거나…… 때로는 파괴하려 들지."

어째선지 눈물이 날 것 같았다.

눈앞의 상대는 이미 정신의 아서 왕이 아니고 어머니도 아니며, 그렇다고 로고스 리액트 그 자체도 아니다. 삼자가 제각각 섞여 버린 존재다.

그렇지만 동시에, 이것은 자신이기도 하다고 느꼈다.

멋대로 기대받다가 멋대로 아서 왕의 육체가 되고, 그런데도 거역은 생각하지도 않던, 옛날의 나라고 생각했다.

"미안해요. 사과하겠습니다. 그래도 소제는 여기서 물러날 수 없어요."

낫이 차츰차츰 상대를 향해 움직인다.

본래라면 재구축된 시스터 일루미아나 벨사크가 개입할

순간이리라. 하지만 스승님과 기사가 막아주는 모양이다. 나와 로고스 리액트의 싸움을 아무도 막으려고 끼어들지 않았다.

낫을 쳐다보며 로고스 리액트가 말했다.

"뭐지, 그건? 론고미니아드인가? 하지만 구성요소가 론고미니아드가 아니야? 도대체 그건 뭐지?"

"당신에게 그것은 성창 론고미니아드겠죠."

낫은 내 힘에 응답해 준다.

설령 입을 열 수 없어져도, 내게 욕을 할 수 없어져도, 언제나 나를 도와준다.

"하지만 소제에겐 아냐."

신경이 잡아 뜯기는 아픔을 무시하면서 외쳤다.

"소제에게, 이건 애드예요!"

더더욱 세게, 낫을 움켜쥐고.

대답을 해줄 수 없어진 야속한 상대에게 그럼에도 있는 마음을 모두 담아서.

"소제의, 친구예요."

"…………."

한순간, 로고스 리액트가 말을 잃었다.

"……왜, 나는 여기에 왔지. 불가해다…… 불합리다…… 이해불능…… 판단부전…… 이론모순…… 연산불성립……."

중얼중얼할 때마다 힘이 풀린다. 풀려 간다.

"죽음이란, 뭐지."

그것이야말로 그녀의 마지막 물음일지도 몰랐다.

완전히 균형이 무너졌다.

해방된 낫이 여성의 몸을 사선으로 갈랐다.

그거만이 아니다. 깊숙이 살과 뼈를 끊은 손맛과 동시에, 나는 낫에서 한 손을 떼고 스승님이 던져준 단검을 받았다.

이로션.

정신없이, 오로지 그 손을 내리찍었다.

황금으로 빛나는 단검이 로고스 리액트의 육체를 뚫었다.

4

확실하게 단검이 그녀의 쇄골 근저에 꽂혀 있었다.

"이걸, 로——?!"

로고스 리액트는 정지하는 건가?

어머니와 페르난도 사제의 죽음이, 뒤집히는 건가?

아픔에 버둥대지도 않고 피를 뱉어내지도 않으며, 공허하게 여성이 움직임을 멈추었다.

마치 실이 끊어진 꼭두각시 인형 같았다. 이로선이 제대로 효과를 발휘했다면 해골왕의 정신이 로고스 리액트로부터 박리된 것인가.

앞으로 수그린 몸을 막아내려다가, 나는 굳어버렸다.

"이해했다."

넘어지려던 몸이 정지하고 희번덕거리며 나를 본 것이다.

"아아, 그렇군. 그래서 나는 집착했다. 죽음이란 이것인

가. 무덤이란 이것인가. 그랬다. 그렇기에 나는 네게 집착했다. 나는 옳았다."

역시 애매하게 흐려진 얼굴인데 눈이 나를 노려보는 걸 알 수 있었다. 입가에는 회심의 웃음이 맺힌 걸 알 수 있었다.

"네가, 나의 죽음이다."

그 즉시, 로고스 리액트에게 이변이 발생했다.

"어——?!"

촤아악 하는 소리와 함께 여성의 몸은 내 눈앞에서 허물어졌다.

모래였다.

붉은 모래였다.

기이하리만큼 시선을 끄는 강렬한 붉은 모래로 로고스 리액트의 육체가 곧장 변환된 것이다.

그 변화는 소녀 한 명에 그치지 않고 떨어져 있던 벨사크와 일루미아, 수정의 해골 병사들까지도 단숨에 모래로 변해 무너졌다. 심지어 그 양은 묘지를 거지반 삼킬 만큼 막대한 양으로 부풀어 올랐다.

"이건…… 설마, 아틀라스 원에서 말하는 현자의 돌의 적화변질인가……!"

스승님의 신음이 바로 어느 이름을 내뱉었다.

"제길, 로고스 리액트는 그런 병기냐!"

"무슨, 뜻인가요."

"본래 현자의 돌은 아틀라스 원의 연구성과 중 하나야! 거의 무한한 정보를 기록할 수 있는 궁극의 기록매체이자 지고의 서책! 로고스 리액트는 그것 자체가 현자의 돌의 특정 상태로 이루어져서…… 필시 기록이 계속되는 한, 한없이 증식할 수 있어……! 아아, 그래서 그 마을의 사람들은 사라진 거야! 스스로 죽음을 알고자 하던 로고스 리액트에 처음으로 말려들었어! 인류를 구해야 할 존재가 세계를 멸망시키기에 충분하다는 말은 이런 뜻이냐!"

붉은 모래. 붉은 사막.

어디까지나, 어디까지나, 진홍의 세계가 번져간다.

"로고스 리액트는 자기 성능을 처음으로 자각했지. 자기 자신으로 만들어낸 이 가상연산세계 따위 금방 가득 메울 걸. 장시간 접촉하다간 우리조차도 정보의 바다에 분해될 수 있어. 그리되면, 다음은……."

다음은 현실이라는 뜻인가.

아마 제피아가 틀어막으려던 것도 이거다.

세계 전부가 붉은 모래로 바뀌고 마는 것을 막고자 그는 그 마을에 줄곧 체류하고 있었으리라. 아마도 그곳에 사람다운 양심은 없다. 알기 쉬운 정의감이나 인류애 같은 것은 없다.

그러도록 결정했으니까, 그리 한다.

단지 그뿐인, 도구 같은 사람. 사람 같은 도구.

그리고 한 번 로고스 리액트를 없앴다고 여기던 지점에서 거대한 그림자가 하늘을 향해 우뚝 섰다. 이미 그것은 인간의 형상조차 하지 않았다. 새롭게 그러모은 모래의 몸은 거대하고 웅장한 날개를 펼치며 붉은 대지에서 당황할 뿐인 가엾은 우리를 굽어보고 있었다.

아아, 저 모습은……

새다.

"헤르메스의 새……."

스승님이 하늘을 쳐다보았다.

헤르메스란, 그리스 신화에서 여행자와 상인을 수호한다던 전령신의 이름일 것이다.

"그리스 신화의 헤르메스는 훗날 이집트 신화의 토트나 연금술사 메르쿠리우스와 융합해 연금술의 상징까지 된 존재지. 사람이었다가 그 이름을 내세운 새였다가. 다양한 형태로 많은 서책에 모습을 드러내. 아아, 이번 경우에는 합당하겠지. 그리스 신화에서 헤르메스는 종종 명계의 인도자이기도 하니까."

인류를 구원하기 위해서, 인류를 멸하는 성스러운 새.

【네가, 내 죽음이다.】

붉은 성조(聖鳥)가 말했다.

음성이 아니라 뇌에 직접 후려치는 정보였다.

처음으로 해골왕과 만났을 때처럼 그것은 다시 말을 쓰지 않는 존재로 돌아갔다.

【그렇기에 나는 너를 죽이러 왔다. 죽음을 피하려면 그것은 옳다. 나는 내가 옳음을 정의한다.】

거대한 날개가 펼쳐졌다.

그 날개에 깃든 마력이 이마어마하단 사실을 깨닫고 순간적으로 나는 경고를 날렸다.

"스승님!"

하지만 그 경고가 제때 닿을 리 없다.

포효와 함께 무시무시할 지경의 붉은 모래 깃털이 쏟아졌다.

그것은 이미 폭격이었다. 깃털 하나하나에 담긴 방대한 마력이 어떠한 화약보다 더 강렬한 현상을 일으킨 것이다.

붉은 모래에 파묻힌 대지가 한순간에 크레이터 천지의 곰보 자국으로 변하고, 우뚝 서 있던 돌기둥이 남김없이 파괴되었다. 표적이 된 나만이 아니라 스승님과 스빈 일행도 그 여파만으로 날아갔다. 어중간한 결계 따위 종잇조각만 한 효과도 없을 정도로 모래 깃털의 파괴력은 압도적이었다.

아무래도 연발은 할 수 없는 것인지 땅에 엎드린 우리를 연민하듯 성조는 천공에서 빙글 원을 그렸다.

'……아아.'

목소리가, 안 나온다.

단순히 물리적인 문제가 아니다. 지금 모래 깃털이 발한 마력의 충격은 우리 몸 안까지 엉망진창으로 헤집어놓았다. 내장을 맨손으로 쥐어 터트린 거와 같다. 『강화』로 억지로 일어서려 해도 그 마력을 다 정제할 수 없다.

공중을 비상하면서 성조는 마력을 다시 응집시켰다.

방금과 같은 폭격이 지표를 덮친다면, 이미 살아남기란 불가능하리라.

"……으…… 아…….."

하지만 단 일격으로 일어날 수 없어질 줄이야.

위력만이라면 그 페이커의 마천의 차륜(헤카틱휠)에도 필적한다. 공격 범위를 포함하면 그 이상인가. 7대 병기에 부끄럽지 않은 무시무시한 결과지만, 기실 그조차도 성조의 성능 중 일부에 불과할 것이다. 단순한 인간이든 마술사든 간에—— 어쩌면 영령이든 간에, 그 정도의 차이라곤 존재하지 않는 거나 마찬가지라고 갈파하듯이 저 새는 웅장하게 천공을 날고 있다.

'스승님……은……?'

웅크린 채로 눈만을 움직였다.

아무래도 아슬아슬하게 스빈이 감싼 모양이었다.

그 상황에선 수성 마술이 제일 방어에 뛰어나다고 순간적으로 판단한 것이리라. 하지만 여파만이라고는 해도 방금 폭격을 받고서는 바로 일어날 수 없는 것 같았다.

나도, 똑같다.

낫과 『강화』를 병용하고, 또한 충격에 올라타서 대미지를 경감했지만 그러고도 방금 폭격은 치명적이기 그지없었다.

'……서.'

필사적으로 생각했다.

이 정도로 땅에 엎드리지 마.

뼈가 몇 대쯤 부러진 정도로 웅크리고 있을 때가 아냐.

아무리 독려해도 질타해도 움직이는 건 눈과 폐뿐이다. 물리적으로도 마력적으로도 지금의 나는 파손되고 말았다. 의지로 뒤집을 만큼 만만치 않고, 초조함만이 수없이 뇌리에 순환했다.

'서, 서, 서…… 일어서!'

지금 안 일어나서 어쩔 건가.

줄곧 눈을 돌려오던 고향의 문제를 겨우 해결할 수 있다는 이 순간에, 내가 여기서 일어날 수 없어서 어쩔 건가.

"일어나."

후드가 꽉 잡혔다.

끊어지려던 의식을 그 손과 목소리가 끌고 돌아왔다.

"일어나, 그레이."

"…………윽!"

일으켜 세워진 채로 아직 다 각성하지 못한 뇌가 가까스로 상대를 인식했다.

"서 케이……."

"저 녀석은, 네가 자신의 죽음이라고 그랬었잖아."

그 사념을 기사도 들었던 모양이다.

그의 갑옷도 아까 폭격으로 처참하게 터져 있었다. 아니, 나 따위보다 훨씬 더 심각한 상태였다. 흉갑은 뚫리고 각갑과 다른 부위도 거의 깨지고 갈라져서 멀쩡한 인간이라면 숨을 쉬고 있는 것도 생각하기 어려울 지경이다.

그런데도 기사는 흔들리지 않았다.

"그렇다면 이 녀석은 이미 인류의 구원이니 멸망이니, 더럽게 시답잖은 황당무계한 동화가 아냐. 단순히 네가 사느냐, 저 녀석이 사느냐일 뿐인 생존경쟁 아니냐고."

기사의 말이 내 고막을 두드렸다.

"소제는……."

내가 아직도 낫을 놓지 않았음을 깨달았다.

마음만이 아니라 몸도 포기하지 않았다고 가르쳐주었다.

"그래. 그 녀석을 들고 있어."

만족스럽게 기사가 말했다.

하지만, 글렀다.

단순하게 시간이 없다. 스승님에게도 내게도, 그뿐만 아니라 플랫과 스빈에게도 방금 일격은 너무 치명적이었다. 설령 마음이 꺾이지 않더라도 더 속절없는 부분에서 모든 것을 끝내고자 저승사자가 다가온다.

나를 죽이기 위해서 성조^{헤르메스}가 날아온다.

*

헤르메스의 날개가 마력을 담은 모래 깃털을 해방했다.

그 위력은 이미 증명 완료. 요새라 해도 쳐부수고 안의 군대를 섬멸한다── 대성보구에도 필적할 만한, 절대적인 파괴를 일으킨다.

그러나.

이번에는 그 폭격이 크게 빗나갔다.

"어⋯⋯?"

망연히 내게서 떨어진 파괴현장을 보았다. 사막을 크게 도려낸 크레이터는 그 파괴력이 일절 쇠하지 않았음을 뜻하고 있다.

그뿐만 아니라 성조의 비상이 덜커덕 불안정해지더니 추락을 막기 위해선지 활공하기 시작했다.

눈을 부릅뜨고 있으려니 등 뒤에서 활달한 음성이 울렸다.

"빙고 빙고 빙고! 기왕이니 트림마우를 대신해 말할게! 『와라 헤르메스! Throw away that chickenshit wing 날개 따위 버리고 덤벼』⋯⋯라고! 그레이가 저 예장을 찌른 순간에 조금만 더 파고들 빈틈이 보이더라!"

옆으로 쓰러진 채로 가까스로 손만을 든 플랫이 웃었다.

그 바로 근처에 그 수정구가 떠 있었다. 제피아와 만난 공간에서 무수히 떠 있던 것이었다.

"이동하기 전에 하나 받아 놨습니다. 뭐, 제피아 씨는 눈치채고 있었겠지만요."

수줍어하듯 수성 마술의 소년이 입술에 미소를 띠었다.

즉, 그것은 로고스 리액트와 접속하기 위한 아틀라스 원의 예장이기도 했을 것이다. 결코 간단하진 않겠지만 해킹에 관해선 절대적인 이능을 자랑하는 플랫이라면 그걸로 로고스 리액트에게 침입하는 것도 가능했다는 뜻인가.

"스빈 씨…… 하지만."

"아무것도 아니에요, 이까짓 거."

스빈은 턱 주변의 피를 닦았다.

스승님과 플랫을 감싼 몫만큼 그의 상처는 컸다.

하지만 피투성이의 젊은 짐승은 오히려 고상하게 보였다. 동시에 플랫도 그런 스빈의 태도를 당연하게 받아들이는지 이 자리에서는 감사도 표하지 않고 황송해 하지도 않는다. 그토록 평소 다툼을 반복하는 두 소년은 이 자리에서 생명을 공유한 한 생물 같았다.

"아직, 저, 아무것도 못 해냈으니까요."

"그래그래. 관위 인형사에게도 지지 않는다고 장담해놓

고 이게 끝이라니, 부끄러워서 엘멜로이 교실로 돌아갈 수 없어지고 말이야!"

플랫이 웃었다.

천진한데, 불경하기 그지없다. 이 또한 마술사의 본질일 것이다.

그 사이에도 수정구에 비친 풍경은 자꾸자꾸 변천한다. 숫자와 기호가 대량으로 떠오르고 그것들을 호기심 가득한 눈에 비추면서 플랫이 리드미컬하게 손가락을 움직인다. 지금까지와 비슷하면서도 약간 다른 그 운지는 마치 무슨 피아노 같은 악기를 연주하는 것 같았다.

스승님이 그런 소년에게 말을 걸었다.

"어떠냐, 플랫."

"네. 로고스 리액트의 오작동 부분을 디버그하면 되는 거죠? 지금 검색 중이니까 그레이의 엄마 등도 잘 인양해서……."

그러나 거기까지 말하다가 소년의 표정은 삽시간에 굳기 시작했다.

"……이게, 뭐야. 이거……."

"플랫?"

스승님이 눈썹을 모으고, 그 사실도 깨닫지 못한 듯 플랫이 신음했다.

"명백하게, 연산 속도는 본래 1할 이하인데…… 이쪽 해

킹에 대응하는 부분은 더 극히 일부인데…… 이거 나보다
훨씬 빨라!"

항상 여유롭고 태평하던 소년이 그런 비명을 지르는 건
처음이었을지도 모른다.

"절반 내놔!"

스빈이 수성 마술을 기동해 플랫의 등에 손을 짚었다.

아마 스승님이 전에 루비아와 했던 마술회로의 접속과 같
은 걸까. 둘의 마술회로가 곱해져 연산 속도를 더욱 높인다.

그러나, 그런데도 로고스 리액트의── 극히 일부에도
못 미친다. 엘멜로이 교실 으뜸가는 기린아 둘로도 아틀라
스의 7대 병기는 다가갈 수 없는가.

십여 초 정도로 플랫의 모습은 안정됐지만 그것은 성조도
마찬가지였다.

재차 비상의 제어를 되찾아 유유히 하늘을 날기 시작했다.

한 번 더 돌아오면 이번엔 플랫이 공격을 비껴낼 수 있을
지 알 수 없다. 아니, 필시 불가능할 것이다.

"과연 7대 병기란 뜻인가."

거기까지 내다본 스승님이 입을 열었다.

"우리 연산 속도를 올릴 수 없다면 상대를 깎을 수밖에
없겠지."

"그럼……."

"한 번 더 이로션을 찌를 수밖에 없어."

스승님이 내 품속을 쳐다보았다.

그 단검은 순간적으로 내가 회수했었다.

"이로션은 저것의 본체에 완전히 찔리지 않았어. 그렇기에 자네가 자신의 죽음이란 소리를 꺼낼 만큼 얽매였지. 해골왕과 로고스 리액트는 여기에 와서 더욱 절실하게 엉겨 들었어."

왠지 모르게 그것은 실감되었다.

그 로고스 리액트로부터 해골왕은 벗겨지지 않았다. 오히려 벗겨지기 직전에 강고하게 보호된 것처럼 느껴지기도 했다. 로고스 리액트가 죽음의 개념을 이해하는 데 해골왕이라는 부품은 불가결하다고 여겨졌다……는 것일지도 모른다.

그렇다면.

"……깊숙이, 이로션을 찌른다."

그걸로 이번에야말로 사태는 해결될까.

"하지만 어떡해야? 날아다니는 헤르메스에겐 소제도 접근할 수 없어요."

"그렇군. 멈추게 하면 된단 말이지."

그러자 기사가 끼어들었다.

맘대로 납득해 끄덕이더니 발길을 돌려 이런 식으로 말을 남겼다.

"그건 맡아 주마."

"서 케이."

"불과 반나절 정도였지만 피차 나쁜 시간이 아니었지. 엘멜로이 2세."

그런 말을 곱씹을 시간도 없었다.

기사가 천공을 쳐다보았다.

세 번, 헤르메스가 이쪽을 향해 날개를 쳤다.

"아아, 이건 별수 없군."

어째서일까.

애매하게 얼굴이 흐릿한 기사는 성조에게 가는 걸음을 멈추려고 하지 않았다.

"서 케이……."

"어째서고 자시고, 하는 짓은 똑같은걸. 덕분에 이쪽은 캄란 언덕에도 도착하지 못했건만."

캄란 언덕은 아마 아서 왕이 최후를 맞이한 땅이었던가.

원탁의 기사임에도 그는 그곳에 가지 못했다. 가기 전에 목숨을 잃었다.

"당신은……."

지독하게 꺼림칙한 예감이 들었다.

말려야만 한다고 느끼는데, 그런데 몸이 안 움직인다.

이것은 막으면 안 된다고 내 안의 뭔가가 외치고 있었다. 그게 아니어도 아직 쓰러지지 않은 게 한계로, 그 누구도 멀쩡히 움직일 상태가 아니다. 기사가 태연한 시늉을 하고 있는 것도 단순히 살아 있는 육체를 가지지 않았기 때문이리라.

"이봐, 그레이. 네가 조금이나마 멈춰 설 것 같으면, 나도 적당히 힘 빼고 넘기려고 했었는데 말이야. 너 의외로 지기 싫어하지? 이번에도 이러니저러니 약한 소리 뱉은 주제에 쓸데없는 자학에는 안 빠졌어. 똑바로 살고자 발악하고 있잖아."

그것은 결코 내 미점이 아니다.

옛날이라면 쉽게 그리되었을 터다. 하지만 많은 사건과 사람들이 나를 아주 약간 바꾸어주었을 뿐인데……

"좋은데. 산 자는 그런 식으로 바뀔 수 있어."

기사가 말했다.

"죽은 자에게 마음을 남기지 마. 여기에 있는 건 결국 그림자다. 아무리 위업을 이룩한 영령이든 간에, 혹은 나 같은 과거의 잔상이든 간에 어차피 죽은 자임은 틀림없어. 살아 있는 인간이 얽매여야 할 존재가 아냐."

거기까지 말하다가 살짝 내키지 않게 덧붙였다.

"……그렇긴 해도 어릴 적에는 옛 영웅이 나오는 동화는 싫어하지 않았지만. 싸구려 술 같은 꿈이 있었거든. 하하, 네 스승님 같은 것도 나쁘지 않을지도 모르겠군."

성조의 날개가 크게 부풀어 올랐다.

붉은 모래 깃털의 폭격이 또다시 쏟아진다.

그 정면으로 기사는 당당히 막아섰다.

"──의사전개."

오른손을 들었다.

몹시 가벼운 투로 들었는데, 반비례해서 중후한 마력이

그곳에 맺히는 것을 느꼈다.

"보구 설정. 위장 등록. 아아, 촘촘한 파라미터 설정은 빼자. 영령도 아닌 내게는 갤러해드 흉내가 되지만."

서 케이의 보구.

빙글 손가락을 돌리자 메마른 붉은 사막을 느닷없이 안개가 뒤덮기 시작했다.

아마도 본래는 물에 기인한 보구였던 것일까. 그렇지만 결국 의사. 서번트가 아닌 서 케이가 만들어낸 보구라니, 가상구축하는 것 또한 본래 이룰 수 없을 터다. 그만큼 서번트라는 존재는 격이 한참 다르다.

무리를 하다간 발동조차 못하고 기사만이 죽는다.

"서 케이……!"

"괜찮아."

처음으로.

처음으로, 불과 한순간만 그 민낯이 보였다. 가상보구를 구축하기 위해서 방대한 마력을 집적시킨 결과였던 것일까.

참으로 사람이 못되어 보이는, 그러나 어딘가 난처한 듯한, 멋쩍게 웃는 얼굴이.

아마도 본래 서 케이의 민낯 그 자체가 아니다. 처음부터 본인이 자기 신고했던 것처럼, 해골왕이 아서 왕 그 자체가 아닌 것처럼 본체인 애드와 뒤섞인 용모일 터다.

그렇다고 해도, 아니 그렇기에 내게는…….

"너는, 괜찮은 거야. 굼벵이 그레이."

헤르메스의 모래 깃털이 사출되었다.

내 쪽을 보던 기사가 그 절대적인 파괴를 앞두고 돌아서서—— 부르짖었다.

"가상보구 전개—— 덧없이 잊힌 성[카멜롯 이 마 주]!"

아니, 그건 아름다운 성채 그 자체인가.

안개로 만들어진 아리따운 성채[카 멜 롯]가 기사를 둘러싸며 우뚝 솟았다. 아득한 전실의 시대로부터 수많은 시인에게 칭송받던 백악(白堊)의 성. 화려한 원탁의 기사들이 모여 그들이 하나로 뭉친 동안은 어떠한 야만족도 괴물도 접근하지 못했다고 한다.

아아, 가상구축조차 할 수 없다고 했다. 무리를 하면 발동조차 못하고 죽을 뿐이라고. 그런 불가능을 지금 기사는 성취했다.

그런데.

그만한 기적조차 결국 가짜라고 단정하는 것처럼 헤르메스의 깃털 폭격이 엄습했다.

유리성, 같았다.

성채는 불과 몇 초가량 폭격을 막아냈다가 그걸로 끝나 싱겁게 깨졌다.

"빌어먹을, 하지만 속 시원하다! 저렇게 곱게 생겨 먹은 성, 정말 싫었거든!"

웃음소리와 함께 폭격이 기사를 뒤덮었다.

처절하게 휘말려 올라간 분진 저편으로 그의 모습이 사라졌다.

헤르메스가 드높이 울었다. 이번에야말로 승리를 확신했는가.

하지만 다른 현상이 새롭게 발생했다. 더한 폭격을 선사하고자 날개를 부풀렸을 때, 분진 내부에서 뭔가가 헤르메스에게 꽂혀 절대적인 위력으로 폭발했다.

헤르메스 자신의 모래 깃털이.

"흑————!"

폭풍의 여파로 손을 들면서 나는 그 의미를 깨닫고 오열을 억눌렀다.

안개의 성채는 어마어마한 폭격으로부터 기사의 몸을 지키진 않았다. 원래부터 그런 건 기사도 기대하지 않았다. 그 성채를 정말 싫어했다고 외치는 그의 가상보구에 그런 힘이 깃들 턱이 없다. 그러나 그 대신 자기 자신을 부순 헤르메스의 깃털 일부를 거두어 반전해 사출한다는, 야바위 같은 성질을 실현시켰던 것이다.

헤르메스 자신의 폭격이라면 통하는 건 당연. 천공을 나는 7대 병기가 대지 바로 가까이로 끌려가 떨어졌다.

……이 기사가 연약하기 그지없어서 실력으로 정면에서 쳐부순 적은 전혀 없으나, 어떠한 기사와 괴물에게도 그저 패배하지만은 않았던 것처럼.

그의 생명을 체현하듯이.

"서 케이!"

목소리는 돌아오지 않았다.

입버릇이 사나운 그 기사는 처음부터 무슨 착오였던 것처럼 사라졌다. 당연하다. 설령 폭격을 맞지 않았어도 서번트조차 아닌 몸으로 보구를 가상구축시켰다면 일시적인 영기 정도는 남지 않고 불타버린다.

어느 말을 나는 떠올렸다.

론고미니아드를 사용할 때, 그 십삼구속에서 그는 이렇게 말했다.

──그것은, 살아남기 위한 싸움이다.

처음에 나를 승인해 준 목소리.

그렇기에 살아남으려던 나를 평가해 주었을지도 모른다. 당장에라도 그 자리에 주저앉고 싶어질 충동을, 나는 필사적으로 참고 있었다. 그랬다간 서 케이가 목숨 걸고 남겨준 것이 깨져 버릴 느낌이 들었기에.

"서…… 케이……."

불러도 대답이 있을 턱이 없다.

대신에.

"……이히히히히. 참 오래 꿈속에서 헤맸군."

낫이 기괴한 쇳소리를 냈다.

불과 하루 미만 떨어져 있었을 뿐인 음성이 왜 이렇게나 그리울까.

"……애……드……?"

"히히히히히히히히! 간신히 눈을 떴다. 기억은 그거랑 공유하니까 상황은 알지만, 용케도 참 이런 복잡한 일이 되고 자빠졌는걸!"

여느 때와 같이 낫에 열린 눈알이 휘릭 움직이고 어떻게 보아 표정 풍부하게 말을 붙였다.

어쩌지. 울 것 같다.

줄곧 울고 있기만 한 느낌이다. 나는 이렇게나 무력하고 중요한 순간에 쓸모가 없으며, 그렇지만 지금만은 반드시 싸워야만 한다.

"애드……!"

낫을 꼬옥 움켜쥐었다.

"아야야야야야야야! 야 인마! 무식한 힘으로 움켜쥐지 마! 내가 돌아온 몫만큼 『강화』도 증폭되는 걸 잊은 게 아니겠지!"

그 말이 맞다.

나와 애드는 『강화』를 위한 마력 흡수를 분담하고 있다.

이만큼 마나가 짙은 공간에 애드가 참전했다면, 그 결과는 필연이다. 유례없을 만큼 농밀한 마력이 내 몸을 순환하고 있었다.

"힘을 빌려줘. 애드."

"아— 아—! 별수 없으니까 조금만이다! 뺵뺵 울지 말고!"

"당연, 하지!"

둑이 터진 것만 같은 감정을 참으며 나는 전력으로 지면을 박찼다.

＊

기사의 가상보구가 헤르메스의 모래 깃털을 상쇄하고, 그뿐만 아니라 일시적이라곤 해도 대지에 붙들어 맨 것을 딱딱한 표정으로 엘멜로이 2세는 지켜보고 있었다.

"……아아."

그리되겠거니 싶었다.

맡기라고 말하는 등은 본 적이 있다. 이미 돌아오지 않기를 각오한 등이다. 과거, 그의 인생을 규정한 왕도 비슷하게 진홍의 망토를 나부꼈다.

약간 부러웠다.

"죽은 자에게 마음을 남기지 말라. 용케도 그런 소리를 하는군."

옅게 쓴웃음을 짓는다.

그의 인생에 대해 이만큼 통렬한 말이 있을까.

동화는 싫어하지 않았다는 건 나름대로 감싸줄 심산이었을지도 모르지만, 그만큼 입이 험해서야 원탁에선 미움 사는 입장이었을 것이다.

그리고 없어선 안 될 존재였을 테지.

"선생님, 지시를 부탁할 수 있을까요."

"그래."

스빈의 말에 엘멜로이 2세도 끄덕였다.

천공을 비상하는 헤르메스는 현재 크게 기울어 제어를 잃었다.

그만큼 7대 병기로서의 연산 속도도 하락했다. 아직 결정적이진 않지만 이 틈에 준비해야만 할 일은 태산 같았다.

"플랫, 구축한 술식을 염화로 보내지. 아마도 저 로고스 리액트에 개입하려면 이쪽을 쓰는 편이 효율적일 거다."

도장과 함께 마력을 주입했다.

직접 사념정보가 전사된 플랫이 두 차례 눈을 깜빡였다.

"이거 교수님…… 하트리스의 웨빙에 있던?"

"그래. 이론만이라면 분석해 냈다. 너라면 이걸로 충분하겠지?"

"과연 교수님! 맡겨 주세요! 이런 건 도깨비에 방망이, 마리오에 스타, 가라데에 부메랑이죠!"

이미 원탁의 기사는 없다.

다음 헤르메스의 폭격에 그들은 버틸 수 없다. 무방비하게 깃털을 맞는다면 거의 틀림없이 아무도 살아남지 못할 것이다.

그래도 이제는 아무도 기죽지 않는다.

*

플랫 에스카르도스의 별명은 천혜의 골칫덩이였다.

에스카르도스 가문은 시계탑에서도 드물 만큼 해묵은 집안이다. 통상이라면 어지간히 수명이 긴 마술각인이라도 부패할 정도의 세월. 거기에다 소년이 태어나기 전까지 별다른 마술사를 배출한 것도 아니었다. 무릇 신비는 옛것일수록 힘을 가진다고 하는, 마술사의 세계 속에서 에스카르도스 가문은 드문 예외였다고 할 수 있다.

그럼 플랫이라는 신동이 태어나서 에스카르도스 가문이 환희했느냐면, 그것도 아니다.

처음에는 그랬었다.

집안이 오래된 것 외에는 범용, 역사만 그럴싸하다고 비웃음 사던 일족은 마침내 큰 꽃을 피울 때가 왔다고 크게 고조되었다.

그러나 그 기쁨을 계속 향수하기에는, 소년은 지나치게

뛰어났다.

너무 이단적이라고 말할 수 있으리라.

실제로 그는 부모에게도 살해당할 뻔했으니까.

따라서 천혜의 골칫덩이. 대부분의 마술사가 군침 흘리는 유례없는 천혜를 받았음에도 골칫덩이로서 꺼림칙하게 여겨진 아이.

'으음―, 왜 새삼스레 이런 기억이 나는 걸까?'

엘멜로이 2세로부터 전달된 술식을 재구축하면서 소년은 생각했다.

줄곧 실력을 내서는 안 된다고 생각했었다. 그러면 주변이 불행해지니까 대충 힘을 빼는 편이 낫다. 웃음은 위장하면 그만이고, 표정근을 마력으로 조종하는 것쯤은 가뿐하다. 위장을 간파할 수 있는 상대는 있지도 않다.

하지만, 그것은.

교수님과, 스빈을 만나기 전까지의 일.

――『선생님, 선생님! 이 녀석, 엄청 어질러진 냄새가 나는데요! 제가 부수어도 될까요!』

――『네에?! 정말로 이 녀석이 제 후배가 되는 건가요?! 그치만 이 따끔따끔한 냄새, 틀림없이 선생님을 곤란케 할 거예요! 물리기 전에 물어뜯는 편이!』

아아, 어쩌지. 그것만은 아직 비밀로 하고 있었다.

교수는 물론이거니와 첫마디부터 그런 말을 스빈에게 들어 소름이 돋을 만큼 기뻤다니.

'……그렇구나. 그건 그렇지!'

입술을 혀로 핥는다.

지금에 와서는 단순한 과거의 확인이다. 소년은 이제 두려워하지 않는다. 자신의 재능도, 재능을 구사하는 것도, 혹은 그 앞으로 내디디고 마는 것도.

왜냐면, 그렇다.

"자, 기다려."

추락한 헤르메스를 노려본다.

지금 여기는 자신이 전력을 휘둘러도 상관없는—— 어쩌면 전력으로도 불가능할지 모르는, 고대하던 장소니까——!

5

"당연, 하지!"

끄덕이고, 나는 대지를 박찼다.

서 케이가 소멸한 지점을 한달음에 추월하고 더욱 박찼다.

뒤돌아보지 않는다. 그런 시간일랑 없다. 그가 준 이 찰나를, 그런 식으로 소비하다니 당치 않다.

헤르메스가 다시 날아오르기 전에 도약해 동시에 나는 외치고 있었다.

"애드! 제1단계 응용 한정 해제!"

"이히히히히히! 그건 처음이군! 잘할 수 있겠냐!"

한순간 상자로 돌아간 낫이 루빅큐브처럼 재조립되어 변형했다.

그것은 거대한 날개 모양의 부메랑이었다.

단, 지금 사용한 것은 부메랑으로써가 아니라 활공익으로 써다. 결코 장거리를 날 수는 없지만 충분한 도움닫기를 붙이면 극히 단거리의 활공만은 가능하리라고 본 것이다. 지금까지 멀쩡히 써본 적이 없는 기능이었지만 마치 누군가에게 인도받는 것처럼 내 몸이 하늘을 미끄러졌다.

굴러 들어가듯 헤르메스의 등에 올라타서 그대로 달렸다.

헤르메스도 그에 반응했다.

올라탄 등에서 붉은 모래의 창이 형성되어 나를 향해 난사되었다.

"애드!"

다시 낫으로 되돌려 그 창들을 영격했다.

목적해야 할 곳은 알고 있다.

로고스 리액트가 정신의 아서 왕—— 해골왕을 흡수한 채라고 하면 그것도 당연할지 모른다.

등의 한 곳에, 내게는 뚜렷하게 보였다.

무수한 모래 창을 가르고 이어지는 공격은 몸을 틀어 회피. 어릿광대가 홀가분하게 외줄 타기를 하는 양 창 위를 또 박찬다.

그 허공에서 힘껏 단검을 내던졌다.

물론, 그래서는 표피에만 꽂힌다. 이로션의 날카로움은 기껏해야 평범한 단검과 같은 수준이다. 성조의 핵을 깊이 뚫는 것을 달성할 수 있을 턱이 없다. 모래 창도 신경 쓰지 않고 나를 꿰뚫고자 쇄도했다.

그렇지만.

"제1단계 응용 한정 해제 · 파성추^{배터링 램}!"

다시 변형한 그 형상은, 파성추. 본래는 여러 명이 함께 성문을 깨트리는, 공성병기의 이름.

서번트라도 D 랭크의 마력방출 스킬에 필적하는, 애드의 형태 중에서도 최대의 공격력을 자랑하는 형태. 나는 남은 마력 전부를 모아다 거기에 퍼붓고 사납게 울부짖었다.

"아아아아아아아아아아아아아아!"

덮쳐든 모래 창째로 때려부순다.

파성추로 표피에 박힌 이로션을 힘껏 때려 박는다——!

*

헤르메스가 크게 흔들렸다.

이번에야말로 지면에 추락해 자신의 몸도 내던져졌다.

아슬아슬하게 낙법만은 취했다. 우연이긴 했지만 스승님들이 대기하던 곳과 같은 방향이었다. 혹은 성조가, 스승님들을 공격하려던 결과였을지도 모른다.

어쨌든 간에 스승님이 추락한 성조를 쳐다보고 외쳤다.

"지금이다, 플랫!"

그 목소리와 함께 주문^{스 펠}을 외웠다.

"간섭 개시! 전 회로 접속!"
^{게임 셀렉트}　　^{서 킷 풀 커넥트}

플랫의 손에서 빛이 번뜩였다.

복잡하게 숫자와 기호가 녹아든 빛이라고 내 마술회로는 느꼈다.

아니 플랫만이 아니다. 그 빛의 근원은 스빈이다. 소년의 어깨에 손을 짚은 스빈에게서 방대한 마력이 공급되고 있었다. 힘찬 오드의 도움을 받아, 또한 스빈의 후각에 지원받아 플랫은 교묘하게 빛을 조작했다.

빛은 수정구로 뻗어서, 아마도 스승님에게서 맡은 술식의 효과로 더욱 신비의 사슬로 변했다.

붉은 연금술사의 성조를 신비의 사슬이 포박했다.

그러나 성조도 결코 공격받을 뿐만이 아니다. 바로 아까, 천재 소년들을 당황하게 했듯이 사슬에 다른 힘이 역류하는 것도 느꼈다.

내게는 그 이상 알 수 없다.

다만 헤르메스와 플랫과 스빈 틈새로 지금 막 승리의 저울이 흔들리고 있을 거라고밖에.

시간조차 알 수 없어질 정도의, 농밀하고 눈에 보이지 않는 공방.

"어느 쪽이……."

힘이 쭉 빠진 몸으로 나는 망연히 그 모습을 지켜보고 있었다.

문득 그 콧구멍을 익숙한 향이 간질였다.

스승님이, 시가를 피고 있었다.

내가 바라보는 동안에 꺼낸 모양이었다.

"그런 건 뻔하지. 이렇게까지 맞아떨어진 시점에서 말이야. 상대의 성능을 모른다면 반대로 당할 일도 있겠지만, 그 대부분도 처음 접촉으로 알았네."

스승님이 속삭이는 것을 나는 신기한 기분으로 듣고 있었다.

그 눈이 살며시 가늘어졌다.

부러워하듯.

시샘하듯.

저 너머의 별이라도, 바라보듯.

"――그렇다면 내 제자가 질 리가 없지 않나."

결코 억지스러운 허세도, 과도한 신뢰도 아니라, 스승님은 당연한 듯이 말했다.

――그리고.

그 말대로 되었다.

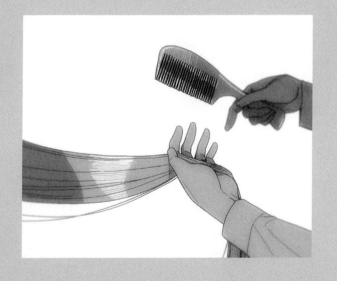

"──어머니와, 만나지 않아도 되겠나?"

물어본 제피아는 햇빛을 피하고자 나무그늘에 머물러 있었다.

야외였다.

마을에서 떨어진 산기슭이었다.

저녁놀로 태양도 8할가량 지평선에 저물어 있지만 아틀라스 원의 원장으로서 햇빛의 대책에 성공했다는 제피아도 아직 직사일광은 다소의 고통을 수반하는 모양이다. 평소의 망토에 더해 머리에는 후드를 쓰고 있었다.

"……네. 어머니는 무사한 거죠."

"그래. 페르난도 사제와 함께 쌍방이 빈사였기에 마땅한 조처를 한 다음에 시스터 일루미아와 함께 기슭의 성당교회 연고의 병원 근처로 이동시켰네. 생명에 별 지장은 없겠지. 성당교회는 자네 모친이 대신 희생한 것도 모르고, 이미 해골왕과의 인연도 끊어졌으니 마술적인 샘플도 되진 않아. ……결과적으로 따지면, 그 마을에선 아무도 죽지 않았어."

어쩐지 농담 같았다.

태산명동에 서일필. 그만큼 호들갑스럽기 그지없는 소동으로 고조되던 끝에, 결과는 그뿐인 일.

혹은, 그뿐인 일로 수습되었다.

부르르 떨리는 몸을 문질렀다. 2주차 여름에 닿아 있던 우리에게는 현실의 겨울바람이 다소 에었다.

"굳이 말하자면 정신의 아서 왕―― 해골왕은 예외일지도 모르지만 그녀 역시 정신 모델로서 로고스 리액트 안에 돌아갔을 뿐이야. 정신만의 존재에게 시간은 애매한 것. 땅속에 있던 세월도 불과 몇 분의 낮잠이나 다를 바 없겠지."

이미 싸움에서 반나절 가량이 지났다.

그 공간에서 복귀된 우리는 제피아가 뒤처리라고 칭한 작업을 기다리는 중에 몇 가지 설명을 듣고 있었다.

가로되, 아서 왕이 부활하거나 계약의 이행이 불가능하다고 판단될 때까지 로고스 리액트를 대여하고 아틀라스 원은 이 의식을 방해하지 않는다던 아틀라스의 계약은 속행.

이번 요인―― 어머니 및 정신의 아서 왕과의 접속이 끊어진 로고스 리액트는 현재 자기진단 · 복원 페이스로 들어간 모양이다. 대략 몇 년은 기동하지 않을 테고, 후유키 시의 성배전쟁 간격을 고려하면 한동안은 걱정할 필요 없을 거라고 했다.

물론, 마을에서 가장 열심히 아서 왕을 신앙하던 그 노파가 체념한 것은 아니겠지만, 체념을 안 해도 어쩔 방도가 없다고 할 수 있다. 그녀가 성당교회와의 싸움까지 결의한 이유는 육체와 정신과 혼이 모일 기회가 있었기 때문이지, 그것이 사라져 버린 이상 지금은 움직일 도리가 없으리라.

"소제가 살아 있는 건, 어머니는 알고 있을까요?"

"그건 전해졌겠지. 여하튼 한때는 로고스 리액트와 접속했었어. 일반인의 뇌로는 그 정보량은 한 톨도 수용할 수 없겠지만 그래도 자네가 살아 있었다는 인상 정도는 남아있을 터다."

"그렇다면, 됐어요. 소제가 살아 있는 것만 전해졌다면, 그것만으로도."

내가 만나러 가면 만에 하나 그 마을에 전해질 수도 있을 것이다. 그러면 자포자기한 노파나 다른 신자가 폭주할 가능성도 있다.

"뭐하면 변장해서 만나러 가는 수도 있는데?"

내 생각을 깨달았는지 플랫이 옆에서 말해 주었다.

그러고 보니 그 단추에 걸린 환술의 술식은 그대로로, 이쪽으로 돌아왔을 때는 내가 다른 얼굴이 되어 있었기에 깜짝 놀랐다. 2주차로 들어간 뒤의 우리는 로고스 리액트가 행한 가상재현이었다고 해서 거의 상처도 남지 않았다.

"괜찮아요. 그리고, 소제에게도 어머니에게도, 조금만 더 시간이 필요할 테니까요."

반드시, 만나자고 생각한다.

하지만 지금이 아니다. 좀 더 똑바로, 마음 정리가 되고 나서.

어머니가 내게 해 준 일에 어떤 의미가 있고, 어떤 마음이 담겨 있었던가. 더는 오해하지 않도록, 하나하나 재확인을 마친 다음에 하고 싶었다. 시간이 얼마나 걸릴지 아직 모르겠지만.

아니, 그 이전에 많은 마을 사람은 아서 왕의 부활 의식을 시작하려고 했는데 갑자기 여름이 끝나고 겨울이 찾아온 일에 곤혹스러워하고 있을 것이다. 향후 그 마을에 어떤 미래가 찾아들지는 모르지만 지금까지와 같을 리가 없으리라. 그런 의미로도 어머니가 성당교회 연고의 병원에 운반되었다는 건 안심할 수 있는 요인으로 여겨졌다.

그런 사고를 진행하고 있으려니 문득 스승님이 입을 열었다.

"……현시점에서 기사단 등이 움직이지 않는다는 말은, 성당교회도 아직 사태를 인식하지 못한 모양이군."

"어라? 그거 이상하지 않은가요? 이 반년, 마을에서 사람들이 사라졌다는 건 그 시스터 일루미아와 페르난도 사제의 연락도 반년 끊겼단 거죠? 애초에 그 마을의 감시를 위해서 보냈는데 그렇게 느긋하게 대기하는 경우가 있을까요."

스빈이 날카롭게 지적했다.

확실히 그건 지당하다. 애초에 위험시했다면 연락이 끊긴 시점에서 성당교회 본체가 나서는 편이 보통이다. 그러지 않은 이유가 뭔가 있다고 치면……

"누군가가 정보를 조작하고 있었다……?"

"하트리스인가."

"글쎄, 어떨까."

스승님이 얼버무린 제피아로부터 시선을 떼고 학생들에게 명령했다.

"플랫, 스빈. 먼저 기슭의 마을 상황을 확인해 줄 수 있겠나. 문제없다고 보지만 말마따나 성당교회 등이 와 있다간 성가셔."

"알겠습니다!"

"바로 다녀오겠습니다!"

플랫과 스빈이 인사하고 휙 뒤돌았다.

처음에는 가도를 평범하게 걷고 있었는데 어째선지 도중에 일방적인 말다툼을 시작하고, 마술 섞인 술래잡기를 시작한 게 참으로 그들답기는 했다. 상처는 몰라도 피로는 남아있을 텐데, 벌써 저렇게 기운찬 걸 보면 엘멜로이 교실의 쌍벽이란 두렵다 해야 할까.

그 둘을 배웅한 뒤에 스승님은 제피아 쪽을 돌아보았다.

"그런데 한 가지, 걸리던 사항이 있더군요. 작별하기 전에 여쭤도 상관없겠습니까."

"무엇인가?"

제피아의 채근에 스승님이 말을 이었다.

"순서가, 다른 게 아닐까 해서."

"순서?"

"네 가지 규칙은 묘지기의 마술각인과 연관이 있었습니다. 즉, 서기 이전까지 거슬러 올라가 블랙모아의 일족에 전해진 것이라고 생각해도 되겠죠."

"과연, 도리에 맞지."

수긍한 제피아의 머리 위에서 까마귀가 울었다.

저녁놀의 하늘에 그 목소리는 적적하게 들렸다.

벨사크도 당연히 이 현실로 돌아왔을 터다. 앞으로 그 마을이 어떻게 되어 가더라도 내게 다양한 지식과 기술을 주입해준 묘지기만은 그 땅을 떠나진 않을 거라고 여겼다. 생명이 다할 그날까지 블랙모아의 묘지기로서 살아갈 거라고.

"하지만 검은 성모는 아마도 모르간 르 페이에 기인한 것 —— 아서 왕 시대 것입니다. 그녀의 시대는 서기보다 나중. 제설이 있습니다만 대략 5세기경으로 보지요. 그런데 묘지기의 네 가지 규칙에 검은 성모가 들어 있는 이유는 무얼까요."

"딱히 모순은 아니야. 뒷시대에 누군가가 규칙을 추가한 거겠지. 원래 블랙모아의 묘지기는 우수한 혼의 운반자야.^{소울 캐리어}"

"그렇죠. 마술각인은 대대로 새롭게 마술을 새겨가는 것입니다. 지극히 자연스러운 일이라고 생각합니다. ……그러나 애당초 네 가지 규칙이란 것이 추가된 건 의외로 가까운 시대가 아닐까요? 예를 들면 수백 년 전. 당신이 아틀라스 원의 원장에 취임하신 것과 동시기가 아닌지."

스승님의 말에 한순간, 제피아의 눈썹이 실룩였다.

"무슨 말을 하고 싶은가."

"방금 순서와 반대가 됩니다만, 네 가지 규칙 중에 정말로 예로부터 있던 건 검은 성모뿐이라고 생각합니다. 아서 왕의 인자를 판별하고 효율적으로 높이기 위한 것입니다. 그 상은 그런 마술예장이기도 했겠죠. 하지만 나머지 규칙은 실제로 필요가 없습니다. ……네, 마을 사람을 부주의하게 신비에 접근시키지 않기 위해서라거나, 늪의 결계를 숨기기 위해서라거나, 그럴싸한 이유는 달 수 있습니다만 결국 남은 규칙은 단순히 뭔가를 하지 않는 것뿐으로 설정되었습니다. 예를 들면, 정기적으로 지켜보는 아틀라스의 연금술사가 사람들의 파라미터를 계산하기 쉬워지도록."

마지막 말에 나는 무심코 눈을 부릅떴다.

"이 땅의 로고스 리액트는 아틀라스의 계약이 이행되거

나, 이행 불가능이 결정될 때까지 회수할 수 없습니다. 당신은 어느 한쪽이 결정되는 것을 보다 알기 쉬운── 계산하기 쉬운 형태로 감시하고 있었죠. 물론 직접 감시하기 위한 예장 등을 두는 것도 가능했겠지만, 당신이 직접 개입하는 건 계약 위반이라고 이번 사건으로 확실해졌습니다. 마술각인과 똑같이 네 가지 규칙은 어디까지나 블랙모아의 묘지기에 대한 것. 당신이 가능한 범위로, 당시의 묘지기와 함께 아슬아슬한 선으로 설정한 것이 아닌가요."

스승님의 이야기가 끝나자 연금술사는 못 말리겠다는 양 어깨를 으쓱였다.

부정하지 않는 게, 이 경우 가장 큰 긍정이었다.

크게 스승님이 한숨을 쉬었다.

"나 원, 장기적이고도 용의주도한 이야기입니다."

"아틀라스 원의 연금술사도 마술사인 건 다를 바 없어. 전적으로 신용할 상대가 아니라고 처음부터 알고 있었잖은가?"

얼굴을 찌푸린 스승님에게 우습다는 듯 연금술사가 말했다.

"…………."

나는 아연하게 그 이야기를 듣고 있었다.

이번 사건만으로도 제피아의 인상은 두 번 세 번 돌변한다. 도대체 어떤 식으로 파악하면 되는 걸까. 처음에는 참으로 두려운 수수께끼의 인물로 여겼고, 로고스 리액트의 고

장이 알려진 뒤로는 세계의 수호자로 보였으며, 지금은 만만찮은 상인 같다. 아니, 아마 그 전부야말로 제피아 엘트남 아틀라시아라는 사도이며 연금술사이리라.

"역시 처음 알아챈 건 그거였을까?"

"네, 지하 신전에서 검은 성모와 모르간 르 페이에 대한 이야기를 했을 때입니다. 지금 생각하면 1주차의 당신은 명백한 힌트를 말했었으니까요. 이곳의 일족과 인연이 있는 사도가 이천 년 이상 전에 이름을 날렸다, 라든가."

그 말에 라이네스로부터 들은 이야기가 떠올랐다.

──『블랙모아란 본디 여기 일족과 연이 있는, 오래된 사도의 이름일세.』

──『새를 사역하는 마술사 출신의 사도로, 이천 년 이상 전에 이름을 날렸지만 안타깝게도 이 각본에선 소멸하고 말았지.』

설마, 이런 식으로 이어질 줄이야.

"뒷일은 순서대로 추측했을 뿐입니다. 당신이 이곳에 있는 이유. 인간을 형성하는 세 요소나 묘지의 이야기까지 했던 것. 하기야 확신에 이른 건 한심하게도 하트리스의 웨빙을 해독했을 때입니다만."

"내게도 도박이었고말고."

제피아는 어스름에 녹아들듯이 끄덕였다.

"수많은 가능성은 보이네. 검토할 수도 있어. 그러나 역시 현실은 하나밖에 없지. 흠, 그럼 나와 하트리스가 거래한 내용을 묻지 않아도 되겠나?"

"네. 그것만은 이미 확신을 가지고 있습니다. 당신이 무엇을 얻었는지는 몰라도 하트리스가 무엇을 바랐는지는 명백합니다."

"호오. 확인해도 되겠나?"

흥미롭게 물은 제피아에게 스승님은 주저 없이 대답했다.

"상관없습니다. 만약 하트리스가 이 마을의 술식에 대해 당신에게 물었다면, 그레이의 어머니를 정보원으로 삼을 필요는 없죠. 또한 하트리스는 기이할 정도로 신중하다——어떻게 보면 나와 비슷하게 겁쟁이일 정도로 예방책을 치고 있다——고 치면, 당신에게 의뢰할 건 딱 하나. 자신에 대해서 미래를 연산하지 않을 것이겠죠."

그렇게 결론짓고 말을 이었다.

"그렇기에 그가 관계한 일련의 사건은 당신에게도 사전에 해독할 수 있는 범위가 한정되어 있었다. 이번에 연거푸 선수를 빼앗기던 이유 중 하나겠죠."

"명답일세. ……더불어 말하자면 그로부터 제공받은 건 성배전쟁의 과거 데이터라서 말이야."

한순간, 이야기를 듣던 내 몸이 굳었다.

하트리스는 후유키 시의 성배전쟁에 대해 면밀하게 조사하던 적이 있었다. 아틀라스 원의 원장조차 모르는 데이터를 내놓은 것도 그런 경위 때문이리라.

그러나 그런 정보를 제피아가 바랐었다고 하면…….

"아아, 그렇게 긴장할 것 없네. 딱히 내가 성배전쟁에 참가할 작정이라거나, 그런 건 아니야. 단순히 그 성배전쟁을 형성하는 술식이 내게 흥미로웠을 뿐이네. 그래, 혼조차 재현해서 영령을 불러내는 그 술식은, 내가 희구하는 제3마법과의 인연이 있어."

육체와, 정신과, 혼.

지금에 이르기까지도 그 이야기는 몇 번쯤 나왔다.

단, 혼만은 어떠한 마술로도 재현할 수 없다고도.

그 예외가 제3마법. 본래 마술로도 불가능한── 인류에겐 아직도 실현할 수 없는, 그 앞날에 손가락을 걸기 위한 방법.

다만 그것은 이번 사건과도 관계없는 사항이리라. 스승님도 그 이상 파고들려고는 하지 않았다. 필요 이상의 지식은 도리어 위험을 부를 때도 있다……는 건, 스승님이 강의에서 곧잘 하던 말이다.

대신에 제피아는 갸웃했다.

"왜 그러는가?"

"한 가지만 더…… 여쭈어도 상관없겠습니까."

"맘대로 하게."

한 번 더 까마귀가 울었다.

어디선가 저녁 식사의 향이 났다. 착각일지도 모른다. 혹은 기슭 마을에서 누군가가 만드는 요리의 향이 바람을 타고 우연히 여기까지 왔을지도 모른다. 어머니가 만들어주던 스튜가 떠올랐다. 당시에는 살풍경하다고까지 여기던 냄새가 지금은 그저 그리웠다.

스승님은 이렇게 물었다.

"제가 해 온 일은 당신의 시점으로 봐서 옳은 선택이었을까요?"

"난센스한 질문이군. 세상에 잘못된 각본은 있지만 정녕 옳은 선택이란 존재하지 않아. 그런 게 있으면 아틀라스 원은 훨씬 옛날에 구원받았을 걸세. 혹은 일찌감치 다 끝나 버렸겠지. 어느 쪽이 편할지는 모르지만."

거기까지 말한 제피아는 대사를 끊었다.

눈을 깜빡이고 말았다.

지평선에 태양도 거의 다 저물고, 끈질긴 어스름에 숨어 뭔가 본 적이 없는 것이, 그의 입술에 깃든 것처럼 느껴졌기에.

"하지만 그를 감안해 말하자면…… 다른 누구도 못할, 자네만의 선택을 했군, 로드."

"……어."

얼빠진 목소리가 나오고 말았다.

어쩌면.

어쩌면, 혹시.

플랫과 스빈이 돌아오는 것조차 깨닫지 못하고 꽤 오랫동안 나는 그 상상에 사로잡혀 있었다.

항상 초연하고, 일종의 광기를 발로했을 때조차 사람이라기보다는 컴퓨터의 버그 같던 아틀라스 원의 원장—— 그런 그가 흘린, 너무나 인간미가 나는, 잊기 어려운 미소처럼 보였다.

*

런던에 돌아오자 무엇보다도 많은 소리들이 귀를 찔렀다.

이 도시는 다양한 소리로 가득하다. 라디오와 텔레비전에서 흐르는 음악은 물론이거니와 지나가는 사람들의 수다와 차의 배기음, 아이의 울음소리, 이곳저곳의 공사 소리마저도 혼연일체가 되어 뒤섞여 한 악단 같은 양상을 드러내고 있다.

그 시골에도 물론 많은 소리는 있었지만, 아마 가장 큰 차이는 그 주체가 인간이라는 점이다.

사람이 살아 있기에, 도가니처럼 모여 있기에 연주되는 오케스트라.

"…………."

처음 고향의 산에서 내려와 런던에 왔을 때는 늘어선 빌딩군을 마치 묘비 같다고 여겼다. 어디선가 대량으로 나타나 회색과 갈색의 건물로 빨려드는 사람들은 마치 명부를 방황하는 걷는 망자의 줄이라고.

지금은, 다르다.

빌딩은 빌딩이고, 묘지는 묘지다. 아무리 사람이 많을지라도, 한 토지에 모여들지라도 그건 그뿐이다. 특별한 의미를 억지로 붙일 필요는 없다. 아마 이런 감상도 시간이 지나면 또 변하겠지만 지금의 내 마음은 자못 싫어하지 않았다.

점심까지 몇 가지 용무를 마친 뒤에 오늘은 버스에 탔다.

슬러 거리 근처에서 내려 가까운 저택을 향한다.

10분도 걸리지 않아 도착했다.

사전에 들은 대로 뒷마당으로 돌아 두 번 벨을 누른 뒤 뒷문을 지났다. 역시 익숙해진 바라 안내를 안 기다리고도 헤매지 않고 복도를 걸을 수 있었다. 그래도 색이 뚜렷한 융단을 밟을 때마다 아주 약간 맥박이 빨라지는 건 어쩔 수 없다고 본다.

라이네스는 응접실에서 기다리고 있었다.

이쪽 손 주변을 보고 뭔가 생각지도 못한 거라도 본 것처럼 눈을 깜빡였다.

"그레이. 너, 그 손에 들고 있는 건?"

"저, 같이 과자를 먹을 수 없을까 해서. ……항상 라이네스 씨가 준비해 주실 뿐이니까요."

품격 있는 응접실에는 어울리지 않는, 싸구려 종이봉투를 든 채로 나는 굳어 있었다.

일단 백화점에서 사온 것이지만 여하튼 맛있는 가게를 찾아내는 심미안 같은 건 내게 전무하다. 이런 것도 경험치가 좌우하기 마련이라고 싫어도 깨우쳤다.

"내게, 네가 말이야?"

"네, 넷. 소제가, 라이네스 씨에게요."

잠시 라이네스는 야릇한 표정으로 굳어 있어서 맞선처럼 되고 말았다.

그래도 열심히 들고 있으려니 그녀 쪽에서 이렇게 말해 주었다.

"트림마우, 어울릴 만한 차를 골라 주겠어?"

"알겠습니다. 아가씨."

수은 메이드가 완벽한 인사를 행하고 방을 나갔다.

그 뒤로 그녀가 준비해 준 백자 접시에 내가 준비해 온 초콜릿을 실어주자 어쩐지 미안한 기분이 들었다.

상 위의 겉모습만으로도 라이네스가 평소 준비해 주는 것에는 전혀 미치지 못할 싸구려다. 권유받아 한입 먹고 더더욱 맹렬하게 부끄러워졌다. 귀까지 뜨겁다. 이만저만 광대가 아니다. 어째서 나는 이런 짓을 할 맘이 든 것일까.

아니나 다를까 내 눈앞에서 초콜릿을 먹은 라이네스는 신기하다는 듯이 눈을 크게 뜨고 있었다.

　자택인 만큼 안약을 넣지 않은 예쁜 불꽃색에 더더욱 미안함이 심화되었다.

　"……맛있군."

　"저, 저기, 무리 안 하셔도."

　"아니, 어째서일까. 확실히 맛은 대수롭잖아. 템퍼링에 실수했기 때문인지 식감이 곰실거리고 애초에 카카오의 품질이 별로라서 깊이도 부족한데…… 왜지. 맛있는데, 이건."

　한 번 더 소녀가 갸우뚱했다.

　갸우뚱하면서 연거푸 덥석 입에 넣고 있으니 거짓말도 아닌 모양이다. 생각해보니 사교모임 같은 필연성이라도 없으면 빈말을 할 상대가 아니다.

　나도 어쩐지 속은 기분으로 한 번 더 집어 먹어봤다.

　두 입째부터는 의외로 괜찮았다.

　라이네스 같은 섬세한 맛 분석은 못하지만, 그래, 응, 맛있었다.

　"두 분이기 때문이 아닌가 하고 트림마우는 지적합니다."

　"그럴 리 없잖아! 타인과의 관계성 따위로 맛이 변할까!"

　트림마우의 말에 웬일로 씩씩대며 라이네스가 대꾸했다.

　"무슨 말씀이죠?"

　"음. 아무것도 아니야."

　코를 쿵 실룩인 라이네스는 내 찻잔을 가리켰다.

"차도 마시도록. 다과 시간은 양쪽 다 즐기는 법이니까."

"네, 넷."

들은 대로 따랐다가 또 놀랐다.

트림마우가 타준 차를 마시자 평범하던 초콜릿은 휘릭 둔갑한 것 같았기 때문이다. 결코 평소의 라이네스가 준비해 주는 정도의, 밤하늘의 별을 장식한 것만 같은 선명함은 없어도 똑바로 땅에 발을 디딘 침착한 단맛.

같이 하나둘씩 집어 먹으며 아찔하게 호강하는 시간을 맛보았다.

과자와 차를 함께 즐길 수 있다는 게 무척 기쁘기 그지없었다.

그 뒤로.

고향에서의 이야기를 천천히 들은 라이네스가 이렇게 말을 꺼냈다.

"그렇군. 보고는 받았지만 아틀라스의 7대 병기까지 나올 줄이야."

기가 막힌 듯이 라이네스가 입술 끝을 말아 올렸다.

"잇달아 계속 아무리 로드라고는 해도 특출 난 골칫거리를 지나치게 끌어당기잖아……라고는 생각하지만, 이렇게 되면 우연이 아니겠지. 아니, 어떻게 보아 처음 만남만이 우연이었을지도 몰라."

"…………?"

의미를 알 수 없어 갸웃하자 라이네스는 살짝 쓴웃음 지었다.

"너와 오라비가 만난 것 말이야."

테이블 위에서 하얀 손가락이 흔들렸다.

쓱 하고 테두리를 따라가듯 닿았다. 아름다운 손가락이다. 도기인형 ^{비스크돌} 같은, 아름답게 있기 위한 조형. 하지만 그게 아님을 나는 안다. 그녀가 여기에 이르기 위해서 어느 정도의 장애를 치워 내고 어느 정도의 대가를 치러 왔는지를.

"물론, 그 또한 오라비가 대 서번트용의 인재를 찾던 것부터 일어난 일이겠지만 너희의 상성은 그런 점과는 별개로 맞물리고 있어. ……어떻게 보아 하트리스도 그렇겠지만."

거기까지 말한 소녀는 눈을 가늘게 떴다.

"오라비와 닥터 하트리스는 더 이전부터 틈만 나면 지나치게 맞물렸지. 그렇기에 같은 널리지의 학부장 같은 게 됐겠지만, 이 경우, 반드시 사고방식이 일치하는 것이 아니라는 게 요체지. 굳이 따지자면 요철이 맞아떨어졌다, 라고나 해야 할까."

"요철, 말인가요."

"그렇고말고. 플랫과 스빈 같은 거지. 잘되면 서로를 보충하는 관계를 쌓을 수 있겠지만, 안 좋으면……."

"안 좋으면?"

되물은 내게 라이네스가 초콜릿을 두 개 들어 올렸다.

두 손에 들고 눈앞에서 탁 맞부딪쳤다.

"어느 한쪽이 망가질 수밖에 없잖아."

그 말에 심장이 펄떡거렸다. 다른 누군가가 아니라 필시 가장 스승님을 잘 아는 한 명일 라이네스의 입에서 나왔기 때문에 실감 나는 설득력이 있었다.

한편 맞부딪친 초콜릿을 둘 다 입에 넣은 뒤 라이네스는 다리를 흔들면서 천장을 올려다보았다.

"그나저나 이쪽 조사도 좀 묘한 느낌이라서 말이야."

"뭔가, 있었나요."

"새해라고 해서 시계탑 주변의 파티도 많았고, 이 기회니까 이곳저곳 들쑤셔봤지. 귀족주의, 민주주의, 중립주의, 각각의 정보통을 둘러봤지만…… 응, 역시 지나치리만치 성배전쟁의 소문이 안 퍼졌어."

"소문이?"

갸우뚱하자 라이네스는 살짝 끄덕였다.

"그래. 애초에 명색이 엘멜로이 파의 로드였던 케이네스가 죽은 것에 비해 성배전쟁의 취급이 변경의 일개 마술 의식에서 변함이 없다곤 생각했었는데. 이번 제5차 성배전쟁에 임해서 시계탑은 후유키 시에 일부러 봉인지정 집행자까지 보냈어. 하는 짓은 충분한 조치인데 그 소문이 거의 시계탑에 퍼지지 않았지. 정보 분포에 낙차가 너무 커."

소녀의 고찰은 시계탑에서 항상 권력항쟁 도가니 속에 있는 자만이 가진 날카로움을 품고 있었다.

물론 스승님에게도 그 능력은 있지만 역시 라이네스와 비교하면 못하다. 경험도 물론이거니와 타고난 성질과 성격이 크지 않을까, 몰래 나는 생각 중이다.

"자고로 마술사의 세계에서 그런 짓이 가능한 조직은 한 곳밖에 없어."

한 입 더, 이번에는 아몬드 초콜릿을 입에 넣고 나서 소녀는 검지를 세웠다.

"법정과지."

뇌리에 떠오른 것은 당연히 여태까지 여러 번 해후한 법정과의 마술사였다. 뱀이 연상되는, 극동의 민족의상을 두른 여성.^{사람}

아다시노 히시리.

그녀라면 어떤 수단을 써도 이상하지 않다. 박리성 아드라에서도 레일 체펠린에서도 스승님의 추리에 한 발도 뒤지지 않던 마술사.

다만 내가 지금 침을 삼킨 것은 또 다른 이유였다.

"그 뒤 제피아가, 비슷한 말을 했었어요."

"호오. 무슨 말을?"

흥미로운 듯 라이네스가 몸을 내밀었다.

쭈뼛쭈뼛 내가 입에 담은 건 헤어지기 직전, 별 뜻 없는 내색으로 그 연금술사가 꺼낸 말이었다.

"하트리스는 자네의 적일지도 모르지만 시계탑의 적이라고는 단정할 수 없네……라고."

위장 속에 오싹 하고 꺼림칙한 감각이 고여 있었다.

결코 시계탑은 청렴결백한 조직이 아니다. 여러 인간의 의도가 뒤엉켜 권력의 다중구조로 부패했다……는 의미로는 그야말로 아틀라스 원일랑 비교도 되지 않을 지경이다. 누가 아군이고 누가 적인지 알 노릇이 없다.

그렇다면.

시계탑 안에 하트리스의 아군이 있다고 여기는 편이 자연스럽지 않은가.

"그렇군. 이쪽에서도 조사해 두겠지만 만약 법정과가 상대라면 기대하지 말아줘. ……애초에 법정과가 하나로 똘똘 뭉친 조직이라고도 단정 못하지만."

다소 우울하게 라이네스가 한쪽 눈을 감았다.

권모술수는 일상다반사인 시계탑이라 해도 법정과는 특별한 이름이었다. 그녀가 놓는 수도 필연적으로 제한될 것이다.

"그런데, 제피아가 말한 건 그게 다일까?"

라이네스가 고양이 장난 같은 몸짓으로 스윽 테이블에 몸을 내밀었다.

동그란 눈 속에 굵은 빛이 빛나고 있었다. 남녀를 불문하고 빨려들 것 같은 매력을 느끼는 자는 많을 것이다.

"그, 그런데요."

"정말로? 정말이야?"

슬금, 슬금, 라이네스가 다가붙었을 때였다.

"이히히히히히! 눈을 떠보니 눈요기 타임이잖아!"

오른쪽 어깨의 고정구(후크) 속에서 갑자기 요란한 외침소리가 튀어나온 것이다.

"애드."

"히히히, 여자 모임이라니 그레이 주제에 건방져! 이 기회니까 나도 끼게 하라고! 나는 상자니까 성별 같은 건 없지만 뭐 그때마다 유리한 걸로 하자! 이 기회에 파자마 파티든 뭐든 실례하겠지만 내 취향의 미녀라도 불러주면 더욱 좋──."

희망대로 후크를 풀고 힘껏 흔들어주었다. 벌레를 깔아뭉갠 것 같은 비명이 터지지만 신경 안 쓴다. 써 줄까 봐. 얼마나 걱정을 끼친 줄 아는 거야.

라이네스가 손뼉을 치며 좋아하고 트림마우는 새침한 표정의 표면에 아우성치는 상자를 비출 뿐.

아주 즐거운 시간이었다.

무심코 에스컬레이트해서 애드를 너무 괴롭히는 바람에 나중에 사과하는 처지가 될 만큼.

무심코 울어 버릴 것만 같을 만큼.

사실은, 들은 말은 하나 더 있었다.

하지만 그것만은, 라이네스에게도 애드에게도 밝힐 수 없었다.

*

──그의 말은, 이러했다.

로고스 리액트와의 싸움 뒤.

애드가 다시 잠들어있을 때, 제피아가 화제를 꺼냈다. 우연히 스승님과 플랫 일행이 향후에 대해 상담하던 타이밍이기도 하며, 이쪽에서는 주의가 벗어나 있었다.

"이번 사례로 충고해 두겠지만, 이후 론고미니아드는 쓰지 않는 편이 좋을 것이야."

"……어."

갑자기 그런 말을 들을 줄 몰라서 나는 대답이 곤궁해졌다.

"왜, 인가요."

"자네는 그 레일 체펠린에서 론고미니아드를 해방했겠지. 확실히 이야기의 막을 내리기에는 어울리는 보구이고말고. 과거 무대의 주역을 연기한 영령들 또한 그 세상 끝의 닻에는 한 수 무를 수밖에 없겠지. 하지만 불완전했던 것 같으니 망정이지 만약 십삼구속에서 가결되어 완전히 해방되었다간 틀림없이 애드는 파괴되었어."

"……아."

그 말이 몹시 납득이 됐다.

확실히 애드가 유난히 수면을 바라게 된 건 그 레일 체펠린 이후였기 때문이다. 그 수면은 애드의 복원에 필요한 휴식이었던가.

"그는 극히 고도의 예장이야. 어느 정도까지는 자동복원하네. 하지만 그래도 빠듯했겠지. 불완전하다고는 해도 십삼구속이 해방된 성창은 그만한 부담을 강요했어. 무리도 아니지. 설령 오리지널이라도 다소 벅찬 상대인 건 틀림없네."

"오리지널?"

"흠, 깨닫지 못했나? 물론 애드의 기억에는 제한이 걸려있지만 이런 건 명색이 서 케이의 정신 모델을 현현시킨 시점에서 명백하지 않나. 하물며 가상보구 같은 걸 구축해 내서야 달리 없겠지. 물론 그것 또한 오리지널의 연상공간 안이기에 가능한 곡예겠지만."

그렇게 말한 아틀라스 원의 연금술사는 이렇게 고했다.

"봉인예장인 애드의 핵은 로고스 리액트 레플리카다."

＊

연금술사의 말은 뺄 수 없는 가시처럼 여전히 가슴에 박혀 있었다.

스승님이라면 이미 눈치챘을지도 모른다. 제피아가 말한 대로 추론을 거듭하면 도달할 정도의 사실이었다. 스승님의 관찰안으로 간파되지 않은 게 오히려 부자연스러울 정도다.

'······하지만.'

하지만 애드가 망가질 가능성에 대해서는?

론고미니아드를 해방할 상황은 거의 없다. 그러나 하트리스와 얽혀든다면 그런 상황이 안 온다고도 말할 수 없는 판국이다. 하물며 이만큼 몇 번씩 성배전쟁이라는 키워드가 나온다면 극동의 제5차 성배전쟁을 지척에 둔 지금, 언제 대사건이 일어나지 않는다고도 단정할 수 없다.

만약 스승님이나 라이네스에게 생명의 위험이 닥쳐들면 나는 론고미니아드를 휘두를까?

그런 물음이 머릿속을 몇 번씩 오갔다. 이렇게 한 가지 생각에 고민한 건 태어나서 한 번도 없었을 정도다.

이튿날이 되어 나는 기숙사를 나가 드루이드 스트리트로 향했다.

쌀쌀할 시기라 입김이 하얗게 물들었다. 불과 며칠 전, 우리는 여름을 구가하고 있었다고 말해서 믿을 사람은 이 런던에 몇 명 있을까.

아직 엘멜로이 교실의 수업은 본격적으로 재개하지 않았다.

왜냐하면 최고 책임자인 스승님이 복귀하지 않았기 때문이다. 수업 자체는 샤르댕 옹을 비롯한 현대마술과가 자랑하는 강사진이 맡고 있기에 특별히 문제는 없지만 왠지 모르게 교실도 빠릿하지 못한 감은 있었다.

어둑한 드루이드 스트리트에서 결계가 깔린 옆길로 이동했다.

이쪽의 연립주택^{플랫} 쪽에도 가끔 애첩 지망생인 이베트가 밀어닥치기도 하지만, 다른 열성적인 학생들도 새치기당하지 않도록 안테나를 세우고 있어 그 결과 갑작스러운 결전장이 벌어져 스승님에게 내쫓긴다……는 광경도 본 적이 있었다.

나선계단을 올라 노크를 한 뒤에 문을 열었다. 잠기지는 않아서 현관 바로 저편에 어질러진 방이 펼쳐져 있었다. 대량의 책과 서류와 옷과 담배와 의약품 같은 병과── 웬일로 술과 통조림까지, 기타 등등이 쌓인, 멋질 정도의 혼돈이었다.

더욱 안쪽에 늘 있는 인영이 보여서 무심코 쓴웃음 짓고 말았다.

조금 긴장이 과하게 풀린 건 아닐까.

고르디아스의 매듭이 모티프인 복제 회화^{레플리카}를 등지고 스승님은 소파에 깊이 기대──라기보다 반쯤 파묻혀 있었다.

참으로 칠칠치 못한 자세로 아무 생각 없이 컨트롤러를 만지고 있다.

그런 식으로 게임을 하는 스승님을 보는 건 퍽 오랜만인 느낌이었다.

"스승님, 말씀하셨던 스낵과 콜라를 준비했는데요."

"거기에 놔둬 주게."

액정 TV의 화면에서 시선을 떼지 않고 담배를 꼬나문 채로 스승님이 말했다.

입가에 약간 수염이 나 있다. 혹시 어젯밤부터 내내 놀고 있던 것일까. 그건 물론 피로를 달래기 위해서 이틀가량 자택에 틀어박히겠고는 말했지만 설마 게임 삼매경일 줄이야.

아니.

앞서 한 말 취소. 그렇게 되지 않을까 하고는 자못 생각했었다. 스승님인걸. 늘 피우는 시가가 아니라 안이하게 필 수 있는 담배인 것도 아마 게임에 집중하기 위해서일 것이다.

작게 한숨을 쉬고 내가 먼저 제의했다.

"최소한 머리라도 다듬어도 상관없을까요?"

"맘대로 해 주게."

열심히 화면을 보면서 스승님이 말했다.

너무 응시하고 있기에 안정피로가 되지 않을까 불안해지지만, 그거야말로 마술로 어떻게든 되는 것일까. 만약 되더라도 평범한 의사에게 맡기는 것보다 자릿수 하나는 많이 날아가서 일주일쯤 푸념할 것 같기도 하지만.

어쨌든 빗기 쉽도록 자세만 바로잡게 하고, 등 뒤에서 살며시 머리카락을 만졌다.

꺼낸 빗을 넣어서 털끝부터 정돈한다.

설렁설렁 생활하는 것에 비해선 헝클어짐이 적은 건 마술에 따른 것일까. 머리카락을 기르는 것도 마술 때문이라고는 알았지만 본래는 여성 마술사를 위한 기술로, 남성이 해봤자 리스크도 적지만 리턴도 별 게 아니라고 자조하던 기억이 있다. 자조하면서도 빼먹지 않는 구석도 스승님다웠지만.

플레이하는 게임은 아무래도 RPG 같아서, 주인공 같은 빨강머리에 갑옷을 두른 캐릭터가 검을 휘두를 때마다 화려한 이펙트와 함께 몬스터가 쓰러진다. 스승님이 플레이하는 게임은 다양한 장르에 걸쳐 있지만 일본제 시뮬레이션 게임과 RPG가 유달리 취향인 모양이었다.

"……잠깐, 대화 괜찮을까요."

그렇게 물었다.

"게임하면서라도 괜찮으면."

마음이 들뜬 대답이 어째선지 살짝 기쁘다. 아주 살짝만.

탁자 위의 물건을 힐끔 보고.

"이쪽의 약을 두고 간 건 멜빈 씨인가요."

"그래. 런던에 돌아온 그 날에 찾아와서 피로 해소의 마술약과 통조림과 술만 억지로 떠넘기고 가더군. 배는 고팠으니 일단 마술약과 통조림을 받았다만."

"역시."

절반은 필수품, 절반은 취미 물건으로 갖춘 구석이 멜빈답다. 일단 필요한 것은 받는다는, 스승님의 성질을 잘 이해하고 있다. 하는 김에 말하면 받아든 물건도 빈틈없이 체크하고 스승님에게 지운 빚을 목록화했을 것이다. 그 자칭 왕절친, 통도 크지만 수금도 악마와 같다.

그렇지만.

그 이상으로 이럴 때 스승님과 만나러 와 줬다는 마음씨가 기뻤다.

이번 사건에선 몹시 지친 느낌이었다.

해결이야 했지만 스승님에게도 내게도 새 상처가 남아있다. 그것은 눈에 보이는 것이 아니고, 아무리 건강하게 보여도 갑자기 멈춰 서 버리고 싶어지는 마음의 상처다.

처음으로 죽은 사람도 안 나오고 오히려 죽었어야 할 어머니와 사제를 구하는 데에도 성공했다. 이보다 더 기쁜 일도 없어 안도해야 마땅한데, 그 이상으로 끈덕진 피로가 몸 이곳저곳에 침전해 있었다.

아마 끝나지 않았다고 느꼈기 때문이다.

아직 사건은 끝나지 않았다. 가장 중요한 곳에 우리는 아직 메스를 대지 않았다.

한동안 전자음과 숨소리, 머리를 빗는 자그마한 빗질 소리만이 뒤섞였다.

그러다가 문득 스승님이 중얼거렸다.

"……그런 말은, 물을 게 아니었어."

뭘 말하는지는, 말 안 해도 알 수 있었다.

제피아에게 자신이 옳았느냐 글렀느냐고 물은 것이리라.

"조금은 나아진 줄 알았지만 역시 변함없이 미숙해. 인간이란 건 어지간히 성장하지 않는 듯해."

"처음 만났을 때도 그런 말씀을 하셨어요."

말하면서 나도 떠올렸다.

──『나는, 하나도 성장하지 못했네. 그 시절부터 하나도 안 변했어. 되고 싶던 나 자신과 전혀 가까워지지 못했어.』

피맺힌 말이라고 느꼈다.

아마 그 대사가 있었기에 나는 스승님을 따라간 것이다. 이 사람은 옳은 답은 주지 않을지도 모르지만, 아마 나와 함께 고민하며 괴로워하고 상처 입어 줄 거라고, 그렇게 여겼기에.

당시의 상상은 옳았다.

그렇지만 이런 식으로 괴로워질 줄은 몰랐다.

"소제는 더 미숙하니까 늘 소리치고 싶어져요. 누군가가 옳다고 말해 줬으면 해져요."

"나태하군, 피차."

"그럴지도 모르죠."

되도록 천천히 머리를 빗으면서 나는 끄덕였다.

다시 잠시간 침묵이 내려앉았다. 화면 속의 영웅은 바쁘게 뛰어다니고 있다. 아무래도 종반인지 마법사로 보이는 인물은 화면을 여러 번 전환해야만 할 만큼 대량의 주문을 외우고 있다. 스승님이 이런 마법사를 조작하는 건 좀 얄궂은 느낌이 없지도 않다.

"이것만은 말해 두지."

스승님이 화면을 본 채로 중얼거렸다.

"친구는 소중히 하게. 설령 속절없는 상황에 내몰리더라도 나를 위해서 묘한 대가를 치를 필요는 없어. 제자의 보호를 받는 스승인 건 체념했지만 제자에게 시답잖은 갈등을 시킬 바에는 냉큼 죽는 편이 나아."

"…………."

……간파되고 있었다.

애드는 다시 잠들었는지 쓸데없는 참견을 하지 않았다.

게임을 플레이 중인 스승님은 얄미울 만큼 표정을 바꾸지 않았다. 내가 고민하는 것쯤이야 훤히 내다보이는지, 그런 것은 알 바가 아닌지. 아니면 비슷하게 고민해 주었는지.

"……네."

살며시 끄덕였다.

그저 아주 약간 심술도 부리고 싶어졌다.

"스승님은, 치사해요."

"음, 그런가."

"네. 왜냐면 자기는 만날 몸을 험하게 굴리고 희생을 치르고 있어요. 타인에게만 요구하는 건 무책임하다고 봐요."

"……미안하네."

자각이 있었는지 스승님이 순순히 고개 숙였다.

"용서해 드릴게요. 대신에 한 가지 대답해 주세요."

"무엇이지?"

되물었다.

머리를 빗으면서 몰래 호흡을 골랐다.

요 며칠, 줄곧 궁금하던 점이었다. 서둘러 질문을 구체적으로 정리하면서 이런 식으로 꺼냈다.

"나를 모르는 너와 만날 용기가 없었다고 그 2주차에서 말씀하셨죠."

"그거야말로 기억 안 해도 좋네만."

스승님의 미간 주름이 모였다.

어지간히 당시 기억은 떠올리기 싫은 모양이다.

솔직히 말하면 나도 부끄럽다. 만약 스승님이 나를 몰랐다면, 그대로 무너져서 산산이 깨지지 않았을까 하는 자신감이 있기 때문이다.

그렇지만 이것만은 꼭 물어보고 싶었다.

"스승님을 기억하지 못하는 임금님과, 만날 용기는요?"

"…………."

대답은, 바로 나오지 않았다.

"아마 스승님은 각오야 하셨겠죠. 레일 체펠린에서도 서로의 기억에 남았다는 행복은 자신의 인생으론 다 치를 수 없다고 그러셨으니까. 하지만 각오는 했어도 그 용기는 있는 걸까요? 어떡하면 그런 용기를 가질 수 있을까요?"

용기를 가지고 싶다.

정론을 읊기보다 빨리, 한 번 더 모친과 만날 용기가.

자상하게 간파되는 게 아니라, 애드와 라이네스에게 진실을 고백할 용기가. 당신들이 없어진다고 생각하기만 해도 무서워서 밤에도 잠을 못 이룬다고 털어놓을 용기가. 대체 어떡하면 그런 마음을 가질 수 있는 것일까.

달칵달칵 버튼을 누르는 소리만이 이어졌다.

얼마든지 기다리자고 생각했다. 나는 그다지 인내심 강한 편이라고는 생각하지 않지만, 극히 드물게 얼마든지 기다릴 수 있는, 그럴 때는 있다.

지금이 그랬다.

이윽고.

"제5차 성배전쟁을 체념한 이상, 만날 일은 거의 없겠지만."

운을 떼면서 기다란 손가락이 담배를 끼웠다.

회색 연기가 천장과의 사이에 떠오르고, 그 연기에 싣듯이 스승님이 중얼거렸다.

"그렇지만…… 그런 기적이 일어난다고 하면 그때 그 녀석에게, 어떤 식으로 말을 걸면 되냐고, 그런 건 지금도 내내 생각하고 있네. 그러니 아직 내게도 그런 용기는 없어."

미소와 함께 속삭였다.

"하지만 그때가 되면 용기가 있든 없든…… 응, 단순한 착각이라도 한 발짝 내디딜 자신이고 싶다고, 그리 생각하네. 아마 그뿐일세."

부끄러운 내색으로 말한 옆얼굴이 가슴에 쑥 들어섰다.

너무나 진지한 눈빛에 괴로워질 정도였다.

애드의 정체도, 시계탑의 의도도, 하트리스의 암약도 지금만은 멀고, 나는 그저 열심히 빗만을 놀리고 있었다.

하지만 그것이 한때일 뿐이라는 것도 이미 알고 있었다.

제5차 성배전쟁과 마찬가지로── 시계탑이 중심인 이 일련의 사건 또한 종막으로 치닫고 있음을, 스승님도 나도 예감했기 때문이다.

〈끝〉

해설

마술 (魔術)

인간의 마음을 홀리는, 신비로운 술법.
——신메이카이 국어사전 제2판

초자연적 존재 및 신비적 능력의 도움을 빌려 신비로운
일을 행하는 술법.
——일본대백과전서 (닛포니카)

마력으로 행하는 신비로운 술법. 인심을 홀리는 신비로운
술법. 요술. 마법.
——일본국어대사전

현대에는 이처럼 정의되지만, 옛적엔 지식이란 곧 마술이
었다.

머나먼 과거, 우리의 선조가 살던 시대의 이야기다.

기도와 의식 다음으로 창출된 학문 및 기술 또한 당초에는 마술의 일종이었다.

과학 이전의 세계에서 발견 및 발명 중 일부는 마술사들의 힘이며 가치이고 결코 외부로 누설해서는 안 되는 것이었다.

수메르, 이집트, 인도, 중국, 그리스를 비롯한 지중해 세계. 수많은 고대 문명에서 마술사들은 종종 자신들의 기술을 공표하지 않고 비밀로 했다고 한다.

시간이 지나며 비밀이 유출되고 발표되다가 이윽고 과학이 성립된다. 여전히 수호받던 오컬티즘으로서 남은 경이와 신비조차 비전 공개자라고 불린 엘리파스 레비의 출현에서 이어지는 근대의 조류 속에 대다수가 해명되었다.

여러분은 알아챘을 것이다.

마술. 신비의 은닉. 이 사항들은 본서의 주인공인 로드 엘멜로이 2세를 비롯한 '마술사'들의 모습과 많이 닮았다고.

대중의 눈길로부터 신비를 은닉하고 역사와 사회 뒷면에 살면서 면면히 지식을 축적하며 기술을 갈고닦는 마술사들의 모습은, 그렇다, 그야말로 현실의 마술사와 들어맞는다.

물론 의도된 것이리라.

모든 원점인 나스 키노코 씨는 『공의 경계』 『월희』 『Fate/stay night』 『마법사의 밤』 같은 여러 작품을 만들어낸 한편(정열적인 필치로 이 명저들을 지은 한편으로) 묘사 및 설정 속에 이러한 현실과의 연결고리를(링크) 의식적으로 박아 두었다.

세계의 모습은 우리 눈에 보이는 것만이 다가 아니라, 뒷면에는 숨겨진 진실이 있고 또 하나의 놀라운 세계가 펼쳐져 있다——.

경탄스러운 작가성과 상상력의 발로가 면밀한 지식의 지반과 융합해서 구체화된다.

때로 전기(傳奇)라고도 부르는 서사 분류에서 눈부시게 빛나는 정통파 스타일이다.

여러 작품을 발표하고 많은 세월이 지난 현재, 이 전투법을(스타일) 가장 짙게 물려받은 모습으로 지어내는 이야기가 있다. 명확한 의도로 넘치는 재기를 살려 그처럼 정교하게 지어내면서 싸우는 한 작가가 있다.

산다 마코토 선생이다.

본래 산다 마코토 선생은 '마술'이 장기인 작가로 널리 알려졌다.

찬연하게 빛나는 『렌탈 마법사』 시리즈라는 뛰어난 저작이 있으며, 최근에는 『크로스×레갈리아』 등도 기억에 선하다. 현실과 가공 속에 살아가는 마술이 무엇인지를 알고, 때로 들추어내면서 세계를 개척해 그곳에 사는 사람들을 그리고 가슴 설레는 이야기를 구성하는 프로페셔널이다.

나스 키노코 씨의 맹우로도 유명한 산다 선생이 여러 작품(본 시리즈 제5권 해설에서 히가시데 유이치로 씨가 거론한 『Fate』 세계, TYPE-MOON 세계, 해외식으로 말하자면 Nasu verse)의 최신작을 손대게 된 건 아마도 운명이나 다름없는 필연이었을 것이다.

지금, 시리즈 제7권이 되는 본서로 이야기는 네 번째 사건을 마친다.

과거의 『Fate』 세계에서 찾아온 방문자라고도 할 수 있는 존재와 만나서 함께 싸우고 【살아남은】 엘멜로이 2세는, 그레이는, 앞으로 어떠한 여정을 걸을 것인가. 우리 세계에서 마술의 경이가 시간의 경과와 함께 밝혀졌듯이 그들의 이야기는 완결이라는 종착점에 이르러 아직도 설명되지 않은 수수께끼들을 마침내 밝힐 것인가.

본서의 결말을 기해 마침내 시작될 「로드 엘멜로이의 사건부」 마지막 사건을, 산다 마코토 선생의 마지막 싸움을, 부디 눈을 크게 뜨며 기다리시길 바라겠다.

산다 마코토 선생은 기어코 모든 것을 성취할 것이다.

경이에 도전한 그 엘리파스 레비처럼.

사건에 도전한 로드 엘멜로이 2세처럼.

후기

산다 마코토

──예를 들면, 먼 옛날에 나눈 약속.

예를 들면, 추억 속에서만 사는 누군가의 웃음.

죽은 이의 기억이란 언제나 이처럼, 흐려지다가 사라지는 것이야말로 축복이련가.

오래 기다리셨습니다.

『로드 엘멜로이 2세의 사건부』 7권 『아틀라스의 계약(하)』를 보내드립니다.

지난 편에는 기묘한 시골이 마침내 본래 모습을 폭로하고 새로운(그러나 이야기의 그늘 속에선 줄곧 숨어 있던) 인물이 나타난다……는 시점에서 끝났기 때문에 기다리다 지친 분도 계실 거라 생각합니다. 약속대로 보내드릴 수 있어 누구보다 제가 먼저 안심하고 있습니다.

상권에서도 썼듯이 이는 죽음과 무덤의 이야기입니다.

여기서 말하는 무덤이란 단순히 죽은 사람이 잠든 장소일

뿐만이 아니라, 죽은 사람과 마주하는 장소이기도 합니다. 아득한 과거와 마주해 현재의 자기 모습을 돌아보고 미래를 모색하기 위한 이정표이기도 한 겁니다. 죽은 사람이란 이 세상에서 없어진 사람들이 아니고 바로 우리 안에서 맥동하고 있는 사상과 같기 때문입니다.

그렇기에 그레이의 고향이자 블랙모아의 묘지에 다가선 이 이야기는 필연적으로 과거와 현재와 미래 전부를 다루게 되었습니다. 시리즈 전체의 수수께끼를 드디어 공개하는 권이기도 하여, 시간순이나 일어난 사건을 체크하느라 저 또한 자기 원고를 여러 번 다시 읽었습니다.

그리고 이번 편에서 이야기한 것은 죽음과 무덤만이 아닙니다.

묘지와 밀접하게 얽힌 마을 사람들의 비원.

바싹 달라붙은 아틀라스 원의 그림자.

그들을 감시하는 성당교회.

언뜻 보면 다소 별날 뿐이던 시골에 갖가지 개인과 조직의 의도가 뒤엉켜 타입문 세계이기에 가능한 어둠을 형성하고 있습니다. 사람에 따라서는 광기라고 부를 그 어둠은 동시에 아주 매력적인 요소라고…… 그렇게 생각하며 써 온 이야기입니다만, 당신께서 수긍해 주신다면 그보다 더 기쁜 건 없습니다.

＊

　자, 전권에서도 언급했습니다만 드디어 영 에이스에서
『로드 엘멜로이 2세의 사건부』 만화판이 시작되었습니다!
아즈마 토우 씨로부터 처음 콘티를 받았을 때의 감동이란!
페이지 구석구석에서 마술의 입김을 느낄 정도의 '압력'이
느껴지는 결과물이 나와 벌써 단행본으로 나올 게 더 없이
기대됩니다.

　또한 여느 때처럼 정교한 마술고증을 담당해 주신 미와 키
요무네 씨, 박력과 미려함이 함께하는 일러스트를 그려주신
사카모토 미네지 씨, 플랫의 대사 등을 체크해 주신 나리타
료고 씨, 감수 및 편집 등 구석구석까지 대응해 주신 나스 키
노코 씨와 OKSG 씨를 비롯한 타입문 여러분께 감사를.

　이전 타입문 에이스의 인터뷰 등에서 말한 적이 있었지만
『로드 엘멜로이 2세의 사건부』는 시리즈화가 결정되었을
적부터 전 5부를 의식했습니다. 도입이 되는 제1부, 이야기
의 '틀'을 규정하는 제2부, 전환점이 되는 제3부, 복선을
회수하면서 더욱 속도를 올리는 제4부라는 구상이지요.

　말은 그래도 생각처럼 풀리던 여로는 아니었습니다.

　도중에 『Fate/Grand Order』의 운영이 개시되고 아까 말
했듯이 사건부의 만화판도 시작되어 그들과 함께 새겨온 이

야기는 처음 생각보다 훨씬 다층적이며 많은 의미를 갖추었기 때문입니다. 맡겨주신 소중한 캐릭터들과 세계를, 어떻게 전개해야 할까 1년의 절반 정도는 내내 고민했던 것 같습니다. 몇 번씩 구상을 재검토하며 게스트로 나올 캐릭터를 다시 정하다가 겨우 제4부 끝까지 왔습니다.

드디어 다음 권부터는 제5부—— 라스트 에피소드입니다. 2세와 그레이와 엘멜로이 교실의 구성원들이 엮어온 이야기의, 한 가지 결말.

부디 당신께서 끝까지 지켜봐 주시기를 바랍니다.

다시 여름에 만나 뵙겠습니다.

2017년 11월

『영 에이스』에 게재된 『로드 엘멜로이 2세의 사건부』

만화판을 읽으면서

로드 엘멜로이 2세의 사건부 7
「case.아틀라스의 계약(하)」

2019년 12월 20일 제1판 인쇄
2021년 02월 01일 2쇄 발행

지음 산다 마코토 | **일러스트** 사카모토 미네지 | **옮김** 정홍식

펴낸이 임광순 | **제작 디자인팀장** 오태철
편집부 황건수 · 이병건 · 이홍재 · 김호민
디자인팀 한혜빈 · 김태원
국제팀 노석진 · 엄태진

펴낸곳 영상출판미디어(주)
등록번호 제 2002-000003호
주소 21311 인천광역시 부평구 평천로 132 (청천동)
전화 032-505-2973(代) | **FAX** 032-505-2982

ISBN 979-11-6466-930-1
ISBN 979-11-319-5925-1 (세트)